汉园新诗批评文丛

洪子诚 主编

编委 孙玉石 吴晓东 姜涛 谢冕 臧棣

本丛书得到北京大学中坤学术基金资助

汉园新诗批评文丛

洪子诚 主编

学习对诗说话

洪子诚 著

北京大学出版社
PEKING UNIVERSITY PRESS

图书在版编目(CIP)数据

学习对诗说话/洪子诚著.—北京:北京大学出版社,2010.6
(汉园新诗批评文丛)
ISBN 978-7-301-17243-8

I.①学… Ⅱ.①洪… Ⅲ.①新诗-文学评论-中国-文集
Ⅳ.①I207.25-53

中国版本图书馆 CIP 数据核字(2010)第 098786 号

书　　　名:学习对诗说话
著作责任者:洪子诚　著
责　任　编　辑:张雅秋
封　面　设　计:奇文云海
标　准　书　号:ISBN 978-7-301-17243-8/I·2238
出　版　发　行:北京大学出版社
地　　　址:北京市海淀区成府路 205 号　100871
网　　　址:http://www.pup.cn　电子邮箱:pkuwsz@yahoo.com.cn
电　　　话:邮购部 62752015　发行部 62750672　出版部 62754962
　　　　　　编辑部 62752022
印　刷　者:北京汇林印务有限公司
经　销　者:新华书店
　　　　　　880mm×1230mm　A5　9.125 印张　204 千字
　　　　　　2010 年 6 月第 1 版　2010 年 6 月第 1 次印刷
定　　　价:29.00 元

未经许可,不得以任何方式复制或抄袭本书之部分或全部内容。
版权所有,侵权必究
举报电话:010-62752024;**电子邮箱**:fd@pup.pku.edu.cn

目　录

汉园新诗批评文丛·缘起 …………………………………………（1）
序 ……………………………………………………………………（1）

同意的和不同意的 …………………………………………………（1）
旧文一篇："对本书的几点说明" …………………………………（8）
阅读一组短诗 ………………………………………………………（18）
"重写诗歌史"？ ……………………………………………………（43）
几则有关顾城事件的札记 …………………………………………（46）
序《90年代中国诗歌》 ……………………………………………（53）
如何对诗说话 ………………………………………………………（56）
我和"北大诗人"们 …………………………………………………（60）
《新诗三百首》中的诗歌史问题 …………………………………（66）
谈90年代的诗 ………………………………………………………（73）
序《在北大课堂读诗》 ……………………………………………（77）
当代诗的发表问题 …………………………………………………（85）
一首诗可以从什么地方读起
　　——谈北岛的诗 ………………………………………………（90）
谈《现代汉诗的百年演变》 ………………………………………（115）
漫谈上海的"先锋诗歌" ……………………………………………（120）

诗歌现状答问 …………………………………………（124）

叶维廉的《中国诗学》（增订版）………………………（129）

诗歌记忆和诗歌现状
　　——在北大通选课"当代诗歌与当代文化"上 ………（132）

序《透过诗歌写作的潜望镜》……………………………（150）

几种现代诗解读本 ………………………………………（156）

《回顾一次写作》前言 ……………………………………（171）

关于《新诗发展概况》答问
　　——《概况》写作的前前后后 …………………………（174）

殊途异向的两岸诗歌
　　——《中国新诗总系·60年代卷》导言 ………………（188）

《中国新诗总系·60年代卷》后记 ………………………（219）

诗评家林亨泰印象 ………………………………………（222）

朦胧诗和朦胧诗运动 ……………………………………（233）

朦胧诗纪事 ………………………………………………（255）

关于第三代诗 ……………………………………………（261）

第三代诗纪事 ……………………………………………（274）

汉园新诗批评文丛·缘起

北京大学中国新诗研究所2005年成立以来,重视新诗研究刊物、研究丛书的编辑出版工作,先后出版了"新诗研究丛书"和集刊性质的《新诗评论》,受到诗人、诗歌批评家、新诗史研究者和诗歌爱好者的欢迎。

从今年开始,在"研究丛书"之外,拟增加"汉园新诗批评文丛"的项目。相较于"研究丛书"的侧重于新诗理论和诗歌史研究的"厚重","批评文丛"则定位于活泼与轻灵。它将容纳诗人、诗歌批评家、研究者不拘一格的文字。这一设计,基于这样的认识:在诗歌研究、批评领域,重视理论深度、论述系统性和资料丰富翔实固然十分重要,但更具个性色彩的思考、感受,和更具个人性的写作、阅读经验的表达,同样不可或缺。在力图揭示事物的某种规律性之外,诗歌批评也可以提供个别、零星、可变的体验——这些体验与个体的诗歌写作、阅读实践具有更紧密的关联。也就是说,为那些与普遍的规范体系或黏结、或分离的智慧、灵感,提供一个表达的空间。除此之外的另一个理由,是诗歌批评"文体"方面的。也许相对于小说研究、文化批评,诗歌批评、阅读的文字,需要寻求多种可能性和开拓,以有助于改善我们日益"板结"、粗糙的"文体"系统和感觉、心灵状况。

写作这样的文字,按一般认识似乎比"厚实"的研究容易得多。其实,如果是包蕴着真知灼见和启人心智的发现,透露着发人深思的道德感和历史感,并启示读者对于汉语诗歌语言创新的敏感,恐怕也并非易事。

  这样的愿望,相信会得到有相同期待者的理解,并获得他们的支持和参与。

洪子诚

2010 年 1 月

序

  这个集子收入我上世纪80年代末到最近谈论当代新诗的文字。除最后有关朦胧诗和第三代诗的几篇之外,其他的均按照写作(发表)时间先后排列。本来是打算用"门外谈诗"的题目的,不过,它已经被邵荃麟先生1958年的那篇著名文章用过了。现在这个书名,来自我1998年的一篇短文《如何对诗说话》。当时写这篇文章,是有感于诗歌圈内、圈外有些人在谈论新诗(尤其是当代新诗)时的那种轻慢、草率的态度。其实,"如何对诗说话",更主要应该是说我自己。所以,这里便用"学习"替换了"如何"这个词。

  "对诗说话"在我这里之所以成为问题,是深感"说诗"(这里当然指新诗)也不是那么容易。除了视野、文化知识方面的条件之外,智慧、灵性、想象力、语言感觉等方面,比起谈论其他文类似乎有更高的要求。而且,在我看来,如果没有一定的诗歌写作实践,诗歌批评有时候总是隔靴搔痒。可是,我恰恰是一个曾经想写诗,却始终没有写出一首像样的诗的人。因此,这些年虽然以当代诗歌作为自己教学、研究的对象之一,在它面前却总是战战兢兢。在这样的情境下,诗在我这里便保持了它永远的神秘感,我也保持着对于新诗,对于新诗诗人的敬畏。

  读了这个集子,明眼人很容易就能发现它们的"附属"的性质。集中的大部分文字,是撰写当代新诗史的附带,或延伸的产品,很少是

学习对诗说话

带有"原创"性质的诗人研究和诗歌文本批评。这个现象,在我是了解自己缺陷之后的自觉选择;在某种程度上,我是在依靠批评家的那些"原创性"的成果。当然,我有自己的选择与辨析。以这样的情形看,这样的写作是属于"避重就轻"的那一类。

虽然自上世纪90年代以来,当代新诗总是受到来自各个方面的,持各种理由的批评、责难,但是我始终保持着对它的亲近感。吴晓东最近在一篇文章里说:"中国的上百年的新诗恐怕没有达到20世纪西方大诗人如瓦雷里、庞德那样的成就,也匮缺里尔克、艾略特那样深刻的思想,但是中国诗歌中的心灵和情感力量却始终慰藉着整个20世纪,也将会慰藉未来的中国读者。在充满艰辛和苦难的20世纪,如果没有这些诗歌,将会加重人们心灵的贫瘠与干涸。没有什么光亮能胜过诗歌带来的光耀,没有什么温暖能超过诗心给人的温暖,任何一种语言之美都集中表现在诗歌的语言之中。"作为一个受到新诗慰藉的读者,我愿意呼应这段话所表明的判断。

洪子诚　2010年2月,北京蓝旗营

同意的和不同意的[1]

这篇涉及个人创作历程、风格演化、诗坛现状的文章,表现了公刘一贯的认真、坦率、直言不讳的特点。就他对我国诗歌现状所表示的意见而言,有些部分很能引起我的共鸣。例如,我一直迂腐地认为,写诗,做一个诗人是极不容易的事,甚至可以说有点近于"神圣"。然而,在一些人那里,似乎是别的干不成(写不成散文、写不成小说)才去写诗。因此,中国今日诗人之多,确实令人吃惊:这一事实本身,就无法弄清楚究竟是"形势大好",还是隐伏着致命的危机。又例如,公刘在文章中,竭力提倡真诚,反对作伪,强调诗的创作与诗人的生活和人生态度的关系。对这一看来好像已经过时了的命题的重申,我看也不是无的放矢。十多年来,诗人们在诗的语言和艺术形式方面进行了广泛的、有成效的试验。但是,不见得有许多人,都把这种试验看做是创造深入把握对象世界的多种可能性。形式、技巧上的诱惑,有可能转化为压迫我们的力量,导致忽略、忘记一些基本的因素。作为一个诗人的人格和生活质量的问题,现在很少有人提起,就是这种现象的一例。我们常谈诗人的生活体验,对于什么是"体验",狄尔泰的见解值得重视。他强调体验与生活之间的共生性和体验的内在性,把人的

---

[1] 《文学评论》1988年第4期,发表了诗人公刘的文章《从四种角度谈诗与诗人》,表达他对当时的中国大陆诗歌现状的看法。《文学评论》1989年从第1期起,开设"'当代诗歌价值取向'笔谈"的讨论专栏。这篇文章刊于1989年第1期的讨论专栏。

学习对诗说话

这种认识方式,看做是直接与人的有限生命与价值超越的关系相关。在他看来,体验的要素与生活本身的要素,与感性个体的诞生、经历、命运、死亡,是密切相关的。我们只有从自己的整个生活和命运出发来感受生活、反思生活,才能达到"体验"的深度。因此,诗的创作的优劣成败,在相当重要的程度上,决定于诗人自身内在生活的结构,决定于他的精神境界,决定于他对一个有意义的世界的探求的执著程度。以此反观我们的诗坛而产生深深的忧虑,那时很自然的事。

不过,对公刘文章的另一些看法,也存在一些疑问,需要提出来讨论。我指的是诸如诗与政治的关系及对80年代诗的发展进程的评价等问题。诗与政治的关系,是贯穿中国新诗运动史的持续性主题。这个"古老"的问题好像已经解决,实际上仍是我们驱赶不去的梦魇。我们大致可以同意这样的说法:对"政治"一词的理解正在变得宽泛,而从社会发展趋势上看,"政治的渗透度越来越得到了强化"[①]。但是,这一事实本身,并不能得出如公刘所主张的诗与政治必须保持不可分割的密切联系的依据。面对这样的现象,将会有不同的反应和态度。将对诗与政治的关系的态度划分为两大派并不恰当,有些削足适履;但如果一定要在这两者之间作出选择的话,我宁愿站在所谓"淡化"政治的那一边。

需要进一步说明的是,这里的所谓"淡化",不是可以简单理解为诗不与政治沾边,理解为"明明生活在政治氛围之中,却偏要创造真空"。"淡化"也不是说诗就不能处理政治性题材,诗人一定要不食人间烟火,不关心社会现实的政治、经济问题,当然,也不是出于把政治

[①] 本文的引文,如无特别注明,均引自公刘的《从四种角度谈诗与诗人》。

笼统地看成卑污而必须远离的动机。所谓"淡化",其实就是维护诗的自主性,就是摆脱政治的束缚而实行的分裂,而建立与政治传统脱离、对立的诗的独立传统。人们需要诗,并不是为了它能解决什么政治、经济问题,能对它们做出任何值得重视的分析,提供什么可靠的结论。那种把诗作为"武器",要它在现实政治实践中发挥重要政治效应的期望(包括诸如掀起"街头诗"运动,要求诗为改革鼓吹等等),都是无法得到经验证实的假设或幻觉。在历史上,既是杰出政治家、革命者,又是出色诗人的这种情况当然不是没有。不过,他至少是不应以写诗的方法(思维和表达方法)来从事政治活动,也不应以政治规范、标准来写诗。正因此,毛泽东的《忆秦娥·娄山关》是超脱政治规范的动人的诗,而《念奴娇·鸟儿答问》等则是以诗的形式对政治观念的蹩脚图解。公刘同志十分厌恶那些"为各个时期各个领导人的或者彼此承续或者互相矛盾(还有自相矛盾)的政策条文乃至言论、批语服务的诗歌",并把这类作品的产生,正确地归结为是"出于对功名利禄的贪欲野心","百分之百的愚昧无知和个人迷信","娼妓式的淫邪下贱"以及"纯粹的恐惧"。但是,事情还有更复杂的方面。在当代中国,诗人写出赞颂不该赞颂、抨击不该抨击的政治性作品的缘由,至少还根源于诗与政治混淆这一点,根源于诗与政治不可分割的紧密联系的事实中。当代诗人郭小川无疑是最见"真诚"品格的诗人之一,然而,当他无法解决政治性要求与艺术自主性的冲突的时候,他也无法避免在诗上的严重挫折和失误,无法避免"为各个时期各个领导人"的政策条文、言论做图解的可悲境地。公刘在文章中提到闻一多等人。的确,从政治观点看问题,"早年的"闻一多、戴望舒、何其芳不是无可指摘的,但是,从诗的领域看,从诗的美学贡献、建树看,则也只有"早年的"闻一多、戴望舒、何其芳才可以被称为真正的诗人。在他们后期的生涯中,诗已经或逐渐在迷失。诗与政治的纠缠,使他们自愿地或无意地失去了诗,这种情况,或许可以为刘再复说的"何其芳后期现象"的研究提供一个思考的方面。

今日,我们生活在一个动荡的、难以捉摸的世界中,我们对周围环境、对自身的把握的信心越来越薄弱。科学技术取得的飞跃进展,社会日益商品化的进程,物质欲求的膨胀,既产生了强大的社会变革的动力,也使人的灵性丧失的过程加速,使人的灵魂和感性能力钝化和粗糙化。对于这种状况,诗人大概感受最为敏锐。除此之外,在中国,还有另一特殊的情况值得注意,这就是政治对整个生活长期的渗透和人们承受的巨大政治压力,使人的心灵受到严重扭曲,精神自由的发展受到极大的束缚。在现实生活缺乏诗,没有"神话"的时代,诗与"神话"就需要诗人来创造。正如法国诗人佩斯所说:"在神话崩溃后,神的灵魂隐蔽所,或者应该说它继续乘坐的马就成为诗。"人们对诗表示敬意,给诗人以荣誉,是因为诗所关注、所寻求的,是与物质的社会活动不同的精神领域,是人的内心世界,是穿过种种有限性的、暂时性的因素(包括政治等因素)的掩盖、束缚,去寻找人的灵魂的归属和位置,去用诗的语言,建构一个与现实的生存世界相对立的诗的世界,一个使人的灵性得到发挥、人的心灵自由得到确立,使生存个体从暂时性的生存体制中得到解脱的世界。因而,对于嵇康、阮籍、陶潜、王维等的"若干空灵、玄远"的作品,如从政治的角度看,也许正如公刘所说,是"彼时彼地的'政治'的产物",但从诗的独特领域看,则正表现了这些诗人从现实人生出发,对人的内心精神价值的寻求,对一种理想的人格和理想的情怀的构想。不仅是陶潜、王维等人,人类的优秀诗篇,整个诗的历史,不正是企望超脱有限生命的人们的精神探求、重建有意义的世界的历史吗?诗人失去对这一责任的自觉,离开对这一领域的关注,而以暂时性的政治作为诗的目的,他也就离开了真正的诗。在40年代初期,冯至在里尔克式的冥想独思中去领会、探索生命的意义,思考着人与人、人与自然、个体生命的延续与蜕化等关系,表现生命回到单纯质朴的原初状态的动人向往。诗人幽微的思绪和稍纵即逝的心灵搏动,在以质朴的语言构成的意象中得到凝定。这是冯至作为一个诗人所达到的高度,但是,在50年代,他自愿地让诗屈服于政治的因素,他无法再写出获得诗的美学升华的富于魅力的作品。他的创作,只能成为如马尔库塞所说的那种"社会的碎片"。也许,再次深入研究我国众多现代诗人的创作历程,有助于我们对这个争论不休的问题的认识。

  基于上述的这些理解,我对近十年来中国诗所走的路,在描述与评价上可能与公刘同志有所不同。公刘文章中论及的一批曾在50年代遭难而后"复出"的中年诗人,他们在新时期诗歌的发展中无疑起到重要作用,公刘对这一诗歌"群体"的特征和总体风格的归纳,也确是真实的。他们的受难,实际上与他们的创作在50年代突破某一方面的统一创作"规范"有关。被迫长时间离开诗坛这一点毫无疑问是巨大损失,却也使他们在精神和诗艺上与当时僵化的诗歌事实保持一定距离。他们在"复出"之后的作品,给人留下最深刻印象的,是他们以自身坎坷的经历印证着社会史和诗歌史的曲折道路;他们创作中的"归来"主题和以痛苦为主调的复杂情思,使当时中国文学普遍性的历史反思,以"个人化"的方式,得到一定深度的表现,也使诗在寻回失去的个性的道路上前进了一步。历史的断裂与重续,凝定在个人生命里,并且在他们重续自己的曾被阻断了的社会理想、美学理想和歌唱方式中展现出来。不过,这一"诗群"的局限性也是明显的。他们的重要弱点之一,是难以拓展的社会—政治视角和政治理想主义的世界观,以及由此制约的社会—政治感受方式和思维方式:这限制了他们的诗的"触角"伸向更广阔的领域,也妨碍了他们开启"内视世界",达到透视精神、心灵世界的深度。近些年来,他们在诗的创作上出现的迟滞现象,反映了这一"诗群"在变化了的社会情势与读者期待面前的困境。我们不必讳言这一点:他们中多数人的诗的生命力已变得萎弱,他们转而写杂文、评论、小说,与这一点有关。在实际上,80年代当代诗歌探索、革新的任务,在更大的程度上是由青年诗人承担的。不管对他们作何评价,对他们中一些人的作品和行为有何忧虑和非议,有一点必须承认,他们的努力,在使诗回到它应有的位置、促进"诗的自觉"不断深化上,起到更重大的作用。他们自觉地让诗摆脱政治的羁绊,即使是 70 年代后期那些有强烈政治色彩的作品,也不同于"复出"的中年诗人当时的创作。前者更鲜明地表现了从维护、寻求人的尊严、精神价值出发的特点。80 年代初,北岛、顾城、江河、杨炼等不约而同地提出建立"诗的世界"的问题。这预示了今后十多年时间里我国诗的变革的基点和大体路线。青年诗人在他们的实践中逐渐建立了这样的诗歌观念:一方面,诗是由诗人创造出来的人类的一种精神现象;另一方面,诗又是超越诗人自我、同时也超越现实时空的特殊世界;这个世界,是审美的艺术世界,既是对人的感受力和表现力的一种发现,又是对人类精神世界的丰富和拓展。诗人要面对现实,面对人生,但又须从这点出发,超越现时性的现实与自我,建立起诗人对人类精神领域负有使命的自觉。这一与政治分裂的诗歌观念的确立,在有几十年历史的中国新诗史上,显然是个重要转折。对它的意义,应有足够的估价。

1988 年 9 月

旧文一篇:"对本书的几点说明"①

一　缘起及经过

　　1986年春天,在谢冕的主持下,我们在北京大学中文系为相关专业的研究生和进修教师开设"当代诗导读"的专题选修课。课程探讨的对象主要是70年代末以来中国新诗潮的一些有代表性而又比较难懂的作品。课程的进行采取了这样的步骤、方法:先由主持人对新诗潮的发生、发展的状况,不同阶段的特征及前景,做比较全面的描述、分析。在此基础上,参加者每人选择一至若干首作品进行准备,并轮流在课堂上报告他们的阅读心得,对作品进行"解读"。然后,听课者对报告加以讨论:或对观点有所补充,或提出不同理解,或对采用的方法有所质疑。由于怀着对中国现代诗学的学习和研讨的真诚态度,讨论认真而热烈,也融洽。在讨论之后,每位报告人将自己的心得写成文章,有一部分当年就发表于安徽的《诗歌报》和山西的《名作欣赏》

---

① 1988年,谢冕和我将在北大中文系开设的"当代诗导读"课程成果编辑成书,交北京大学出版社。出版社已决定排版付印,但由于第二年(1989)发生的许多事情,和书中收入对北岛等作品的阐释,便被无限期拖延,最终未能问世。这篇旧文,便是我为这本书(《当代诗歌导读》)撰写的序言之二(序言之一由谢冕撰写)。今年(2009)春天,偶然从旧稿中翻出。重读一遍,虽然观点已显陈旧,谬误之处也显而易见,但因为体现了80年代后期我对诗歌的情绪、观点,所以还是作为"资料",不做改动收入本书。

上。

本来,我们设想很快便能将它们集合成册出版。但是,由于篇数还不够多,另外有的文章质量差强人意,而运用的方法又大多接近于传统的印象式的评析。因此,这项工作便被搁置了一段时间。在此期间,我们约请的一些对现代诗热心而又有见地的作者,提供不少精彩的文字。在经过两年多的时间之后,终于达到今天的总共62题的数量,内容上也具有一定的丰富性,使结集出版有了实现的可能。

二 拟想的目的

对于这项工作的价值和目标,我们当初曾有过这样的考虑。首先,是为着对中国新诗潮的把握更加深入和切实。从70年代后期开始,中国当代诗坛(这里指的是大陆诗坛)在经历了相当长一段时间的停滞、僵化以后,开始出现新的转机,变革之风骤起。诗的变革,表现为诗人主体意识的发现与确立,诗人的感觉方式、思维方式的变异;表现为诗从那种宗教教诲式和对虚构的"英雄"的颂歌模式,回复到对现代人的真实生活和心灵的关注;表现为诗在出于长期痛苦的"自我孤立"之后,开始走向汇入世界诗歌总体发展格局的一步……一句话,在它的僵化、萎缩的身躯里,注入了新的血液和生命活力,为诗艺的开拓和多元探索,开创了新的前景。不过,虽然新诗潮的涌现引发了前后达数年之久的,情绪激动的诗歌论争(这一论争有时被称为"朦胧诗"论争,涉及诗的"自我表现"、传统与革新、对青年诗人的评价、中国新诗发展道路等范围十分广泛的问题),但对新诗潮的研究却不能说令人满意。当它被目为"怪胎"时,一部分诗人和理论家曾经为它存在的合理性进行了辩护。在它的地位得到确认的80年代中期,新诗潮内部又在酝酿新的变革。人们似乎腾不出手来加以细致审视。目前,这项工作提上了日程。对于它的研究,一方面需要有较开阔的眼界,从历史发展过程与世界诗歌格局的时空范围进行思考;另一方面,又要有细致周密的心灵去对具体作家作品进行体察和感受。过去,我们常常表现出某种程度的脱节:论及诗潮和诗歌运动的特征、性质,未能立足于对具体作家作品的细密把握的基础上;而谈论某一诗人、某些具体作品,又离开诗潮、诗歌运动的整体。我们想,选择一些作品,对其内在本质与外在形态进行分析,将是十分必要的,尤其是在当前新诗潮继续深入发展(有的诗人和批评家称之为"后新诗潮"、"新生代"以与此前的"新诗潮"相区别),并以其捉摸不定、迅速变幻而让跟踪者目眩神乱的时刻。这虽不能代替对新诗潮的宏观研究,却可以较为具体、落实地考察一些实例,以便使我们的议论,不致总是在半空漂浮。

其次,当初拟想的另一目的,是想通过对具体作品的解析,讨论现代诗"晦涩"的问题。这个问题,在80年代初的诗歌论争中,占有重要地位。朦胧诗在开始也作为新诗潮一部分作品的带有讥嘲贬抑含义的称谓而流传开来。在80年代初,对中国大多数诗歌读者来说,诗的"晦涩"肯定是一个相当新鲜的问题,因为中国当代诗歌的重要特质之一,就是作品的观念性主题的绝不朦胧的明白,与无法误解的确定。因此,当读者面对一批难以确定把握,一时找不到进入诗的"通道"的作品时,他们的惊异、困惑、甚至恼怒的反应便是很自然的了。因"朦胧"而"气闷"的心态,正是这一诗歌历史背景下的产物。后来,当人们进一步讨论这一问题时,终于明白这根本不是新出现的现象。作为一种带有一定普遍性的现象,至少伴随着西方现代派诗歌的崛起而出现,并在本世纪20年代以来,长期地被人们毁誉参半地谈论过。诗人瓦雷里、T. S.艾略特和批评家韦勒克,都为现代诗难懂的原因做过说明,并各自给予程度不同的支持。在我国,20年代的李金发,30年代初的何其芳、卞之琳、戴望舒,40年代的穆旦、郑敏、杜运燮,五六十年代台湾现代诗运动中的一些诗人(如洛夫、商禽、罗门等),都在难懂、晦涩这一层面上为一些论者所诟病,有的甚至受到严厉指责,并由此引发出刘西渭(李健吾)、朱自清、梁宗岱、袁可嘉、痖弦等的辩护性质的文字。对于这一问题的较为公允的态度,可以举袁可嘉在40年代的说法:最好不应以晦涩作为衡诗的标准,晦涩当然不是好诗的条件,但也不是可以给好诗以恶谥的根据。

  当然,即使我们都同意这一基本态度,问题的解决也并未获得实质性的进展。这里有两个问题需要进一步考虑。第一,既然诗的晦涩是一种历史性现象,那么,这说明现代诗可能出现了一些新的艺术素质。第二,作品与读者之间的"沟通"上发生的阻隔、障碍,读者阅读上的困难,又可能提出读者调整阅读态度和方法的必要性。对这两个问题的进一步思考,显然都离不开对一定数量的作品的"解剖"。

  现代诗有的作品的难懂,毋庸讳言,一些是反映着作者感觉的混乱,或者并无丰盈的情感和充实的信念,徒以刻意打破词句之间的联系来掩饰。而那些不愿让他们的诗为"平庸的读者"所了解的"精英诗人",会自然产生如韦勒克所说的这样的想法:"比不为读者接受更糟的结果是什么?当然只有一样,就是让他们接受",这个念头,加强了他们把诗写得让每个人,也包括他们自己在内都莫名其妙的动机。不过晦涩,也常常是作者为了达到某种美学效果时的需要,是诗的内容和形式重大革新的表现。这方面,在浏览本书的解读文章之后,将会获得一定的认识。我们首先会注意到,难懂,反映了新诗潮在表现技巧上所做的大胆革新。如表现复杂意识流动和内心体验的时空交错、物象移位,超越逻辑关系的诗行跳跃,以及诗歌语言运用上语义、象征的"个人化"的加强。当没有一种为大家所熟悉的典故、神话、传说,或大家熟悉的典故、神话、传说已被运用千百次而只能引起厌烦、反感时,诗人就感到必须"发明"一种"私人专用"的"神话"。在这种情况下,"沟通"虽然发生困难,幸运的是,却不会有腻烦的陈旧感,也开拓了表达新的情感、经验的可能性。表现技巧上的变化,其实是与诗的内质的革新相连的。现代诗尽量回避直露的说明与陈述,突出情景、意象的"戏剧性"呈现,显然是因为诗人触及很难用明确的观念性语言加以表述的情感和经验。因而可以这样说,在诗的"难懂"这一问题上,诗中表现的情绪、经验、哲理在性质上的新异,是最根本的。新诗潮作品中表现的,并非是许多读者共有的情感、经验,或者说他们对这样的情感、经验缺乏自觉意识。现代诗无论探讨的对象是外在世界,是世界的"形象",还是内在世界——心灵的活动,当这种"探讨"达到精微高深境界时,就要求阅读者的感受力和分辨力也达到相应的程度。自然,一首好诗,总是最具有革新特征,但又总是超越"自我"而同时具有"最永久的普遍"。不过,这个普遍,已经不仅意味着那些耳熟能详的阶级、政治、道德、人性观念和命题的重复揭示。诗自然可以表现社会性的主题,但也可以观照人生的另外的领域。对于人的生命过程的体验,不可避免地要深入到人与人,人与自然,过去与未来,生与死,时间与空间,空虚与实有等关系,接触到情感与认知、意识与潜意识的层面。作为对人的感性和生命最为敏感的诗人,他终会达到对这些领域和境界的默察和体验。如果我们通过对这些诗的解析，对它们产生一定的感应，改变我们生命的某种困窘状态，并让原来已趋僵化的思维方式和感知方式有所动摇，那么，这项工作将会被证明并不缺乏意义。

我们当初拟想的目标之三是，通过对诗的解读，在现代诗的阅读、批评的态度与方法上进行一些实验。这已经不限于"读懂"的被动要求，而是试图讨论作品与读者之间可能，和应该建立何种关系。接受理论认为，文本本身不过是给读者的一系列提示，作品充满了"不明确的因素"，只是一个轮廓，一套纲要，而有待于读者的积极参与的"具体化"。不管我们对接受理论本身有何看法，这种充分重视阅读过程的复杂能动作用的观点，都已被既往的批评、阅读成果所证明。说到文本需要由读者加以填充的"空白"，在文学文类之中，也许没有哪种样式比诗更为明显。因而，作品与读者之间的关系，就更值得我们多花一些气力去探讨。

在诗的解读、分析问题上，我们首先遇到的是诗可否进行分析的问题。总是有不少诗人、诗论家提醒我们，真正的诗，严格说来是无法意译、释义的，它唯有它自己才能解释。因为诗的世界，"究其本质而言，是封闭的、自足的世界"，"是一个经语言修饰的偶然的和纯粹的实体"（瓦雷里）。因此，卞之琳说，"我以为纯粹的诗只能'意会'，可以'言传'的则近于散文了"（《关于〈鱼目集〉》）。卞之琳的论述，主要基于对诗和散文的区分上面，基于对"纯诗"的理想上。上面这些说法，自然有一定道理。因为有不少诗，使用语言来"说"出其实是不能"说"的"话"，用诗的形式来暗示一种难以用语言来"说明"的东西。这个矛盾，临到读诗、分析诗的时候，又以另一逆向的方式在此出现。因为,的确可以这样说,一切用散文的方式进行诠释的努力都无法避免对诗的某种程度的损害。但是,这并不能得出诗的解读、分析毫无意义、必须扔进垃圾桶里去的结论;分析尽管不可避免地会有所损害,却也会有意想不到的收益。"意会"自然重要,"言传"有时也不可或缺。解读、评析既为诗的发展所必须,也是欣赏、体验达到一定程度的步骤。"作者相信文艺的欣赏和了解是分不开的,了解几分,也就欣赏几分,或不欣赏几分;而了解得从分析意义下手。"(朱自清:《新诗杂话·序》)如果我们连"晓得文义"这一层都没有做到,就很难谈什么"识得意思好处"了。从广义上说,"意会"、领受,多少也包含建立于情感体验上的"分析"的成分。而且,当读诗人不愿只停留于读诗时所把握到的某种情绪、氛围,而愿意进一步分辨这种情绪、氛围的性质,它的细微层面,以及支持它们的艺术手段的时候,便进入了"解读"、分析的过程。当然,这种分析,不是如拆装机器零件那样的机械性操作,也不是急切地寻找、抓住诗中观念性的"命题"(梁宗岱称它为"作品的渣滓")。从整体,以心灵与官能,以感觉和想象去把握、感受、"参悟",是分析的基础,也贯穿分析的整个过程。在诗的解读上,朱自清、刘西渭、废名、李广田、唐湜等,在三四十年代做了许多工作,对推动中国现代诗批评态度和分析方法的建立,做出了他们的贡献。不过,这项工作后来中断了,含糊不清的评语和以不变应万变的评诗套式占据了统治地位。

在解决读诗的态度与方法的问题上,我们遇到的另一问题是,作为读者或诗评家,究竟能够有多大的自由,有多大的活动空间?那种认为阅读的目的就是寻找诗人预先放置在作品中的观念,重新再现诗人创作时的意图、情景的看法,在今天会被认为有些"迂腐",至少是不全面；读者已被告知,他们具有多种可能性,他们应该有积极参与创造的态度。这不仅指对作品境界、意旨、哲理的领会,而且包括进入作品,将作品"具体化"的方法、途径。特别是,我们应把阅读、分析,理解为一种活动,一种存在着"过程"的"对话"。对于诗的阅读来说,最重要的也许不是寻找、接受从中抽取出来的信息、概念,而是对于阅读过程中的感受的描述。这也正如有的学者所说,语言、话语输送的情报、信息,是它的意义的一个组成部分,却不能与之划等号;只有对一句话的全部感受才是它的意义。从这一角度说,对诗的解读、分析,既不存在统一的方法(感受的具体步骤、途径),也难以说存在穷尽语义潜力、独一无二的终极境地。本书的文章撰写者也大多意识到,他们并不是在提供对某一作品意旨的唯一答案和结论。而且,我们现在经常听到的所谓"导读",虽然含有"引领"的意思,但那却不过是提供可供参照的理解角度、方法而已。不同读者运用不同方法,得到有差异的结果,那并不是特别例外的情况。即使仅就"尽量还原作者的情绪、感觉、观念"而言,"还原"更应该看做是不同读者参与的"重建"。认识这一点,将有助于解放读诗、评诗者的心智灵气,使他们多少能摆脱低眉顺眼的畏缩。

但是,阅读者所拥有的"自由"其实也有限。首先,我们将受到作品自身的制约:有效的解读、分析,应以保持作品内部各种成分,和它们的结构的统一为前提。其次,面对的具体作品的性质,也制约着对方法的选择。对于某种理论、方法只适用于某些类型的作品的说法,有的人提出批评,认为适用与否的问题根本不存在,问题只是使用者的功夫如何。话似乎说得不错,其实难以经得起实践的检验。有的诗拿"新批评"的"细读"方法去解析,好像就显得没有多大必要;有的作品一定要从中发现"原型"或"潜意识",总觉得有点驴头不对马嘴的滑稽。因此,一方面得承认对诗的分析可以运用不同的理论、方法,到达作品内涵、形式的不同层面,另一方面又会觉得,对某一首诗的解析来说,也许某些理论、方法更适用一些。阅读者所受的限制,还来自读者和批评家自身。诗的解析无法离开阅读者的"背景",包括知识、理论储备,对诗歌技巧、"法则"的了解程度。经常发生的情况是,读诗人往往把自己所熟稔的理论和方法投射到作品之上,有时候,作品反倒成为他运用所掌握的理论、方法的例证。自然作品中出现的某些"陌生"的东西,会反过来促使他调整,改变惯常的理论和观察的角度,但是,作为一种熟练的反应能力和解析、批评技巧,总是建立在某种已经相对稳定化的"信念"上面的。

基于上述的理解,我们觉得,应该提供多样的对诗的不同理解,和读诗的不同方法。在多样的理论架构与解读方法面前,我们将会更清楚看到,不同方法各有其优长之处,也各有其局限。这样,方法的选择才有可能,也才有意义。而对于具体的评诗人来说,从他的解说过程中了解他如何面对、协调各种矛盾,而选择,或融会所认为"合适"的方法,也会增强我们对建立一个开放性的阅读世界的兴趣。

三 几点必要的交代

一、这项工作的初衷、拟想的目的看来都很不错,但实现起来却相当不易。执笔人有的对诗已经颇有研究,有的则只是初步尝试,理论上很难说坚实,方法运用也有许多生涩之处。从目前编入的文稿整体看,也难以说已经达到丰富多样,文章质量也存在不平衡的参差的状况。

二、本书解析的诗，绝大多数发表于 70 年代末到 80 年代初大陆的报刊上。出于本书总体构想的需要，也选择了个别写于五六十年代的作品。因为课程是讨论大陆的新诗潮，因此，台湾、香港诗人的创作只有一首作为解读对象。

三、本书并非一个时期的诗歌选集。在考虑诗人和作品的选取时，主要侧重对解读的理论、方法的运用，以及评诗人的兴趣。因而，被分析的诗人、作品，就难以用"代表性"来衡量；"代表性"也不是这个解读本所设定的目标。

四、因此，在编排上，我们使用了突出评诗人的这种体例。因为主要不是着眼于诗人和作品，而是为了显示不同的读诗的理论与方法，显示有所区别的、多少带有个性特征的评诗例证，显示读诗人不同的批评风格(如果有的话)。甚至，还可以进一步说，我们的重点不在解读具体作品本身，而是通过这些努力，看看对诗歌阅读理论、方法的建设，是否有所裨益。

1988 年 6 月，北京大学

学习对诗说话

阅读一组短诗[1]

对诗所做的分析,或者是达到对诗的"理解"走出的必须一步,或者是离诗渐行渐远,这两种情况都可能存在。(摘自80年代后期与谢冕合编的《当代诗歌导读》。《导读》这本书因故未能出版)

1. 昌耀《鹿的角枝》。
2. 余光中《白玉苦瓜》。
3. 穆旦《葬歌》。
4. 田间的三首街头诗。
5. 艾青《雪,落在中国的土地上》。
6. 闻一多《死水》。
7. 戴望舒《我用残损的手掌》
8. 舒婷诗的句式。

"拟想"与"事实"

读昌耀的短诗,特别是写于20世纪50—80年代的作品,可能有两点会留给你深刻的印象。一是,它们常是由一些陈述性的"长句"构成;一首短诗,其实就是一个长句,或两三个长句的组合。按照一般

---

[1] 这是为《新诗鉴赏辞典》和刊物写的文字,写于1980年代中后期和90年代初。收入本书时文字有所改动。

的观念,诗应该和散文划清界限,应该在音韵、节奏、句式上讲究均匀与和谐,但昌耀似乎有意识在回避、抵抗这些。而且,"句子"的构造,常使用倒装、修饰语后置等分割的安置方式,以造成总体上奇崛的散文式的外在形态。另一个印象是,这些陈述句,常构成一个或几个"画面",一个或几个有浓重色彩和雕塑感的"场景"。这在他的《雕塑》、《乡愁》、《攀登者》、《生命》等短诗,以及长诗的一些片段中,都可以看到。昌耀常年生活的青海——那块心魂所系的高原,时间的流逝可能不如在另一地域那样让人感受尖锐,山川、自然、人物——经年不化的冰雪,险峻的山峦,辽阔的草场和荒漠,占有马背和敬畏鱼虫的人的生命和生活方式,给人一种亘古不变的印象。在这里,"空间"就负载、记录着历史,就是"时间"。因而,对于某一"场景"的捕捉和描述,成为昌耀进入历史、进入生命的经常的、主要的方式。

  昌耀诗的这些特征,也体现在《鹿的角枝》中。诗的写作的"推动力"(或"触发点")自然是基于那件艺术品。这个被放置于书架上的新的收藏品,让诗人在想象中出现了一次有关死亡的过程。通常而言,这一过程有较大可能成为诗的组织的次序,即由"角枝",经由联想而追溯鹿的死亡。但是,我们读到的并非如此;它被采用顺时态的方式向我们呈现。荒野的危崖,沼泽,"遁越"着与猎人周旋的鹿,雾光中出没的小树般的角枝……突然,高原的腹地一声火枪,飞动的角枝突然倒仆。而那一声枪响经过了"若干世纪"之后,犹震响在诗人的耳际和心中。这样,这个死亡,"那一声火枪",在诗中已经不是一种拟想,而是一个被陈述的事实。这一陈述方式的改变,也改变着我们的接受、反应方式。这不仅是出于技巧上的考虑。能从被作为摆设的艺术品中感受到"精血"的流淌,生命的跃动,为美的毁灭深切不安,在"化石"般的角枝中发现历史的生命,没有深厚的人性关怀的胸襟,大概是难以想象的。

不过,这种关切和不安,却没有表现得过分哀伤,甚至也不是怜悯。美与生命的异常死亡虽然是非正常事态,但在感受到许多的历史苦难之后,它也便与行进、攀登、受挫一样,构成历史过程中的不可或缺的组成部分。况且,对于这沉默的马匹,凝固的山峦,山野里拙朴的牧羊人——这给予诗人以力量,成为他的崇拜者的一切,他是否拥有给予他们怜悯的资格?因此,诗的语调是平静、节制的,甚至为美丽生命的倒仆,勾勒了壮丽的背景:夕阳从高崖,将它的血红光芒"倾照"这荒野,作为对生命毁灭的哀悼,并将这一毁灭,转化为有关"悲壮"的心理感受。

鹿的角枝

昌耀

在雄鹿的颅骨,有两株
被精血所滋养的小树。
雾光里
这些挺拔的枝状体
明丽而珍重,
遁越于危崖、沼泽,
与猎人周旋。

若干个世纪以后,
在我的书案,
在我新的收藏品之上,
我才听到来自高原腹地的那一声
火枪。——那样的夕阳
倾照着那样呼唤的荒野,
从高岩。飞动的鹿角
猝然倒仆……

……是悲壮的。

有限如何成为永恒

  这首诗写到的白玉苦瓜,是收藏于台北故宫博物院的一件中国古代工艺品。读这首诗,会感到语言、情绪的连贯,没有出现在有的现代诗中的那种意象、语义的阻隔与跳接。这个特点,如台湾诗人萧萧所说,"余光中的诗,散文的理性味道相当浓厚,也就是说,句与句的意义性十分明显……其间的筋骨脉络历历可数"(萧萧《现代诗入门》)。这种融和连贯的语调、结构,贯穿全诗的始终,而带有一种"古典"的意味。

  继而,如果我们曾经接受某一诗歌分类方法的话,便会把《白玉苦瓜》归入"咏物诗"的范围内。咏物诗在人与物(叙述者与对象)的关系上,有多种处理方式。这也就是叙述者的"观点"、位置的问题。

从第一节可以看出，该诗并非采用如里尔克的《豹》，或纪弦的《狼之独步》那样的，将叙述者化身为"物"，站在"物"的立场上的这种视点，而是采用传统咏物诗的旁观描述的态度。白玉琢成的苦瓜，它的清莹、圆腻、生动，让观者惊异，因而有了历经"千年的大寂"之后，仍焕发着它所"深孕"的充盈生命："茎须缭绕，叶掌抚抱"，触角"不断向外膨胀"，瓜体上"每一粒酪白的葡萄"，仍在不断"充实"。这样，在对"物"的形态和精神的描述中，传达了全诗所要"讨论"的"问题"。这就是，生命短暂，也易朽的自然物（人当然也包括在内），是否可能和如何能够获得永恒的延续。这一问题，在诗的后面，尤其是最后一节，通过更具理性叙说色彩的方式加以确认：依据产于人间的，"前身"早已朽腐的自然物而创造的艺术品，"饱满而不虞腐烂"，岁月已难以将它磨损，它成为与时间无涉（"在时光以外"）的"自足的宇宙"。有限生命的延续的难题，借助艺术创造的"巧腕"的转化、引渡而升华。

不过，诗歌中表达这样的意旨，对我们肯定并不陌生。比如叶芝的《天蓝玉》、《驶向拜占庭》，济慈的《希腊古瓮颂》。对比起自然物生命短暂、易朽，古瓮上的树木却永不凋枯，少女永不衰老，爱情也永远热烈新鲜，所引发的向往、激动，大概总是很自然的反应，以至叶芝在《驶向拜占庭》中，要请求"把我收进那永恒不朽的手工艺精品"之中。诗人大概对世事人生的沧桑变异、对令人畏惧的时间有更尖锐的敏感吧？出于对艺术的忠诚，他们也更容易从"美"中发现"真"。

但是，诗人之间在这方面的体验，也有不难看出的差异。《白玉苦瓜》显得较为雍容、平静，而叶芝显然表现了尖锐得多的痛苦。年龄可能是造成差异的因素："一个老年人不过是卑微的物品，／披在一根拐杖上的破衣裳"（《驶向拜占庭》）——这种沉痛和苦涩，不是头童齿豁者不能道出，也无法理解。这一点在《白玉苦瓜》那里，并不是主要的依据。差异的另一重要方面，是中西方诗人在处理这一题材时的视点上。叶芝从中国的玉雕来想象东方的宁静与超然（尽管在19世纪和20世纪，宁静与超然并不很符合中国的情况），并以此阐发他的艺术、永恒的美的创造，需与具体的历史人生的"悲剧场景"保持距离的想法。但《白玉苦瓜》的作者看来无意对"超越"的问题作抽象的探寻，他宁愿将之放置在民族历史的特定情境上；对于自命为"现代的放逐者"，而又有着难以割断的乡愁的诗人而言，这种感情意向的产生是很自然的。我们注意到，诗的开头，就出现了母亲孕育、哺养婴孩的隐喻。"从从容容的成熟"、"深孕的清莹"、"吸尽……喂了又喂的乳浆"，以及"完满的圆腻啊酣然而睡"，都在以生命的孕育、成熟的过程，来写诗人感觉中的艺术品的神态。而"古中国"的时空限定，更将诗情固定在某一特定的历史时空之中。

　　白玉苦瓜—婴儿的联结、转换，在诗的第二节中进一步展开。在这一节的前几行，诗的叙述视点发生了复杂变化。最初的那种"旁观"的角度，为拟人式的"自述"所取代。"小时候"将茫茫九州当做一张摊开的"舆图"的这一行为主体，既可以理解为下面出现的"你"，即已经被作为婴儿的苦瓜，但也不妨看做主述人改变了"旁观"的位置、身份，化身进入对象（苦瓜—婴孩）而被包容。一方面，是"舆图"——母亲胸脯——肥沃土地的转喻，另一方面，是"苦瓜"（婴孩）与主述者之间的人与物的"浑化"，这些艺术手段，扩大、深化了所要表达的社会历史内涵。生命的孕育、成长，和"引渡"而成为一个不朽的"自足的宇宙"，正是母亲苦心和慈悲所酿成的乳汁的"恩液"哺育的结果。"一丝伤痕也不曾留下"也正是曾经布满着历史的伤痕："皮鞋踩过，马蹄踩过/ 重吨战车的履带踩过。"犹如余光中的另一首诗所说,"中国是我我是中国/每一次国耻流一块掌印我的颜面无完肤。"(《敲打乐》)余光中表达的,是大多数中国诗人、作家的那种"深层意识":历史悲剧和现实苦难,正是创造生命升华,达到艺术至美境界的必要条件。

由此,我们看到一个带有普遍性的诗题,在不同诗人那里,怎样获得具有个体的、民族文化的内涵。在这首诗中,我们终于为外物与诗情、喻象与喻体所达到的那种契合而感叹。这不是别的什么,只能是"苦瓜":"曾经是瓜而苦",而今却不再苦涩,"成果而甘"。生命、艺术的辉煌、永恒,离不开现实人生,特别是与民族历史相联系的苦难的哺育。不过,这一切又都需要基于对艺术、对美的执著,基于创造的"苦心",那实现"换胎"和"引渡"的"巧腕",那"千眄万睐",将灵魂注入并使之流转的虔敬与精湛技艺;在这一点上,诗人与《驶向拜占庭》的作者的心又是相通的。

白玉苦瓜
—— 故宫博物院所藏

余光中

似醒似睡,缓缓的微光里
似悠悠醒自千年的大寐
一只瓜从从容容在成熟
一只苦瓜,不再是涩苦

阅读一组短诗

日磨月磋琢出深孕的清莹
看茎须缭绕,叶掌抚抱
哪一年的丰收象一口要吸尽
古中国喂了又喂的乳浆
完满的圆腻啊酣然而饱
那触角,不断向外膨胀
充实每一粒酪白的葡萄
直到瓜尖,仍翘着当日的新鲜

茫茫九州只缩成一张舆图
小时候不知道将它叠起
一任摊开那无穷无尽
硕大似记忆母亲,她的胸脯
你便向那片肥沃匍匐
用蒂用根索她的恩液
苦心的慈悲苦苦哺出
不幸呢还是大幸这婴孩
钟整个大陆的爱在一只苦瓜
皮鞋踩过,马蹄踩过
重吨战车的履带踩过
一丝伤痕也不曾留下

只留下隔玻璃这奇迹难信
犹带着后土依依的祝福

在时光以外奇异的光中

熟着,一个自足的宇宙

饱满而不虞腐烂,一只仙果

不产生在仙山,产在人间

久朽了,你的前身,唉,久朽

为你换胎的那手,那巧腕

千眄万睐巧将你引渡

笑对灵魂在白玉里流转

一首歌,咏生命曾经是瓜而苦

被永恒引渡,成果而甘

1974 年 2 月 11 日

叙述主体的分裂

1936 年,何其芳写出这样的诗句:"在长长的送葬的行列间我埋葬我自己。"(《送葬》)这一特殊涵义的"送葬",不仅发生在何其芳那里,因此他说是一个"长长"的"行列":不少知识人都意识到"这是送葬的年代"。在三四十年代革命、战争的岁月里,在民众动员和行动、斗争地位至高无上的日子里,"历史的矛盾"挤压之下的向往新世界的知识分子,大多强烈意识到他的梦幻、孤寂、倨傲、曲折的情感、心理和语言方式的苍白、无力与不合时宜,意识到在"英雄史诗"的对照中,自己只有"贫穷的心"的惭愧与困窘。可以理解的自卑,和对"蜕变"的迫切追求,产生了混合着自谴和自嘲的忏悔主题的葬歌。

不过,穆旦的这首葬歌,却是写于 1957 年,可以看到这一主题在

"当代"的延续和变奏。《葬歌》写的是发生于人内心的冲突,处理的是现实与既往的情感、经验的"争战"。这一内容的表现,第一人称的剖白是通常的方式。但穆旦的《葬歌》并不这么简单。叙述主体的分裂,是穆旦诗歌中用来表现内心冲突的常用方式。这看起来好像是一种艺术手段,其实也是人的心理真实。罗曼·罗兰这样写暮年的约翰·克利斯朵夫:

> 他并不觉得无聊。近年来,他老是跟自己谈着话,仿佛一个人有了两个灵魂。而最近几个月,他心中的同伴愈加多了;他的灵魂不但有了两个,而且有了十个。他们互相交谈,但唱歌的时候更多。他有时参与他们的谈话,有时不声不响的听着它们。……

当然,《葬歌》中并没有十种声音。诗的第一章,第一人称的叙述者既讲述"我"的情感心理,但也选择了"旁观"的身份,以第二人称的语气来说明仍属于"我"的另一部分经验。在这里,叙述者分裂为二。这种分裂基于时间上的因素:"我"是现在的自己,而"你"则是"过去的自己";但事实上,"你"又仍活在现在,因而才有了"你可是永别了"的质问。这种时间上的分裂,更是有关对立的感情意向上的。"我"向往新的生活,决心与"过去"决裂投身时代大潮。而"你"则是"我"所要背弃、否定的对象。在这种情况下,诗中的"我"其实既与"你"构成对立关系,但也是包含"你"在内的叙述者的"整体"。

在诗的第二章中,叙述人身份、观点又发生了新的变化。这回不再划分为"异质"的成分,"我""走出自己",从外部来观察存在于

"我"的心理情感的种种,讲述它们对"我"所做的种种诱惑、争取,它们之间进行的较量。这里有对"过去"只是骷髅的诅咒,有感受到"过去"的威胁("沾一沾,我就会瘫痪")的惊恐,有紧拉住"我"的私心的"回忆",有融化"骄矜"的爱情,也有对未来,对"大海的彼岸"的信念……冲突的各方仍体现为"回忆"与"希望"相冲突的"时间"内容。对于在这种争战中的"我"来说,全部的复杂性在于,必须割弃的"回忆",由于联系着充实的心理内容和实在的生活经验成为"温暖的家"而难以割弃,而值得向往的"希望"却只是一种有些空洞的召唤,而导致"过去"的无限延伸("在这死亡的一角,/我过久地漂泊、茫然")。虽然"我"意识到这里面存在的近乎无法克服的难题,但是指出一个乐观的出路,表达坚定的意志,则不容犹豫。于是,在诗的第三章,"我"舍弃了艺术方法上的这种复杂,回到简单的第一人称的抒情方式,开始直截了当地表露"我"的心迹:一个"旧的知识分子"与"过去"决裂的决心。作者可能意识到,这种"直接的诗艺",才能降低前面表现的心理冲突所产生的"毒素",更重要的是能呼应这个"时代"对思想艺术提出的要求。

穆旦在《葬歌》的前两章采用的叙述方式,这种处理情感、心理内容的方法,既是以"客观化"来规避"滥情",也是以具象方式来呈现现代人复杂心理内容。当然,这种方法的运用,主要是由于他对知识分子"受难的品质"的认识:由于他们与现实的脱节,现实地位的尴尬,和"不断分裂"的"自我"内部"蕴藏着无数的暗杀,无数的诞生"。这种方式,在他写于1939年的《防空洞里的抒情诗》中就已经运用。"我"在投入原野上的人群之后回到家里,"独自走上了被炸毁的楼,而发见我自己死在那儿/僵硬,满脸上是欢笑,眼泪,和叹息"。30

年代末已经死在那儿的"自己",这个"过去的自己",在经过近二十年之后,其实仍未死亡、僵硬,仍要再次由"我"来宣告"诀别"。尽管穆旦罕见地使用了他并不常用的急迫、浅白,也显得冗长的表达方式,我们还是对"我"是否能够真的走出这"长长的阴暗甬道"感到疑惑。这种疑惑,不仅来自不同时期诗歌文本的比照,而且也存在于《葬歌》的语调、结构的内部。

葬歌

穆旦

一

你可是永别了,我的朋友,
我的阴影,我过去的自己?
天空这样蓝,日光这样温暖,
在鸟的歌声中我想到了你。

我记得,也是同样的一天,
我欣然走出自己,踏青回来,
我正想把印象对你讲说,
你却冷漠地只和我避开。

自从那天,你就病在家里,

你的任性曾使我多么难过；
唉，多少午夜我躺在床上，
辗转不眠，只要对你讲和。

我到新华书店去买些书，
打开书，冒出了熊熊火焰，
这热火反使你感到寒栗，
说是它摧毁了你的骨干。

有多少情谊，关怀和现实，
都由眼睛和耳朵收到心里；
好友来信说："过过新生活！"
你从此失去了新鲜空气。

历史打开了巨大一页，
多少人在天安门写下誓语，
我在那儿也举起手来，
洪水淹没了孤寂的岛屿。

你还向哪里呻吟和微笑？
连你的微笑都那么寒伧，
你的千言万语虽然曲折，
但是阴影怎能碰得阳光？

我看过先进生产者会议,
红灯,绿影,真辉煌无比,
他们都凯歌地走进大厅,
后门冻僵了小资产阶级。

我走过我常走过的街道,
那里的破旧房正在拆落,
呵,多少年的断瓦和残椽,
那里还萦回着你的魂魄。

你可是永别了,我的朋友?
我的阴影,我过去的自己?
天空这样蓝,日光这样温暖,
安息吧,让我以欢乐为祭!

二

"哦,埋葬,埋葬,埋葬!"
"希望"在对我呼唤:
"你看过去只是骷髅,
还有什么值得留恋?
他的七窍流着毒血,
沾一沾,我就会瘫痪。"

但"回忆"拉住我的手,

学习对诗说话

她是"希望"的仇敌；
她有数不清的女儿，
其中"骄矜"最为美丽；
"骄矜"本是我的眼睛，
我怎能把她舍弃？

"哦,埋葬,埋葬,埋葬!"
"希望"又对我呼号：
"你看她那冷酷的心，
怎能在被他颠倒？
她会领你进入迷雾，
在雾中把我缩小。"

幸好"爱情"跑来援助，
"爱情"融化了"骄矜"：
一座古老的牢狱，
呵,转瞬间片瓦无存；
但我心上还有"恐惧"，
这是我慎重的母亲。

"哦,埋葬,埋葬,埋葬!"
"希望"又对我规劝：
"别看她的满面皱纹，
她对我最为阴险：

她紧保着你的私心,
又在你头上布满
使你自幸的阴云。"

但这回,我却害怕:
"希望"是不是骗我?
我怎能把一切抛下?
要是把"我"也失掉了,
哪儿去找温暖的家?

"信念"在大海的彼岸,
这时泛来一只小船,
我遥见对面的世界,
毫不似我的从前;
为什么我不能渡去?
"因为你还留恋这边!"

"哦,埋葬,埋葬,埋葬!"
我不禁对自己呼唤;
在这死亡底一角,
我过久地漂泊,茫然;
让我以眼泪洗身,
先感到忏悔的喜欢。

学习对诗说话

三

就这样,象只鸟飞出长长的阴暗甬道,
我飞出会见阳光和你们,亲爱的读者;
这时代不知写出了多少篇英雄史诗,
而我呢,这贫穷的心!只有自己的葬歌。
没有太多值得歌唱的:这总归不过是
一个旧的知识分子,他所经历的曲折;
他的包袱很重,你们都已看到;他决心
和你们并肩前进,这儿表出他的欢乐。
就诗论诗,恐怕有人会嫌它不够热情:
对新事物向往不深,对旧的憎恶不多。
也就因此……我的葬歌只算唱了一半,
那后一半,同志们,请帮助我变为生活。

一九五七年

街头诗三首

田间

假使我们不去打仗

假使我们不去打仗,
敌人用刺刀

杀死了我们，
还要用手指着我们的骨头说：
"看，
这是奴隶！"

    这是田间抗战时期写的街头诗中的一首。1938年，田间到延安后，随西北战地服务团进入晋察冀边区的抗日根据地。一方面，是战争形势的要求，另一方面，是田间坚持诗必须与人民斗争结合，服务于革命、战争的诗歌观念，加上马雅可夫斯基的"罗斯塔之窗"（一种根据革命需要，对现实问题做出及时反应的诗歌创作方式）对他的启发，使他这一时期，十分重视街头诗的写作。他是1938年8月7日延安街头诗运动发起者之一，也是虔诚的实践者。在街头诗发起、参与者看来，它的主要目的是起到宣传、动员的作用。为它设定的读者是根据地的军队和老百姓。街头诗的发表方式，除刊载于边区的报刊之外，主要是印或抄写成诗传单散发或者用粉笔黑炭水写在乡村的墙壁、石头、门窗边。它的功能、对象、发表方式的这些特征，决定了它的形态：短小、简捷明快、采用口语，避免复杂句式和艺术手段。《假使我们不去打仗》一共只有六行，全诗可以看做一个简单的陈述句。诗在"假使……"这一论辩的方式上展开，作者简化了所有多余的描述、说明，在简洁的推论中，以不容置疑的语气直迫事物的"本质"，发挥其警策性的力量。这首诗所采用的直接揭示思想意旨核心的表达方式，虽然不是诗的普遍方式，然而在带有说理和鼓动性的街头诗中，却是有效方式之一。

学习对诗说话

义勇军

在长白山一带的地方,
中国的高粱
正在血里生长。
大风沙里
一个义勇军
骑马走过他的家乡,
他回来:
    敌人的头,挂在铁枪上!

　　田间抗战初期的诗,具有"热情的飞进"的特点。不过这一首却采用了不同的方式。没有他常用的召唤、鼓动的词语和句式思想情绪被"凝定"在偏于静态的画面之中。诗的叙述者以确定的"观察点",描述所见到的东北秋日田野的景象。他的想象,或者可以看到中国传统战争、侠义故事的那种"暴力"构图。战斗者的爱国热情,他的勇敢、英雄气概并没有直接表现,而是加以暗示,给读者留下联想空间。在词语上,田间也运用了抗战抒情诗较为普遍的提升具体事物涵义的方式。"中国的高粱"表面看来词语搭配并不稳妥,也难以使具体事物的描述在意义上得以延伸,但是以"正在血里生长"加以烘托,既是东北高粱成熟的原野的色泽,又可以看做是血染的土地的隐喻,而顺畅地让自然景物的画面扩大其社会性内涵。

阅读一组短诗

坚壁

狗强盗,
你要问我么:
"枪,弹药,
埋在哪儿?"

来,我告诉你:
"枪,弹药,
统埋在我的心里!"

在战争中,动员群众将粮食、枪支、弹药等埋藏起来,以免落入敌人之手,这称为"坚壁"。与前面的街头诗不同,诗的叙述者不直接发言,隐身在诗的后面。其实,可以看做是叙述者的内心独白,却以想象中的根据地某一战士或老百姓的身份出现,并在拟想的冲突中,构造"戏剧性"情景,来表现军民的无法摧毁的意志和决心。由于叙述者身份的改变,更注重日常口语运用,句式也更有那种斩钉截铁的简短。

舒婷诗的句式

苏珊·朗格在《情感与形式》中指出,"各种现实的事物(包括情感等内容),都必须被想象力转化为一种完全经验的东西,这就是作诗的原则",而"进行诗转化的一般手段是语言"。这说的是"作诗"的情况,从"读诗"方面看,情形也是如此,想象力如何经由"语言"来将

学习对诗说话

"事物"转化为"经验",是诗歌解读、分析过程中重要的一项。在诗歌中,语言的因素包括声音、节奏、韵律、词语、句式、掌法、意象、比喻等多个方面。由于读者面对的诗歌文本性质、个性各异,也由于读诗人修养、习惯和诗歌观念的不同,这种借助对语言的分析进入诗歌的途径也千差万别。读舒婷的诗,从语言的角度,可能有两点最先引起注意。一个是喜欢选择"修饰性"的词语。这种"修饰",并非为了从限制中达到表达上的清晰,相反,是加强了思想情绪的"朦胧"效果。当然,这是一般的"浪漫主义诗歌"的"惯技"。"古典主义诗人"说"等待"、"注视",有更多浪漫情调的诗人会感到不满足,会选择较为复杂的方式,比如说"蓓蕾一般默默地等待",说"夕阳一般遥遥地注目"。正如一位诗评家说的,舒婷不单说"明亮"、"忧伤"、"沉默",不把它们分开来说,而是复杂化地将它们连在一起,说"以忧伤的明亮透彻沉默"。如果你苦苦思索什么是"忧伤的明亮",而这种明亮"透彻沉默"又是怎样一回事,那你可能会被认为是一个"呆鸟"。诗人并不是要让你去"解",而是让你去"感",体验一种"朦胧"的情绪状态。

舒婷诗歌语言的另一特点,是句式使用上的偏好。使用(或不使用)虚词所带动的,构成转折、选择、虚拟等的句式,在她的诗中大量出现(至少是70年代末到80年代初的作品)。这种句式诸如:不是……而是,虽然……但是,与其……不如,以及如果……也许……等。下面试举几例:

> 无垠的大海
> 纵有辽远的疆域
> 咫尺之内

却丧失了最后的力量
　　——《船》

为了留住你渐渐隐去的身影，
虽然晨曦已把梦剪成烟缕，
我还是久久不敢睁开眼睛，
……
纵然呼唤能够穿透黄土，
我怎敢惊动你的安眠？
　　——《母亲》

如果你是火
我愿是炭
想这样安慰你
然而我不敢
……
如果你是树
我就是土壤
想这样提醒你
然而我不敢
　　——《赠》

为什么"不敢"？诗人没有明说。倒是泰戈尔较为显豁："我想对你说出我要说的最深的话语，我不敢，我怕你哂笑"，"我想对你说出我要说的最真的话语,我不敢,我怕得不到相当的报酬"(《园丁集》)。当然,明白有明白的好处,朦胧也有朦胧的优点,这里并不在比较优劣;更重要的是不要离开具体作品做抽象论定。

在写送别友人的《心愿》中,否定—肯定的这种转折句式,贯穿全部四个诗节。"愿每一朵三角梅都送一送你呵/愿你的脚步不要被家乡的泪容牵绕","愿你的旅行不要这样危险呵,/愿危险不要把你的勇气吞灭掉"……期望平安,但也知道危险很难规避;珍重柔情,但也明白柔情也会在无意中成为"陷阱"。其他的例子如著名的《神女峰》,"与其在悬崖上展览千年,不如在爱人怀里痛哭一晚"等。

这种选择、转折的句式,在舒婷的有些诗里,甚至扩大为整体结构。诗的不同部分所体现的不同情景、思绪,成为具有对比,或冲突性质的(扩大的)"句子"。这只要读她的《致大海》、《秋夜送友》、《中秋夜》、《自画像》、《四月的黄昏》、《也许》、《馈赠》、《雨别》、《在诗歌的十字架上》,便能明白这一点。《中秋夜》表示为了一种崇高目标而选择献身道路,"没有蔷薇花,也不曾后悔过",但生命中的另一面也难以抗拒:"人在月光里容易梦游,/渴望得到也懂得温柔。/要使血不这样奔流,/凭二十四岁的骄傲显然不够。"诗的叙述者明白,生活也好,感情也好,"留多少给自己,就有多少忧愁",然而,还是不免有这样的强烈的期待:"要有坚实的肩膀,/能靠上疲倦的头,/需要有一双手,/来支持最沉重的时刻。"

这种句式大量运用,与所要表现的情感性质有密切关联。舒婷诗的动人部分,与表达内心冲突、情感纠葛,和为缠绕的情感寻找"出路"的写作动机有关。它们呈现一种精神状态,一种情感冲突的过程,也就是表现"情感的动态形式"。当她试图以一种直陈的句式和语调,来对事物进行确定的判断的时候(如《一代人的呼声》、《墙》、《这也是一切》、《土地情诗》),往往不是那么成功。不是说确定的陈述句本身有什么"罪过",而是这种语言方式与诗人的艺术气质之间,尚未取得艺术创造的那种协调。也许可以说,她的诗的特色,不在于做出"不是一切呼吁都没有回响,不是一切损失都无法补偿"(《这也是一切》)的断言,而是选择合适的语言方式,来表现"被柔情吸引又躲避表示／还未得到就已害怕失去"的犹豫。舒婷诗的"叙述者"是个"破坏平衡"的"任性的小林妖","自己是个漩涡,还制造无数漩涡"(《自画像》),也很懂得如何玩这种熟稔的"魔法"。

　　缠绕的情感和"制造"这种情感"漩涡"的方法,在诗歌写作里,最好避免成为自我满足的小游戏;尽管在生活中(其实写作也一样),这种"小游戏"不可避免,也并非都无益。舒婷当然也有"孤芳自赏",也会为自己的这种能力欢喜。但总的看来,她知道控制,并没有滥用。重要的是,没有把这种情感状态及其表现孤立起来。事实上,在70年代末到80年代初,舒婷诗中对这种复杂情感的表达,具有一种与时代氛围相连的"革命"意义;这使这些作品与那些沉浸于经营情感的"小游戏"的作品区别开来。诗中的选择、对比,透露了历史转折期的紧张状态和"解放"感。"选择"需要辨别,分辨过去与未来,情感与理智。"也许有一个约会,／至今尚未如期;／也许有一次热恋,／永不能相许"(《四月的黄昏》);"也许藏有一个重洋,／但流出来,只是两颗泪珠"(《思念》);"也许燃尽生命烛照黑暗,身边却没有取暖之火"(《也许》)……虽然意味着限制和遗憾,但并不意味着放弃由信念所推动的选择。

　　从艺术上看,舒婷诗中由特定句式所引领的带有矛盾性质的意向、情感,并不处于平衡的地位。理想追求、殉道者的信念等虽然得到强调,却有些模糊、抽象,并未成为一种"实体"。相比起来,对柔情的依恋,对个体生活权利的渴望,在诗中虽然常常处理为被抑制的对象,却自然而具体可感。因而,读者会为那种即使负伤也要横越天空的意志感动,但更会对渴望温暖、依靠的感情需求印象深刻。在《致橡树》、《惠安女子》、《神女峰》等诗中,舒婷多次宣言了个体生命、特别是女性人格的独立、尊严,宣言为实现这一目标进行抗争的决心。但是也同时表示寻找庇护、依托:"我不怕在你面前显得弱小……世界在你的身后,有一个安全空隙"(《会唱歌的鸢尾花》);"流浪的双足已经疲倦/把头靠在群山的肩上"(《还乡》);"用你宽宽的手掌/暂时/覆盖我吧"……

舒婷自己说,"我非常喜欢杰克·伦敦的《海狼》、《雪虎》,喜欢海明威的作品,在笔记上抄遍无数关于强者的名言警句,实际上我始终并不坚强";"无论在感情上,生活中,我都是个普通女人","如果可能,我确实想做个贤妻良母"。

"重写诗歌史"?[①]

20世纪的中国新诗研究,是个很大的题目。这里,我只想谈谈诗歌史(这里指"新诗史",下同)写作的问题。

仿照着"重写文学史"这一著名命题,诗歌研究界也有"重写诗歌史"的提法。广义的"诗歌史",可以包括一切对新诗运动、思潮、艺术形式、诗歌流派和诗人创作在内的研究:从这一角度说,"重写"——更新研究的观念方法,以达到重估"主流"、发现"边缘"、深入把握新诗发展过程的矛盾——的提出是适时而有益的。不过,如果从严格意义上来理解"诗歌史"这一概念,则我们现在面临的问题并不是重写,而是写。据我所知,我们至今仍未诞生一部较全面系统、且有较高学术水准的中国新诗史的著作,虽然我们已有一些对中国新诗过程的概述性的文章,有许多对诗人、诗潮和流派研究的文字,有关于某一时期(如"当代")或某一地域(如"台湾")的"诗史"著作。我们翘首以待的谢冕、孙玉石先生的《中国新诗诗潮史》的巨著,至今也没有问世。相比起小说、戏剧、散文等门类来,我们从事新诗研究的人,多少会有凄凉而惭愧的感觉。

不过,难道"诗歌史"的写作是很重要的吗?我有时也常会产生这种疑惑。特别是这种历史研究与我们"现实"的诗歌理论和写作处

---

① 应《诗探索》的"20世纪中国新诗研究"讨论专栏而写。

于完全脱节的情况下。这就牵涉到"诗歌史"研究、写作的立场、出发点的问题。我觉得,目前的困难并非完全来自于材料的搜集、辨析等基础性工作,而是激活这种研究"冲动"的"立场"的确立方面。一方面,目前,诗的写作者(这里我暂不使用"诗人"这个词)和诗论的创造者是否有关注中国新诗历史、"传统"的迫切意愿;另一方面,是诗史的研究者,是否有拥抱、把握当前诗的状况和趋向的兴趣和能力。70年代末,当北岛在《今天》的"致读者"中,提出要"用一种横的眼光来环视周围的地平线"的时候,他是先觉性地,然而也是富于历史眼光地表达了要求诗的革新的普遍而强烈的愿望。将中国诗歌置身、汇入"世界(其实是西方)诗歌"的"主流"中,这是80年代以来诗歌界持续不衰的"冲动"。这种努力,既表现在十多年的诗歌理论、批评、宣言中,也清晰地体现在带有"先锋"色彩,但不断转换的诗歌写作实践上。这对我国当代诗歌写作与批评的革新、"进步"所起的推动作用,是有目共睹的。

不过,如果谈到"反思"的话,这种激烈的横向选择和价值取向,并非没有需要检讨的地方;只是这种趋势,眼前还没有看到做出调整的苗头。前些年,曾经有过中国的"现代诗"(在使用这一概念的时候,显然包含一种清楚的价值判断,大体类似于"真正的"、"可以看作诗的诗"的含义)从朦胧诗开始的说法。但到了90年代,已变化为"现代诗"从朦胧诗后才诞生。理由是北岛们所表现的,仍是一种"群体"意识和情感,而且触及的,还只是"社会性"的层面。而诗,据说应该表现人的生命体验,生命还原。在这样的标尺下面,不要说北岛、舒婷们已经变得落后而陈旧,就是海子也无法"够"上"真正的诗人"的"格"。

是的,诗在 20 世纪中国文学的诸文类中,是非常"特殊"的:长期的无休止的争论;在诗观上没有共同语言的分裂;快速埋葬"历史"的勇气……在小说界,从五四文学革命以后,我们再也没有听说过"新小说"(或"现代小说")从谁谁那里开始的提法,没有听说过"新散文"("现代散文")从周作人、或从林语堂、或从杨朔、或从余秋雨开始的提法。我们从当前小说、散文的批评、创作中,无需费很大力气,便能看到前人的创造如何化为活的生命流贯其中:我们看到了继承,因此也认识了创新。而诗却总有一种从头开始的"情结",唯恐被"历史"这一鬼魅所依附,总想从它的身上,摘干净一丝一缕"历史"的痕迹,不论是精神方面的,还是形式技巧方面的。当我们无法或拒绝从"本土"的"历史"("朦胧诗"自然已属"历史")中找到可供挖掘,借鉴、批判的"资源",而把西方诗歌(虽然有其杰出的"传统")当做唯一"资源"的时候,这究竟是我们的"幸"还是"不幸"?

在这样的困惑面前,从事诗歌史研究和写作,将是困难重重的。当然,我们可以选择一种工匠式的解剖和梳理方式,对这近百年的历史加以铺排,然而,正像许多学者所指出的,缺乏"当代性"、"当代意识"的历史研究,将是没有生气的。

原载《诗探索》1996 年第 1 辑

几则有关顾城事件的札记①

知道顾城死的事件,是在一次会议上。93年10月初,我结束了两年的日本东大教学任务,回到北京。恰好朋友刘登翰主编的两大厚册的《台湾文学史》出版,来北京召开研讨会。会议时间在10月中下旬,地点是宣武门那边的新华社。会议进行的时候,坐在我旁边的袁良骏递给我当天(或前一天)的《北京青年报》,顾城的消息就刊登在上面。现在回想,已经说不大清楚当时的反应,可能是惊讶、不解,接着是失望、鄙视等的混杂。但有一点是清楚的,就是这个事件在我心中停留的时间之长,我自己也没有预料到。此后的一段时间,虽然也断断续续听、读有关这个事件的报导、评论,但其实心中是在回避着它。这一年的11月底到12月初,在苏州大学召开当代文学研究会年会。按照议程,有一天下午是有关顾城事件的报告和讨论。我有点害怕听这样的讨论,便对同住一个房间的孟繁华说,我们四点以后再过去。孟繁华不明白我为什么会有这样的提议,但还是尊重我的意见。由于这样的情绪的支配,所以,顾城的《墓床》,他的《英儿》,虽然学生送给我,我却至今没有去读它们。虽然他在当代诗歌史上可能还有相当地位,而且,我将来如果还有诗歌史写作的计划,肯定也无法忽略他,但是,作为一个读者,耳边经常的声音却是:这个人已经结束了。

---

① 这些片断文字,大约写于1996—1997年间,没有发表过。收入本书时文字有改动,并增写了所有的注释。

几则有关顾城事件的札记

刚过去的90年代初的这几年,是一个还没有得到充分描述的时代,即使仅仅在文学,在诗歌的范围内。这几年,也许失去了80年代的那种确信和稳定,但也不是那种现在已经到来的平淡(平庸);各种思绪、冲突在这个期间得到真诚的暴露。91到93年在东京,由于讯息的欠缺,对国内诗坛,特别是"民间诗坛"的情况我了解甚少。94年以后,才陆续补读一些作品,多少了解到这些年一些诗人在孤寂中所做的坚忍工作,也读到像西川、王家新、欧阳江河、王寅、柏桦、于坚、张曙光、臧棣等写于90年代初的作品。由此更深切意识到,近来经常发出的对90年代诗歌的责难,对许多诗人来说实在很不公平。即使如顾城这样的事件,从一个方面说是让诗歌蒙受羞辱,但从另外的角度想,也可以窥见诗歌在间接反射时代问题上呈现的那种前沿的尖锐性?好像有的评论家是从这个方面去分析的。

一个偶然的机会,读到帕斯捷尔纳克的《人与事》,这本书的中译本已经出版好几年了,我却才见到。① 在这个集子里,《人与事》是作家66岁时写的第二篇自传性质的文字,另一篇是写于1930年的《安全保护证》。这里有一段写到20世纪俄国诗人的自杀。在诗人之死成为我们诗坛主要话题的年代,很自然引起我的注意。他是从马雅可夫斯基说起的:

> 我觉得马雅可夫斯基是由于孤独而开枪自杀的,由于他谴责

---

① 《人与事》,乌兰汗、桴鸣译,三联书店,1991年版。

了自身中的某些事或周围的某些事,而这些事是和他的自尊心水火不相容的。叶赛宁自缢而死,他没有认真考虑后果,他心灵深处还以为——谁晓得,也许这还不是结局,还有个万一,情况模棱两可的。玛丽娜·茨维塔耶娃一生中都用工作来规避日常琐事,当她发现这样做下去是不能容忍的侈靡之举时,为了儿子她必须暂时放弃这种心甘情愿的活动,并用清醒的目光环视周围,这时她发现眼前是一片混乱,这是创作所对付不了的、停滞不动的、不习惯的、毫无生气的混乱,她在惊恐中躲避起来,在恐怖面前她不知所措,便仓惶躲进死亡,她把头伸进绳套,如同把头埋在枕头下一样。我觉得帕奥洛·亚什维里什么也弄不清楚了,好像是被1937年的希加廖夫勾当弄昏了头脑。夜里,他望着酣睡的女儿,想象自己再没脸看她,第二天一清早他便去找几位朋友并用双管猎枪的霰弹打碎了自己的颅骨。我觉得法捷耶夫带着他那内疚的微笑,从种种政治诡谲之中走了过来,在开枪之前的一刹那,又带着这种微笑,跟自己告别,可能说出类似的话来:"喏,一切都已终结,永别了,沙沙。"①

在帕斯捷尔纳克看来,这些诗人的这种遭遇,既是"时代性"的,但也是"个人"的。这个"时代"所具有的那种"非人"的压迫性,是他们共同要面对的;他们选择的结局,都多少跟这个大背景有关。但具体的情况,处境,走上自杀之路的具体原因又各不相同。记得50年代在大学上俄苏文学课的时候,为了否定叶赛宁的悲观,也为了肯定马

---

① 《人与事》,第243—244页。

几则有关顾城事件的札记

雅可夫斯基对新世界的信心,曾经引述后者的"死是容易的,活着却更难"这句名言。那时候,没有意识到"活着却更难"其实蕴涵的是某种正在升起的绝望。现在才认识到,两个在风格、信仰上迥异、甚至对立的诗人,最终却选择同样的归宿之路;区别只是:一个使用绳子,一个使用枪械。

法捷耶夫可能是另一种情况。他的手可能沾有鲜血?至少,他参加进了30年代到50年代的"政治诡谲"之中。但帕斯捷尔纳克也明白他的处境和经受的折磨,明白他那种无法摆脱的"内疚"。所以,即使对法捷耶夫,也给予了同情和体谅。这是因为帕斯捷尔纳克明白,活着的人也许并不能真切了解、体认他们的痛苦和绝望。他说:"当一个人决定自杀时,就是对自己表示绝望,抛弃了过去,宣布自己破产,认为自己的回忆已经无用。这些回忆已经不能接近这个人,不能拯救他,也不能支持他。内在的连续性遭到了破坏,个人结束了。"所以,他说:"让我们怀着同情的心,再在他们所蒙受的苦难面前低下头颅吧!"

但是,顾城应该不属于这样的情况。一个非常简单的事实是,他不仅是自杀,而且是杀人,杀害一个已经为他牺牲了许多的人。这是绝对不能混为一谈的两回事。①

在帕斯捷尔纳克的《安全保护证》里,多处写到马雅可夫斯基。《安全保护证》写在1930年前后,与后来晚年写的《人与事》,在对生

---

① 21世纪初,读到诗人钟鸣在《旁观者》一书中对这个问题的议论,我十分赞同他的看法。我在后来修订《中国当代新诗史》的时候引用这些观点:应该把问题降到常识性的论述上来,要向过分象征性的东西论战。

活、历史的看法上,有内在连贯性。但是,也有许多不同。比如没有了早期那种华丽(甚至带有对自己想象力和修辞能力炫耀的意味)。但最重要的区别在于整体的语调和态度:从想要证明什么、确立什么、宣布什么,变化为回顾来路的陈述,对所欠生活的"债务"的偿还。如同在《人与事》里那样,对马雅可夫斯基的描述也是《安全保护证》中的一个关节点。帕斯捷尔纳克和马雅可夫斯基这两个诗人在俄苏现代诗歌史上地位的变化、消长,不仅有关诗歌,而且也是当局政治角力的组成部分。

在《安全保护证》里,对马雅可夫斯基有这样的描写:

……在他的举止言谈中可以看出一种业已做出的决定,这决定正在实施中,而决定的后果毋庸置疑。这个决定其实是他的天才,当年他与这个天才相遇时曾使他感到震惊。这就成为他的终身选择,他毫不怜惜和犹豫地献出整个身心来完成这个选择。

……这个选题是饕餮的,它不能容忍拖延。因此在开始时,为了投其所好,不得不预支自己的未来。这预支是以第一人称实现的,这自然就需要摆姿态了。①

"预支自己的未来"这句话说得让人惊心。帕斯捷尔纳克还说:"他度过这一段丰富多彩的生活是应日后不时之需的,所以大家看到他时,他已处于生活不可逆转的后果之中了。"从表面上看,读着这些话,不知道为什么就想到几年前的顾城。马雅可夫斯基和顾城似乎完

---

① 《人与事》,第135页。

全没有可比性,在个性,在才能性质,在诗歌观念上几乎完全不同。不过,有时候生命的内在形式,在最没有共同性的事物中,也会发现某种相似点。顾城也曾经为与自己的"天才"相遇而震惊吗?是否也过早确定了自己的姿态,过早确定那饕餮的"终身选题"?是否也因此不由自主地,"不得不预支自己的未来"?因而为可以保持已经确立的姿态而付出过量的代价?

和刘登翰合著的《中国当代新诗史》的出版,遇到颇多的周折,从交稿到最终问世,拖了有五六年。88年交人民文学出版社,在社里搁置了将近两年。接着就是89年发生的事件,使书中对北岛的评述成为问题。然后是出版社不断请示上级机关如何处理,而始终得不到明确答复。于是我们将稿件转到北大出版社。审稿时被告全书思想倾向存在严重问题,需要做全面修改。没有办法,只好又返回人文社。最后妥协的处理是,在讲述朦胧诗时保留北岛名字,而全部删去论述北岛的几千字。书终于出来了,这时已经是1993年,到了大家都在说的"世纪末"了。94年第一天,《诗探索》编辑部在北京的北海后门那边的文采阁,对这部"诗史",开了小型座谈会。谢冕、吴思敬、西川、牛汉、郑敏等先生都出席了。刘登翰在福州,没能参加。中午吃饭的时候,郑敏先生问起西川近来写作风格发生的变化(大概是指他的《致敬》等作品),后来又说到顾城。记得西川说,人性中总存在恶的部分,对于恶,要有通道让它释放,而不能采取一味的堵塞、禁锢。他说顾城的问题,从一个方面说是出在这里。当时,我不知道他的解释是否合理。如今读《人与事》,觉得可以从里面找到呼应的理解。我想,顾城对那个饕餮的"选题"的"预支",不仅是时间上的("未来"),

而且是"空间"上的:他把这个"选题"姿态化,并且自觉(而后来则成为"潜意识")地当做生活的全部。而人不可能无时无刻都生活在这种姿态里;他会被自己的这个饕餮的"选题"逼疯的。悲剧可能就在这里。

……他好像是心中有事,在经受着一个转折。他很了解自己的使命。他公然在摆姿态。但是尽力掩盖着内心的恍惚和狂热,以致他的姿态中渗出了冷汗珠。①

---

① 《人与事》,第147页。大概是2004年,我读到诗人王小妮的一篇文章,说"我们的生存大多数时候和诗人无关";她既不打算放弃对诗的投入,但也认识到诗歌的"反作用力",认识到诗"在很大程度上是可以害人的";因而人不一定总要刻意培植、经营一种诗人的角色。

序《90年代中国诗歌》[1]

近些年来,诗歌创作的现状受到许多责难,"诗歌危机"的说法又再次出现。如果不是笼统、而是分析地来面对这些责难的话,那么,可以发现,它们既来自不同的方面,且对"危机"的指认也存在着差异、甚至抵牾的含义。这些责难至少涉及以下几个层面的问题:一是中国现代诗一开始就存在的难题;二是90年代现代汉语诗歌创作的"转变"所呈现的"不确定性";另外,这里也潜隐着诗人、诗评家在诗歌观念调整、反省上的紧张关系。

从某种意义上说,"诗歌危机"的命题在可以预见的相当长的时间里是有效的,如果对现状的批评所提出的问题,是那些自新诗诞生之日起就面临的问题的话。例如,在与古典诗歌的"断裂"中,新诗如何建立自身的体制和艺术经验;现代汉语在诗歌写作上的可能性的开掘;面对西方诗歌和中国古典诗歌"传统"的强大压力的态度和策略;作为诗人的诗艺目标与作为启蒙知识分子的人文意识的选择与协调;等等。这些问题,在新诗发展的各个时期,都不断被提出,90年代也不例外。这些难题的"再次重临"以及处理失据而出现的混乱,并不应由当前的诗作者来承担。当然,90年代的诗人和诗评家也有他们

---

[1] 《90年代中国诗歌》由洪子诚主编,文化艺术出版社1998年出版。收张枣《春秋来信》、臧棣《燕园纪事》、张曙光《小丑的花格外衣》、孙文波《给小蓓的俩歌》、黄灿然《世界的隐喻》、西渡《雪景中的柏拉图》。

所难以回避的责任,这就是反省新诗历史上在处理这些问题时存在的偏差和失误;但同时,也必须认真辨析、总结本世纪初以来几代诗人和诗论家在解决这些难题时作出的贡献。也就是说,"新诗"本身的"传统",还没有成为我们的创造者所重视的"资源"。在这方面,提出警惕对一种"时间神话"的迷信,应该说是适时的。

从另一种意义上说,"诗歌危机"又可以说是一个虚假的问题。写诗的人比读诗的人还要多,读者已离诗远去;诗写得越来越难懂、不知所云;诗执意潜入个体狭小感觉空间,与广阔现实生活和迫切问题脱节;诗在竭力雕琢,进行语言游戏,而忘记了内容,忘记宏大和崇高……这些责难之所以令人疑惑,一方面是概括所必须的事实根据是否充足,另一方面更重要的是这种判断所依循的准则能否成立。就后者而言,这本来就是个需要讨论的问题。如果我们不再像以往那样进行激烈但无效、不得要领的争论,那么,我们必须改变处理问题的方式。也就是说,不是首先从各异的诗观出发,凭一种印象,对诗界现状作四分五裂的描述和判断,而是首先细心地考察诗人们究竟做了些什么,做得怎样,并首先讨论我们据以评判、解读现代诗歌的理论、方法的合理性和有效性。基于这种理解,我觉得,我们不仅要对诗提问,而且对"对诗提问的人"提问;不仅质疑诗,而且质疑自身。这种质疑、反省,不是专指某一部分人的,而应是一种普遍性的自觉意识。因而,把目前诗界中的冲突和复杂关系,简单划一地看做是保守与革新,或"代际"的关系恐怕不一定合适(虽然确实也存在这种因素)。当然,在目前,质疑和反省有一个迫切的指向,这就是调整与确实发生重要变化(出于谨慎,我不使用"转型"或"另一种"这种说法)的90年代诗歌的关系。这是包括我在内的许多关心当代诗歌者所要面对的问题。

序《90年代中国诗歌》

多年来,在极有限的范围内,我看到不少严肃、真诚的诗歌"献身者"(我在使用这个词时,绝没有哗众取宠的意思)。在文学的诸样式中,诗歌环境在当前是最为困难的。诗界由于观念和其他更重要的原因出现的对立和分裂,有目共见。一些诗人的辛勤劳作,不能获得承认。社会发展的强大的商品性趋向,也使诗的地位日见窄狭和窘迫。在当今的大多数情况下,诗不可能是获致名利的较好途径。在这种情况下,不少诗的写作者长期坚守于这孤寂的领地而不退缩。他们以对词语和技艺的不知疲倦的锤炼,表达对这个纷乱、矛盾、混杂不明的世界的经验,以他们对人类精神性生活的坚执,在不可能中寻找可能,在无意义中寻找意义,在混杂无序中寻找秩序,在失望中寻找得救,在缺乏诗意中寻找诗意。这是让人感动的精神和态度。

这次,文化艺术出版社出版的"90年代诗歌"丛书,其作者正是这些诚挚的耕耘者的一部分。自然,他们作品的得失成败,那是需要在诗学的层面上加以严肃、细致分析的。

为了这套丛书的出版,不少同志做了大量的工作,在此一并致谢!

1997年8月7日

如何对诗说话

在最近参加的若干讨论"90年代诗歌"的座谈会上,我遇到一些令人困惑的现象。这些会议的出席者有诗人、诗歌批评家,和一些从事文学理论、文学批评的专业人员。然而,会上却总是不能形成共同的、有意义的话题。结果常常是每人发表一番对诗的"宣言"性质的意见;由于这些标明诗学立场的话语距离相去甚远,且实际上不是一个层面上的问题,所以又会发生激烈的冲突。争论相当热烈、尖锐,细细想来,却无助于对问题理解上的进展。

举一个例子说吧。有一些批评家对"90年代诗歌"发出的最严厉指责,是诗远离现实,诗人逃避应承担的社会责任,对当代人的生存处境、历史境遇缺乏关心。他们还以80年代初一些诗作在社会公众中产生广泛反应来作为对比。在这种批评中,"90年代诗歌"被描述为存在一种"非历史化"的倾向,即向着追求脱离特定时空的情感、经验,或个人狭小情感状态表达的倾向。

但是,并没有提供做出这种概括的任何具体依据、材料,也无法弄清楚"90年代诗歌"这一语词"笼罩"的是哪些诗人的创作、哪些诗歌现象。如果我们谈论的是延续朦胧诗传统而发展的诗歌线索(这被有的批评家称为"现代诗")的话,那么在诗与现实关系这一问题上,实际情况并不像批评者所说的那样,至少不是那样简单。

的确,从80年代中期开始,在姑且称为"中国现代诗"的这一"诗界",存在着追求"纯诗"的强大潮流。1986年由《诗刊》社主持的在兰州召开的诗歌理论讨论会上,"语言意识"与"生命意识"是两个最激动人心的词语。记得金丝燕女士在她的精彩发言中,论述没有任何沾染的纯真状态是诗歌写作的理想状态;而社会生活经验在上面不断留下"污迹",也就是"诗性"的逐步丧失的过程。在此期间,又有宣称回到"前文化"状态的"非非主义"的理论出现。我们能够理解这些主张提出的"现实合理性":在一个诗的负累如此沉重,诗与政治、与社会行动纠缠混淆而难以剥离的诗歌语境中,这种主张内在着一种批判指向。诗歌(文学)独立的提出,是有它的"革命性"意义的。事实上,从诗身上清理被当代政治文化的遮盖和"异化",是这场"诗歌自觉"运动的意义。但是,在后来当所谓的"语言意识"和"生命本体意识"作为诗学的"真理性"命题被表述,把所有带有社会历史印记的诗作目为"不纯"的诗歌而设定为需要超越的对象时,值得忧虑的情况便伴随而生。这种情况,确如王家新所说,在一部分诗人那里,出现了面对现实、处理现实的品格和能力的弱化,甚至丧失;诗人失去了文化参与意识与美学批判精神。

但是,在1997年的今天,如果我们要继续谈论、思考这个问题,那么不应无视80年代末以来的新的情况。对"非历史化诗学倾向"的整理、反省,在不少严肃、郑重的诗人那里,已进行了多年。这不仅体现在他们讨论诗学的论文、随笔中,也直接在他们这几年的诗歌创作中得到反映。王家新的《瓦雷金诺叙事曲》所探讨的,正是"给定的生存话语条件与文学的自由表达之间,在写作的文化承诺、道义责任与个人的自由意愿之间"的困惑和沉痛。如果这个问题成为我们谈论的话题,那么谈论者在谈论之前可以不认真读读这些诗人90年代以来的创作吗？可以不读诸如《生存处境与写作处境》(西川)，《'89后国内诗歌写作：本土气质、中年特征与知识分子立场》(欧阳江河)，《奥尔弗斯仍在歌唱》、《阐释之外》(王家新)、《有关我们的写作》(陈东东)，《后朦胧诗：作为一种写作的诗歌》(臧棣)，《改变世界与改变语言》(耿占春)这样的论文吗？有关诗歌写作的艺术纯洁与历史真实命运之间关系的复杂性和"悖论性"，事实上已被充分"揭发"。诗的写作者基于自身生存处境对这一"两难"问题的思考，和在写作态度、方式上的调整，已是近年来重要的"诗歌事实"。如果我们对这些知之不多，甚至一无所知，对这一问题的讨论，又如何能建立在有效性的基础上？

　　问题不仅限于对情况必要的了解上，也还有对诗说话的人对自己的立场、观念必需的审视与反省上。对诗发言的批评者，也要返身看看自己借以品评、判断的依据。要求90年代诗歌不应在现实历史处境面前逃避，显然是有其合理性的。但如果这种要求是希望回到80年代初的那种"对抗"的写作方式，它的合理性就应受到质疑。我们曾以"纯诗"追求来否定诗歌写作的社会性"对抗"方式，现在，是否又要以重新"启用"后者来"活埋"(臧棣发明的词)艺术至上的"纯诗"理想？在90年代，当历史的"含混性"已被充分意识到，诗与世界的关系是如此错综复杂，每个诗人的生存境况、文化背景、精神深度又是如此不同，复活那种简单的反应方式是可能的吗？

　　我不是说当前的诗歌创作不存在问题，但我主张在谈论这些问题时，说话者应有一些必要的(或起码的)准备。上面的这些话，在很大成分上其实是对我自己说的。我确实写过一些研究中国新诗的文章，也和刘登翰先生合作编写了《中国当代新诗史》，这造成了我对自己的一种错觉,以为我有资格也有可能谈论关于当代诗歌创作的问题。这种处理问题的态度,有着一定的普遍性。这使我们的工作总是无法深入,甚至在起点上就选错了方向。也许,反思自己应成为所有参与诗歌阅读和写作的人对诗说话时的一个起点。

原载《郑州大学学报》1988 年第 1 期

我和"北大诗人"们[1]

说起来,我和近20年的北大诗歌,算是有一点关系,因此,本诗选的编者才会想起让我来写这样的文字。1977年,教研室筹划编写"当代文学"的教材,诗歌部分本应由谢冕先生来承担。但谢先生没有答应,这件事就落到我头上。既然写了教材的诗歌部分,接着上课也理所当然地讲诗。后来又开设"近年诗歌评述"和"当代诗歌研究"的选修课,且多次被谢先生拉去参加他主持的"新诗导读"、"当代新诗群落研究"的讨论课,这样,在有的学生的想象中,我便是和诗歌有"关系"的人了——虽然我不止一次地澄清这种误解,指出我对于诗确实还未真正入门,那也没有用。

于是,便不断收到各种自己编印的诗集、刊物。如坚持多年的诗刊《启明星》,如《江烽诗选》、《未名湖诗集》,如四人诗歌合集《大雨》,等等。其中,影响最大的,当是出版于1985年的《新诗潮诗集》了,当然,收入的大都不是北大诗人的作品。五四文学社和另外的一些诗歌社团,也曾让我参加他们的一些活动,如一年一次的未名湖诗歌朗诵会(但大多我都没有参加)。我读着他们写的诗,但不系统。在这些诗面前,有过惊异、欣喜,也有过怀疑和困惑。但因为对自己的感觉和判断力缺乏信心,很少当面谈过对他们的诗的看法。有的诗读

---

[1] 本文为臧棣、西渡编选的《北大诗选 1978—1998》序之一。

不懂,不知所云,碍于"师道尊严"的思想障碍,也未能做到"不耻下问"。

　　这20年中在北大写诗的"风云人物",名字我大多知道,但人却不一定见过。而且,和见过面的北大诗人谈论诗的时间,这20年中加在一起也不会超过40分钟。我从未见过海子。西川是他毕业离校后很久,才知道他的长相的(有一次臧棣和他来到我的住处)。老木的见面是课后在"三教"的门口。他拦住我,兴奋地说他发现一个比北岛还棒的诗人(我猜他是指多多,后来的《新诗潮诗集》选了多多不少诗)。我认识蔡恒平时,他已在读当代文学的研究生。有一个学期,他和吴晓东跑来参加当代研究生的讨论课,并作了"当代文学与宗教"的专题发言,对顾城诗的"宗教感"推崇备至。1993年顾城事件发生后,我不止一次想到这次发言,觉得如果蔡(这是他的同学对他的称呼)为此事受到打击的话,顾城至少要对此负责。王清平的毕业论文是我"指导"的,因此见过几次面。熏黄了的手指,可以见出他的烟瘾。文稿的字迹潦草得颇难辨识,每个字不是缺胳膊,就是少腿,佝偻病般地歪向一边。但对于朦胧诗退潮之后的诗歌现象的描述,却令我当时兴奋不已。我将这篇两万多字的论文编进"新时期诗歌"研究的集子,列入某著名批评家主编的丛书之中。在拖了数年之后,这套书连同王清平的清丽流畅的文字一并"夭折",想起来真觉得对他不起。褚福军也因为诗找过我。1989年夏天他毕业离校后,还几次到过我家,但却是与诗毫无关系的事情。他去世后,因为收到西渡编选的《戈麦诗选》,才知道他是戈麦。1983年三四月间,一次课间休息,一个男生对我说,他叫骆一禾,毕业论文想让我"指导",是写北岛的。问他为什么不报考研究生,他露出调皮却优雅的笑容:"水平不够,不敢。"过了几个星期,稿子便在教室里交给我。在龙飞凤舞(或幼稚笨拙)成为当代青年书法时尚的当时,看到这整齐、清秀、自始至终一丝不苟的字体,叫我难以置信。长达三万多字的论文,上篇阐述他对于诗的看法,下篇分析北岛的创作。在我看来,研究北岛的文字,这一篇至今仍是最出色的。我期待着它的公开发表,却总是没有看到。最后一次见到骆一禾,是在80年代就要结束的那一年。那天,我和谢冕默默地站在蔚秀园门口,街上没有什么人。不久,从西校门里走出来三位学生,两男一女,女的手中捧着鲜花一束。在询问了我们的去向后,不再说话,也默默地站在我们旁边。一辆中巴把我们送到八宝山。来向骆一禾告别的人并不很多,但肯定都是觉得必须来的。他的脸上没有了那孩子气然而优雅的笑容,因此我感到陌生。在他的周围,没有惯常的那种花圈、挽联、哀乐。一长幅的白布,挂着他的亲属、他的朋友写的小纸片、布片和手工纪念品,上面写着或温情或悲哀的语句和诗行。当这些被取下来准备与他一起焚化时,臧棣从裤兜里掏出一小块白布,展平揉皱了的折痕,也放在上面。这是毛笔画的正在飞翔的鸽子,旁边写的诗句,却没有能记住。西川和其他人拉着灵床走向火化室——

但那时我不认识西川,最后这个细节,是后来读了他的文章才知道。那篇文章称骆一禾是"深渊里的翱翔者"。看来,画鸽子的臧棣和拉灵床的西川对于骆一禾的精神的描述,是这样的不约而同。那一天是1989年6月10日。街上几乎没有什么车辆,也没有什么行人。一个上千万人口的都市如此寂静,使人感到害怕。这种异样在记忆里,很长时间都难以离去。

上面讲的是有的北大诗人以为我和诗有关系的"误解"。下面要讲的却是我对这些诗人的"误解"。这方面的事例甚多，这里只举几则。

有一个时期，麦芒蓄着长发，大概是他当谢先生的博士生的时候。我对男人留长发有一种天然的反感，并总容易做出与"行为不检"（至少是"自由散漫"）等有关的联想。后来的事实雄辩地证明，我的这种守旧毫无道理，头发的长度并不一定与学问为人成反比，麦芒不说是品学兼优罢，行为举止至少也未发现任何不轨的征象。

前边讲到指导学生的论文，两次给指导一词加上引号。这是因为我确实没有指导过他们：没有讨论过提纲，没有再三再四的修改，送来的稿子几乎就是定稿。这使我做出一种判断，"诗人"们在"学问"上，也是可以信赖的，而且总是相当出色。因此，如果有"诗人"要我"指导"论文，我总是欣然应允。但后来发觉，任何绝对化的判断，都经不起事实的验证。也会有"诗人"的论文，让我十分头疼的时候。

北大诗人除了极个别的外，都会起一个甚至数个笔名。笔名大多是两个字的，如西塞、西川、西渡、紫地、海子、戈麦、麦芒、橡子、松夏、海翁、徐永、阿吾等等。这些眼花缭乱的名字，常让我伤脑筋。学生名册和记分本上自然找不到这些名字，而要记住郁文就是姚献民，西渡就是陈国平，松夏就是戈麦就是褚福军，野渡就是麦芒就是黄亦兵，还得下点功夫。不过，在牢记了它们之间的对应关系之后，倒觉得这些名字有着一种亲切。于是便想，诗名和诗情可能存在互动的效应。如果西川不叫西川而叫刘军，他会写出那样的诗吗？这虽是个无法验证的问题，但我的回答却是肯定的。况且，还未发现有取芯片、乾红乾白、大盘绩优股之类的作为诗名的，说明土地、河海、树木仍是北大诗人想象的源泉，大自然仍是他们心目中的"精神栖息地"。

学习对诗说话

诗歌朗诵会是北大诗歌活动的重要项目之一,但我却很少参加。部分原因,是在很久以前(那时,未名湖诗会还未诞生)的一次诗歌朗诵会上,因为位子太靠近台前,朗诵者那种经过训练的、夸张的表情、姿势和声调,看(听)得十分真切,使我很不舒服。有的诗,曾是你所喜欢的;经过这样矫情的处理,会增加你再次面对它的困难。但是,在一次偶然的情况下听到王家新(《帕斯捷尔纳克》)、欧阳江河(《玻璃工厂》)、西川(《致敬》)的朗诵之后,又发现我的看法没有根据。语调、节奏,有了声音的词语,将会"复活"在默读时没有发觉的那部分生命;如果朗诵者能把这种"生命"注入词语之中的话。

80年代是个各种潮流涌动的时代,诗歌在这方面尤其突出。在我最初的印象里,北大的诗人们也是一群弄潮儿,也是根据浪潮方向来作出艺术判断的。这种印象,不久就觉得不怎么正确。呼应与推动潮流自然是有的,也有必要,但也存在一种沉稳的素质,一种审察的、批判的态度。当大陆这边和海峡那边有的前辈诗人,以过来者的身份,批评他们的观念和写作过于"先锋"时,他们曾和这些前辈诗人发生过小小的冲突。而在把中国当代诗的创造折合为"谁是真正现代派"——这种诗歌意识兴盛的时候,他们中有人指出,这是"中国诗学和批评出现了判断力上的毛病:看不清创造"。同样,80年代风行一时的"反文化"的潮流,好像并不太为北大诗人所接纳。他们也许并不轻忽"语言意识",但却坚持有着"精神地看待语言和只是物质地看待语言"的高下之分。

对于北大诗人的诗,我读得不很系统。原因在于存在一种根深蒂固的观念:"校园诗歌"是一种习作性质的诗。这个判断所包含的意思还有:它们是狭隘的,缺乏"深厚"的生活体验的,"学生腔"的,摹仿性的等等。这种观念主要形成于五六十年代,那时,诗据说只能生产于车间、地头和兵营。因此,在编写教材和"当代诗史"时,我"系统"地读过50到80年代许多诗人的值得读或不值得读的诗集,却没有"系统"地读这些被称为"校园诗人"的诗,其实它们之中有不少是值得读的。这种"判断力上的毛病",我已觉察到。不需援引汉园三诗人的例子,不需援引西南联大诗人的例子,也不需援引台湾现代诗写作者的例子。就在这册诗选中,也能看到80年代以来大学诗歌写作实绩的一个侧面。别的什么理由都暂且放在一边。在今天,坚持诗的精神高度和语言潜力发掘的写作者,仅靠一点才气,一点小聪明,一点青年人的热情和锐敏感觉,是远远不够的。我很赞同这样的意见,"一个诗人,一个作家,甚至一个批评家,应该具备与其雄心或欲望或使命感相称的文化背景和精神深度,他应该对世界文化的脉络有一个基本了解,对自身的文化处境有一个基本判断"。这话出自一个"北大诗人"之口。通往这一目标自然有多条途径,而大学的背景,肯定不是达到这一要求的障碍。在今日,有的诗人创作的狭隘和停滞不前,恰恰是发生在文化背景和精神深度的欠缺上。

1998年4月6日,北大燕北园
《北大诗选》,中国文学出版社,1998年版

《新诗三百首》中的诗歌史问题

《新诗三百首》(牛汉、谢冕主编,下称《三百首》)[①]是近些年出版的一部重要的新诗选本。采用"诗三百"这一体例,显然在权威性、经典性和普及性等方面,都寄托着极高的期待。[②] 策划者当初设定的期望是否能够达到,不是现在就能做出判断的。但这一选本在整体面貌和编选原则上,出现一些有趣的问题;这些问题与对新诗历史、新诗经典化的理解相关,值得提出来讨论。

一 编排体例。《三百首》采用的是按音序排列诗人的方法;这在新诗选本上是较为少见的。以往,在涉及较长的时间跨度(如1949年以前的中国现代诗歌,或1949年以后的当代新诗,更不要说面对新诗整体历史)的选本时,采用的大多以时间为序。有的诗人的创作跨越不同历史时期,一般是将他们放置于最能显示其成就的那一时间。《三百首》虽然以五四前后的发生期至20世纪末的"当下"新诗作为编选对象,却打破了时间的线索。"历史"在这一选本中被"空间化"了。这是一种大胆挑战读者阅读习惯的编排方式。虽说阅读习惯并

[①] 中国青年出版社,1999年版。
[②] 这一选本的"选题策划人"在《策划书》中说到,"有必要继承《唐诗三百首》衣钵,让新诗百年经典走上大众的书架";并对这一选本做了这样的定位:"大众读本。凡拥有《唐诗三百首》的读者,都可能或应该拥有《新诗三百首》。不奢望它'深入人心',但可以做到'家喻户晓'……"唐晓渡《新诗三百首·后记》。

非天经地义不容改变,有时候成规被破坏,将改换一种观照方式,对事物可能出现全新的理解,但是,当我们看到诗选的起首诗人是阿坚、阿珑,看到接着是艾青、白桦、白荻、柏桦、北岛,之后却是卞之琳和冰心,看到"莽汉"诗人胡冬的《我想乘上一艘慢船到巴黎去》,与新诗草创期胡适的《蝴蝶》相随,看到李小雨、李亚伟、李金发、朱湘、朱文、朱朱这样的排序次序,一时间总觉得有些别扭,有一种怪异的感觉。

不过,诗选策划者采用这一体例是有他的道理的,显然经过深思熟虑。这主要根源于他们确立的编选原则,即对"好作品主义"的信奉。在这一标尺下,诗人"人人平等",不问他们何年出生,诗龄长短,名气大小。因此,"时间"在这里并不重要,对于诗来说,好与不好才是首先要考虑的。特别是,《三百首》并非要让读者通过选本去见证新诗历史,目的是要让"好"的新诗"深入人心",达到"家喻户晓"①。这样,历史因素的导入,必要性就值得怀疑。如果突出时间这方面的因素,反而会破坏统一的价值尺度的确立,干扰读者的注意力。

当然,时间的维度在不同对象,或偏重不同功能的选本上,会有不同的处理方式。问题是,这部选本的编选范围是面对全部新诗,而新诗不过是近一百年发生的事情,离我们生活的年代如此靠近,有的入选作品就产生于"当下"。在这样的情况下,将对象压缩为一个失去时间关系的平面,这种设计的合理性还是有疑问的。特别是当人们还在为新诗的"合法性"和成绩寻找依据、进行辩护的时候(这也是《三百首》策划者的初衷),这种过于匆忙的"空间化",虽说目的是在推动新诗"经典化"的进程,但其结果可能会适得其反。这不仅因为"新

---

① 参见唐晓渡《新诗三百首·后记》中对编选过程的说明。

诗"是在与"旧诗"的关系中确立,而且新诗的发生、建构的过程,它的不同时期的历史性条件,仍然是评价新诗的不容忽略的因素。新诗的"好作品主义"的标准(如果存在这一标准的话),相信不是一种抽象的建构,而是在它的流变中,通过不断的实验和争辩,不断的积累和修正而达成的。

二　比例与分配。《新诗三百首》给人印象深刻的另一点,是各个时期诗人、诗作的比例、分配。这个选本入选诗人共210人,作品则正好300篇。与80年代以来,中国现代文学研究界(新诗研究是其中组成部分)"理想化"1949年以前的"现代文学"、忽视"当代"的趋向不同,它将"文革"结束后20年的诗歌(尤其是大陆诗歌)放置在相当显要的位置上。这表现在,20世纪70年代末期以来出现的诗人,和这个时期发表的诗作这两项,在《三百首》中都各占到全书的一多半以上。对于不同诗人入选作品的数量,不管编选者有意还是无意,这部诗选也还是呈现着等级的划分:每个诗人入选作品1至4首,4首是最高的限度。在入选4首的9位诗人中,"现代"的有艾青、郭沫若和穆旦,而80年代以来的诗人则有海子、北岛、舒婷、西川和于坚。牛汉虽说可以归入"现代"诗人之列,但他入选的4首全都发表于八九十年代。在这9人中,主要成就在70年代末以来的作者占有6位。入选3首的有19人(卞之琳、昌耀、戴望舒、多多、冯至、顾城、韩东、何其芳、纪弦、江河、李金发、芒克、欧阳江河、食指、王家新、闻一多、徐志摩、杨炼、翟永明),近20年的作者也居多数。由于特殊的编选程序,我们无法确认这就是编选者对新诗史"秩序"的认定,但是诗选的这一面目所传达的信息是,海子、北岛、于坚、西川、舒婷等的重要性,要高于新诗史上已地位显赫的徐志摩、闻一多、何其芳、冯至、戴望舒、卞之琳,这不能不说是一种新的,对既有"秩序"提出的大胆挑战。

夸张地说,这种"历史叙述"带有"革命"的意味,它改变了"经典化"过程对近世代作品采取严格、谨慎态度的通例。相信这一定程度表现了因"当代诗歌"备受"压抑"而产生的潜在的"反叛"心理。将"历史"予以"压缩",转化为共时性以突出"当代"视点,正是为了削弱已"经典化"的历史的强大声音。在这个选本里,编选者显然认为,在20世纪,"好诗"更多的出现在本世纪的最后20年;这20年中,诗歌写作的成绩显著,不容忽视。提出这一理解,应该说是这一选本最值得重视的一点。自然,这一乐观的基本判断,在当前的文学界和"大众读者"那里,能否得到广泛认可是很可怀疑的。90年代以来的事实是,诗歌的现状备受责难,许多人认为它在不断衰落,充满危机。诗在社会生活和文学界的"边缘化",与《三百首》所体现的自信,构成鲜明对比。

三 编选程序。《三百首》编选的运作方式也相当"有趣","艺术民主"是它标榜的规则。为了加强选本的"权威"和可信赖性,它由著名诗人、诗评家担任主编,并设有多达28人的编委,编委中既有知名诗人,也有诗评家和新诗史研究者。① 担任编委的这些人,他们的观点大体上还不至于南辕北辙。即使如此,他们的诗观、视野,对新诗历史与现状,包括对各别诗人、诗作的看法,秉持的艺术标准,差异之处

---

① 他们是:牛汉、叶橹、西川、刘以林、刘福春、向明、任洪渊、陈超、陈旭光、杨远宏、杜运燮、吴思敬、张同道、林莽、郑敏、昌耀、洪子诚、奚密、徐敬亚、唐晓渡、谢冕、舒婷、程光炜、韩作荣、蓝棣之、翟永明、臧棣、欧阳江河。

也可想而知。在这种情况下,如何协调他们的见解,最终实现一种表面上的统一,肯定是一个难题。大概在无计可施的情况下,策划者只好以当前评选文学奖项和排行榜的通用方式,使用"艺术民主"的手段,以表明其维护"权威性"的公正。从诗选的《后记》得知,主编、编委的选定,便是通过发出近300封的征询信件推举的结果。而入选诗人与篇目的确定,也由所有的编委各自根据自己的理解提出个人的预选篇目,然后,根据所有篇目"进行了严格统计"而做出。统计结果是"编委选目涉及近600位诗人(其中获5票以上者167位),2600余首作品",然后,"常务编委"按照"'每人一票,有票有效',以及参照得票的多少决定入选数目和具体篇目的原则",对诗人和选目做出最后的确定。虽然编选者"谁都意识到了这种方法在所难免的机械性,谁都看到了某些并非不可避免的缺陷正在眼前发生",但是,为了"无法抗拒"那"凌驾于个人之上的集体意志",仍坚持在"共同认可的范围内,以共同认可的方式"完成这一任务。[1]

"艺术民主"虽说初衷是为了选本的"权威性",但也可能反过来对"权威"造成损害。出现的尴尬状况是,虽说有主编,但主编却没有超出一般编委的权力("几百篇选目都是经由二十几位编委一一提名编定的,主编和任何一位编委都没有个人的决定权"[2])。于是,主编在这一选本中便只是起到一种号召,如"招牌"般的效应,最多加上获得一般编委所无的写作序言的权利。不能获得任何超出一般编委的"权力"这一点,虽然被主编看做是"整个编选工作是认真严肃"[3]的

---

[1] 唐晓渡:《新诗三百首·后记》。
[2] 牛汉:《新诗三百首》"序"。
[3] 同上。

证据,但也让他们感觉相当无奈。他们的诗学见解和选诗标准不能在选本中得到体现,便只好在各自撰写的序言中分别另外申明。①

以"民主选举"的投票方式来编选文学(诗歌)选集,这种方式不能说绝无仅有,但也是相当罕见。即使是提供文学史教学用的参考书这种更体现"共识"的选本,也很少使用这样的编选程序。《唐诗三百首》当然不是这样"选举"出来的,在新诗发展过程中出现的有一定影响的选本,如《初期白话诗稿》(刘半农)、《新月诗选》(陈梦家)、《中国新文学大系·诗集》(朱自清)等,也不是通过这种方式诞生的。这里存在的认识误区可能是,第一,以为越多的具有不同身份的"权威"的集合,便越有助于提高选本的权威性;第二,通过"民主"手段使集合的"权威"形成"集体意志",会达到增加发出声音的强度。

四 单一"论述"与多声道"论述"。《新诗三百首》编选的主要矛盾在于,"经典化"的期待目标,必须使对历史的"论述"单一化,但编选实施的原则和步骤,则是有助于杂多的、互相矛盾的"论述"得以呈现,而使这一"经典化"的过程,建立在具有自我拆解作用的根基上。

对于新诗的合法性,新诗历史轨迹,新诗评价标准,这一百年来在诗人、批评家和读者中,存在各种各样的看法。许多看法甚且对立明显,冲突激烈。也就是说,存在着多元纷杂的各种声音。按照巴赫金

---

① 主编之一谢冕在序言中表明他的"诗歌信念",是"较为重视诗的现实感与历史深度的结合,较为重视现代精神的引入与传播,以及较为重视个性化的艺术追求……",但他无奈地接着说,"这些是不会影响本书的面貌的,因为我充其量只有一票"。

的观点,"经典化"(或"典律化")的过程,便是瓦解、削弱这种纷杂,使声音综合、转向一种统一的"单声道"的"独白"论述的过程,也就是抑制论述场域的"离心力"而加强其"向心力"的过程。在压缩"历史"声音以确立"当代"的论述方式方面,《三百首》编选者显然遵循了这一"经典化"的程序。但是,在处理当代的杂多纷乱的声音上,却由于对"艺术民主"的迷信而失去控制。我们从《三百首》中,可以不费力地"听到"由不同编委所发出的各种不同的声音。这些编委总体而言对新诗抱有一种信赖,因而他们也可能形成一种合力。但互异的方面,也产生互相干扰的作用,并因实施"民主"手段它们也互相妥协、折中,使不同声音的鲜明性和创造性强度消减,而可能导向一定程度的"中庸"的境地。

那么,《新诗三百首》是否是一部"失败"的选本?回答当然是否定的。在为新诗的"当代"成就提供证明上,在发现新的诗人和诗歌文本上,它的价值难以忽视。它的价值的另一方面,是无意中对单一声音的抑制与消减。近些年来,诗歌界"经典写作"和新诗史"经典叙述"意识的焦虑,已发展到带有病态特征的程度。因而,《三百首》的呈现多元纷杂声音虽说有悖于当初"经典化"的目标,但并不一定是"坏事"。于我们来说,对新诗史,特别是在处理当前的诗歌现象上,最紧要的倒不是急迫的"经典化",而是尽可能地呈现杂多的情景,发现新诗创造的更多的可能性;拿一句诗人最近常说的话是,一切尚在路上。

谈 90 年代的诗

对于 90 年代中国大陆诗歌的责难,几乎是从 90 年代一开始就出现的。到了 90 年代中期以后,这种责难的声音更加强大。不仅来自诗歌界之外,而且来自诗界内部。中国新诗史上一再重复出现的,几乎是"永恒性"的命题 ——"诗歌危机"——又一次提出。一种更为激烈的判断是,诗歌已经"衰败",已经"全军覆没"。这种责难,对于把新诗作为自己工作对象的人(诗人,批评家和诗歌爱好者)来说,其实已不是什么新的遭遇。更值得关注的现象倒是,当初在朦胧诗时期(70 年代末到 80 年代初),曾积极支持诗歌变革的一些著名批评家,也对沿着变革道路走的诗人的现状强烈不满,认为已走上歧途,诗离读者越来越远。

事情并不如有的人所描述的那样。在我看来,90 年代诗歌不仅没有衰败,诗人不仅没有全军覆没,而且取得了重要的进展。可以不夸张地说,这是中国新诗史上重要的十年:不仅出现了一批好诗人,诞生了一批好诗,而且在诗歌观念和写作方法上,都出现了重要变革。这种变革,对新诗今后的发展是至关重要的。

90 年代以来,虽然整个社会的商业气息越来越浓厚,消费性文化已经成为"文化主流",但是,仍有许多人,特别是许多青年人钟情于诗,诗的写作和阅读并没有成为"绝无仅有"的现象。他们明白,钟情于诗,并不能给他们提供更多的名声和物质利益,但这并没有挫败他们对诗艺的专注。诗的发表和出版,近年来情况有所改善,不过,发表和出版的困难,仍是事实,而且还会继续下去。在这种情况下,他们自己编印"内部交流"的诗刊和诗集,这种自印诗集和诗刊的方式,已经成为当代诗歌"发表"的不能忽视的重要方式。这种种现象,不是别的文学门类可能看到的。

从近些年来"正式出版"的诗集状况中,也可以发现令人鼓舞的成绩。除了单独出版的个人诗集外,丛书是近年诗集"推出方式"的一种。重要的有,湖南文艺出版社1997年的"20世纪末中国诗人自选集",收西川(《大意如此》)、欧阳江河(《谁去谁留》)、王家新(《游动悬崖》)、陈东东(《明净的部分》)等;改革出版社1997年的"坚守现在书系",收入西川、翟永明、欧阳江河、陈东东、肖开愚、孙文波等的集子;文化艺术出版社1998年出版的"九十年代中国诗歌",其中有西渡、张枣、张曙光、臧棣、孙文波、黄灿然等的诗集;北岳文艺出版社2000年的"黑皮诗丛",有多多、宋琳、杨克、潞潞等的集子;另外,还有人民文学出版社陆续出版的"诗世界丛书"(已出牛汉、郑敏、蔡其矫、绿原、昌耀等的诗选)和"蓝星诗库"(已出于坚、西川、王家新、孙文波等的诗集)。可以说,这些诗集的许多作者,是这十年间中国的优秀诗人。当然,上面的名单还漏掉了一些更年青的有才华的作者。

既然诗取得了这样的成绩(批评家陈晓明不无夸张地说,"90年代中国文学唯一还有创造性和生命力的行当可能就只剩下诗歌",见《词语写作:思想缩减时期的修辞策略》一文),为什么普遍的评价,或者说"公众舆论"却有这样多的反差?造成这种情况的原因很复杂,不是这篇短文能说清楚的。不过,有两个问题却可以提出来讨论。其一是,诗在社会文化,以及在文学各门类中,究竟居何种位置。当代诗歌在许多时候,曾处于社会文化和文学的重要位置,有时甚至是中心位置。比如1958年的新民歌运动,"文革"的一段时间,以及80年代初。在这些时候,不少诗作引起了热烈的社会反响。但是,进入90年代后,这种情况可以说再也不可能重现了。在文化领域,即便是文学的范围内,诗也只能绝对的处于边缘地位。许多人存有昔日诗的"辉煌"的记忆,心中怀念着诗人以"文化英雄"身份出现的景况,因而,当他们看到今天诗相当程度受到"大众"的冷落,自然便会认为是诗歌在衰败。其实,在我看来,目前诗歌的这种"边缘"处境,倒是一种比较正常、合理的状态。在"消费文化"不可阻遏地成为主流文化的时代,诗不过是通过词语的技艺,去寻找生存困境出路的可能性的一种"少数人"的行当。它注定再也不可能获得普遍性的阅读,不可能取得如流行文化那种响应。是的,我们不能没有诗,但诗不可能是"我们"所有人的诗。

　　另一个问题是,人们总是把90年代的诗和80年代前期的做比较,指责前者脱离现实,没能像80年代的诗那样触及社会现实问题,因而不能获得"广大读者"的热烈反应。这也是个似是而非的设定。今天的社会情绪、心理已经发生如此重大的变化,一首"触及"社会问题的诗还能否产生如当时《小草在歌唱》(雷抒雁)、《将军,不能那样做》(叶文福)那样的"社会效应"?撇开这一点不说,从诗本身而言,即使我们承认诗对现实重大问题做出反应是一种必要的追求,我也要说,诗和现实关联的那种"80年代方式",那种"粗糙"、直接的连结,在今天也不可能获得比较成熟的诗人的同情和认可。事实上,今天那些重视历史承担和文化责任的诗人,他们所要建立的,是个体与"历史"独特的,而且应该是"诗的"连结方式。只要仔细读读西川、王家新、于坚等人近十年的作品,就可以明白这一点。

与此相关的问题是,"诗应表现现实重要问题"是诗学的"真理性"命题吗？我读过一篇文章,里面引了布莱希特《致后来人》的这样几句：

> 这是什么时代,当
> 关于树的谈话几乎是犯罪
> 因为它包含了对恶行的沉默!

这里所表达的诗观是,非政治性的话语("关于树的谈话")就是对恶行的沉默,因而本身就和恶行同谋。布莱希特相信语言的无阻碍的交流功能,也就是相信对"现实"所产生的直接"社会效应"。这当然是一种重要的诗观。不过,在今天,它已经不是唯一的,所有的诗人都应该秉持的看法。"政治"和"非政治"的二元对立的认识方法已经不被普遍接受,语言的交流功能的复杂性也得到了更充分的认识。在这种情况下,80年代初那种诗歌观念,还可以用来作为评判诗的成败的有成效的,唯一的尺度吗？

序《在北大课堂读诗》

一

2001年9月到12月,我在学校为现当代文学专业部分研究生组织了"近年诗歌选读"的课程。本书收集的,就是这次课的内容。中国现代诗的细读(或"导读")这种性质的课,自80年代以来,北大中文系已有多位先生开设过。记得80年代中期,谢冕先生就开过"朦胧诗导读",我还参加了其中的一部分。在此前后,孙玉石先生也有"中国现代诗导读"的课。孙先生的这一课程持续多年,选读的诗作,涵盖自20年代的"初期象征派",到三四十年代的"现代派"、"中国新诗派"的"现代主义"有代表性的作品。他的讲授和课堂讨论的成果,部分已结集出版。①

80年代在大学课堂上出现的这种解诗(或"细读")的工作,其性质和通常的诗歌赏析并不完全相同。它的出现的背景,是"现代诗"诗潮的兴起,和"现代诗"与读者之间的"紧张"关系,并直接面对有关诗歌"晦涩"、"难懂"的问题。以中国20世纪诗歌状况说,伴随30年代现代派诗潮所提出的诗学问题,"晦涩"、"懂"与"不懂"是其中最被关注的。这个问题,在八九十年代重又出现。解诗和"细读"活动,

---

① 《中国现代诗导读》,北京大学出版社,1990年版。

其基本点是借助具体文本的解析,试图探索现代诗有异于传统诗歌的艺术构成,也试图重建诗歌文本和读者联系的新的途径。如果以朱自清先生的说法,那就是,这种解析自然也要"识得意思",但重点关注的可能是"晓得文义"①。80年代以来解诗、"细读"所依据的理论和方法,显然得到英美"新批评"的启发,而直接承继的,则是我国30年代《现代》杂志,和朱自清、废名、卞之琳、朱光潜、李健吾等在三四十年代在诗歌解析上的理论倡导和实践。当然,也会从台湾一些诗人、批评家那里接受影响。②

不过,"近年诗歌选读"这门课的目的其实要简单得多。开这门课的原因是,大概已有近十年,中文系没有开过当代诗歌的专题课。从我自己方面说,90年代初,在和刘登翰合作完成了《中国当代新诗史》之后,我的研究和教学便转到当代文学史,和现当代诗歌的关系不再那么直接。也读诗,但不很经常,也不很系统。零散的阅读所形成的印象是,90年代确有不少的好作品,也有不少好诗人。不过,在90年代中期以来,诗歌写作现状受到越来越多的严厉批评,使我对自己的感觉也发生怀疑。于是想通过这门课,来增强对这些年诗歌的了解。我觉得,在对近年诗歌的看法上,我自己(还有一些批评家)做出的判断,有时只是凭粗糙的印象,不愿做比较深入的了解;而这是相当不可靠的。组织这门课的另外原因是,我认为,在诗与读者的关系上,固然需要重点检讨诗的写作状况和问题,但"读者"并非就永远占有天然的优越地位。他们也需要调整自己的阅读态度,了解诗歌变化的

---

① 朱自清:《新诗杂话·序》,广西师范大学出版社,2004年版。
② "导读"这个概念在大陆80年代的使用,可能与张汉良、萧萧的《台湾现代诗导读》一书有关。

依据及其合理性。因此,我同意"重新做一个读者"的说法。选读"近年诗歌",目的也是要从"读者"的角度,看在态度、观念和方法等方面,需要做哪些调整和检讨。

二

这个设想,得到许多爱好诗的朋友、学生的响应。为这门课所做的准备,事实上在2001年五六月间就已开始。在看了我的有关课程目的、方法,和选读的诗人名单的初步设想之后,臧棣和一些学生提出了补充、修改的建议,他们并确定了具体的篇目(后来上课时,篇目有所改动),并将选出的作品汇集编印成册,发给参加这一课程的学生,让他们在暑假期间有所准备。因为课程时间的限制,和我们设定的目的等方面的考虑,我们选读的,主要是"活跃"于近十年的,与"新诗潮"关系密切的诗人。因此,我们没有将在90年代仍取得出色成绩的老诗人(牛汉、郑敏、昌耀、蔡其矫等)包括在内。北岛、杨炼等"朦胧诗"代表人物的近作,也没有列入。也没有选读海子的诗。不过,由于多多的诗在过去评论不多,觉得有必要予以关注。另外,90年代出现的一些有活力的更年轻诗人,这次也没有能涉及。

在9月初开始的第一次课上,由我对课程内容、方法,和参加者要做的工作做了说明。第一,每次课读一位诗人的一二首作品,由一二位参加者担任主讲,在此基础上展开讨论。主讲人的报告一般限制在50分钟以内,以便其他的人有时间交换意见。第二,主讲和讨论以所选作品的具体解析为主,也可以联系该诗人的创作特征、创作道路,以及近年诗歌的一些重要现象、问题。另外,上课时,参加者要提交对选

学习对诗说话

读作品的简短的评论文字。① 在每次课结束前,由担任下次课主讲的同学布置需事先阅读的材料。第三,鉴于大家肯定有各不相同的诗歌观念,对当代诗歌的了解程度也各不相同,因此,提倡一种平等的、互相尊重的态度,也提倡不同意见、方法的互补和对话。归根结底,重要的可能不是要给出某种答案,或达到某种"共识",而是呈现富于启发意味的多种可能性。第四,上课时进行录音。课后,由主讲人对课的录音加以整理。在整理时,主讲人可以依据讨论的意见,对自己的解析做修改、补充,并提供进一步了解这位诗人的参考资料。第五,参加这次活动的,除部分现当代文学博士、硕士研究生外,还请了藏棣老师给我们以指导。吴晓东老师根据他的工作安排情况,也会抽出时间来帮助我们。因为讨论课有许多环节需要协调、组织,请钱文亮和冷霜两位同学协助我主持这门课。②

　　后来的几个月里,课进行得还算顺利。也出现一些问题,如有的课进行得不是很理想;如发生过相当情绪化的激烈争吵(在讨论翟永明诗的课上),而矫正后气氛又偏于沉闷;由于有的同学对诗很有研究,在实际上"压抑"了另外一些同学讨论的积极性;等等。产生这些问题的主要原因,是我在主持这次活动上,准备还欠充分,也缺乏经验。但总的说,还是取得了预期的成效。最让我感动的是参与者的认真、积极。特别是各次课的主讲人,准备时用了许多时间,阅读了大量相关资料,对诗的解读务求细致而有新意。实事求是地说,其中不少

---

　　① 这项要求,开始的一段时间实行得较好,后来则相当松懈,原因是主持课的教师没有负起责任。
　　② 钱文亮和冷霜在课程的组织安排上做了大量工作,在课程结束后,在资料整理和本书出版上,他们和张雅秋又付出许多劳动。

解读与讨论,有较高水准,我从中学到许多东西。相信不少参加者和我一样,既增强了对近年诗歌的了解,也在诗歌分析、批评上得到一些有益的训练。这些成果,对于近年诗歌研究的深化,对于进一步了解当代若干重要诗人的创作风格,对于深入探索现代诗歌阅读的问题,相信会提供有益的借鉴。这是为什么要把这次课的内容整理成书的原因。

　　自然,事后检讨,也存在一些缺憾。我们处理的是发生在身边的现象。缺乏必要的距离,眼界、趣味、鉴赏力上的局限,极有可能使另一些重要诗人没有被涉及。出于课程的性质的考虑,在作品的选择上,会更多注意那些能经受解读"挑战"的、复杂和有更多"技术"含量的诗,而相对冷落那些"单纯"的好作品。在阅读方法上,对于"解"的强调,相信也会多少忽略了对"感"的能力的调动。另外,阐释与批评之间的关系,也值得进一步思考。近些年来,渲染诗歌"神秘性"的观点受到质疑,诗歌写作的技艺性质得到强调,这对我们来说确是一种"进步"。不过,在我看来,有成效的诗歌写作和诗歌文本,"神秘性"似不宜清理得过于干净。一方面是人的生活,他的精神、经验,存在着难以确定把握的东西,另一方面,写作过程也不会都是工匠式的设计。因而,在"进入"诗歌文本的方式上,"感悟"的能力相信是相当重要的。在这里,解析的细致和确定,与感悟所呈现的多种可能的空间,应该构成解读中的张力。在很大程度上,阅读的"快感"其实并非主要来源于对语词、意象确指的认定,而在于探索诗歌由语词所创造的"诗意空间"。在处理这两种关系上,课上的有些解读可能存在一些偏向。

三

  在课后的录音整理和本书的编辑上,还有几点需要做些说明。讨论翟永明的诗《潜水艇》、臧棣的诗《菠菜》,因为录音出了差错,讨论的经过没有能记录下来。这是颇感可惜的,因为这次讨论是较为生动的一次。讨论多多的诗的一课,由于各种原因,情况不很理想,这次也没有收入。对西川的解读,主讲人做了认真准备,提出了他对《致敬》一诗的理解。考虑到对这首诗可能还有另外的理解,也请姜涛在课后补写了解读文字,作为课上主讲部分的参照。钟鸣的诗本来也在细读之列,因为时间关系后来没有进行。这一次课也只好空缺。这都是遗憾之处。

  在诗的细读全部结束之后,我和一些学生认为,在此基础上,我们还有必要对近些年来的诗歌问题、现象,作一点初步的描述。商议的结果,决定采用"关键词"的方式,以便使涉及现象相对集中。因此,课的部分参加者又分别撰写了诸如"写作"、"叙事性"等旨在描述近年诗歌现象的文字。后来,并就这些问题交换了意见。这些都作为课的补充,一并收录在内。

  全部的文稿的整理,断断续续拖了半年多的时间。在交到我的手里时,已经是今年的初夏。在对整理稿通读之后,我作了一些必要的处理。有的是技术性的,如改正错字,修改一些即兴发言时容易出现的啰嗦、语意含混的地方。对主讲报告,以及讨论发言,因篇幅原因,做了一些压缩。讨论时的发言,也在保持原意的情况下,有一些整理修改。因此,目前的这部书稿,事实上已不完全是上课时的"原貌",

我只能说是"大体不差"而已。

四

在书稿整理的中间,我也曾发生过一点小的犹豫。事情是由一位学生的话引起的。

这位学生,今年夏天刚通过博士学位论文答辩。他做的题目是新诗与传统诗歌的关系。我很清楚,他对中国新诗的态度非常轻蔑。大学本科,学的是工科的热动力专业,硕士阶段钻研的是宋代诗词,待到读博士学位时,改为当代文学。他报考北大当代文学博士生时,学习、研究的目的就十分明确,这就是思考中国的古典诗歌是如何"没落"为一败涂地的新诗的。三年的学习过程中,我们曾有多次争论,但谁也没有说服谁。其实,我并不是想要改变他对新诗的看法,而是觉得他的思路和方法应有所调整。他很用功,对"学问"甚至可以说是"痴迷",阅读范围很广,有些方面也很有深度;对权威学者和经典论著,从不盲从;也不考虑表现、观点对自己的"前途"可能产生的影响。这一切,在我看来都是颇为可贵的。

这位学生在通过论文答辩后,有一次和人聊天,又说到对中国新诗的评价。他说,新诗其实是个很丑很丑的女人,但是有人给她涂脂抹粉,穿上皇帝的新衣,让她坐进花轿里;给她抬轿子的有三个人,一个是谢冕,一个是孙玉石,一个是洪子诚;前面还有两个吹鼓手,一个是臧棣,一个是胡续冬……

当朋友把这些话讲给我们听时,我和在座的老师都大笑起来,觉得比喻和描述,真的很生动,颇有创造性。当时,这些话对我并未产生多大的"震动"。主要是自80年代末以来,我对自己的工作、研究,就时有疑虑,想不出它们的意义何在。但是过后也不免有些"伤感"。我因此想到了两点。一是,我所在的这个学校,这个系自80年代以来所形成的,有关新诗的学术环境,是否对有不同看法者构成无形但强大的"压抑"?给新诗"抬轿子"、当"吹鼓手"的人其实很多,有更重要得多的人物。专提北大的先生和学生,想必是出于在这一环境中的具体感受,是一种"忍受"解除之后的"释放"。他的"笑话"或许能提醒我们,在继续肯定你的学术观点的同时,也要对其中可能有的问题保持警觉,特别是意识到这只是一种声音,因此注意倾听相反的、或有差异的声音,提防自己的观念、趣味、方法的封闭和"圈子化"。我想,对这本书的内容,也应该这样看才好。

另一点是,新诗真的是那么丑陋,那么不堪入目吗?仔细想想,我还是不能相信这位学生的描写,对于新诗的"信任"也还不愿意动摇。这点信任其实无关高深的理论,只由个人的见闻和经验来支持。即使是90年代的诗,它被有的人说得一无是处,但是,它们中有许多曾给我安慰,让我感动,帮助我体验、认识我自己和周围的世界,表达了在另外的文学样式中并不见得就很多的精神深度。而且我还看到,有许多人(尤其是年轻人)"投身"于诗,在诗中找到快乐。他们为了探索精神的提升和词语的表现力而孜孜不倦。这一切,就为新诗存在的价值提供了最低限度的,然而有力的证明。说真的,在当今这个信仰分裂、以时尚为消费目标的时代,这就足够;我们还能再要求些什么呢?

2002年8月
原载《在北大课堂读诗》,长江文艺出版社2002年版

当代诗的发表问题[1]

最近,我参加了谢冕先生主持的"中国新诗大系"的编选工作。"大系"的"文革"后部分共 3 卷,1978—1985 是一卷,86 年至 80 年代末是一卷,90 年代是另一卷。为什么是这样的划分,我不大清楚。总是有一些道理的吧。分给我做的是 78—85 年的这一部分。

在编选的过程中,遇到两个颇费斟酌的问题。一个是,一些作品的"年代"难以确定。确定作品的写作、特别是发表的年代,是文学史研究(包括与此相关的作品编选)的一项基础性工作;这对所有的文学史写作来说都是这样。不过,中国"当代"诗史在这方面有它的特殊问题。我们知道,在五六十年代和"文革"期间,有些诗人写的诗,在当时不能得到发表。或者是写作者当时"身份"上的原因(如"右派分子"等),或者是作品内容上的原因,又或者两者兼而有之。这些作品,在"文革"后的 70 年代末和 80 年代,才得以在报刊上公开发表。这些诗的作者有曾卓、牛汉、昌耀、绿原、流沙河、林子、黄翔、蔡其矫等。他们的这些诗,有不少受到很高评价,并经常为我们所引用。如曾卓的《悬崖边的树》,牛汉的《华南虎》、《悼念一棵枫树》,昌耀的《凶年逸稿》,绿原的《又一名哥伦布》,流沙河的《故园九咏》,林子的《给他》,蔡其矫的《祈求》等。这些作品在写作的年代里,只为作者或

---

[1] 这部多卷本的"新诗大系",由谢冕主编。但由于各种原因,"大系"最终未能出版。

其亲属所收藏。有的甚且只存在于作者的"记忆"中,后来才根据"记忆"补写。但是,它们在"文革"后发表时,篇末都标明了写作的年代,如 1958,1961,1972 等等。那么,我们将如何对待这标明的年代?"年代"确定涉及的另一部分作品,是"文革"期间的"地下诗歌"。这些诗数量也不少。如食指的诗,如被称为"白洋淀诗群"的多多、芒克、根子等的诗,如北岛、舒婷、顾城早期创作等。显然,它们和上面说到的曾卓、流沙河的情况有些不同。已有多篇当事人的回忆文章,讲述当年诗的写作、阅读和产生的影响的情况,也提供了个别诗作的当年的手稿。不过,即使如此,情形也有它的复杂、暧昧难辨的地方。

上述作品在诗史的处理上,究竟应以篇末作者所署的写作年代为依据,还是应放置于它们公发开表的年代里?这是一个难题。80年代以来,最常见的方式是以诗人提供的写作日期为准。比如谢冕、杨匡汉《中国新诗萃》,我和谢冕合编的《中国当代文学作品精选》(北京大学出版社),陈思和、李平主编的《20 世纪当代文学 100 篇》(学林出版社)等等。这样的处理当然有它的理由。特别是这能满足对当代的某一时期诗歌状貌的丰富、多样的想象,而为我们所乐于采用。

不过,对这种方式,我们会有这样的疑问:比如说,如何能确定这些诗的写作时间就是篇末注明的年月?即使这种标示是可信的,在写作到公开发表之间(通常有几年到十几年),是否经过修改?这种改动又是怎样的情形?如果发表时作了重大的、"实质性"的改动,还能不能看做是最初的写作时间的作品?还有,如果作品写成之后没有发表,没有读者阅读,在它写作的时间里不能构成一种"文学(诗歌)事实",能不能把它当做当时的"文学事实"来对待?举一个例子说,近年来诗界对多多写于"文革"的诗评价很高。这些诗为读者所了解，大抵是在 80 年代中期，确切地说，是从老木编选的《新诗潮诗集》(1985)中读到的。又如，北岛的《回答》是否写于 1976 年春的"天安门事件"，也存在争议。其实，对于读者而言，诗写在什么年代并不重要，或并不那么重要，重要的是它是好诗，还是不那么好的诗。但是，有的时间界限对判定一首诗的价值并非无关紧要，而且，对于诗史写作来说，它还承担了考察诗歌文体沿革，诗歌精神流脉的任务。所以，时间的确定就不是可有可无的工作。当然，这里并不牵涉所谓真伪等的"道德"意味的问题，只不过诗歌批评和诗史写作也有它的"行规"，需要遵守，而目前提供的资料不足以让人放心罢了。

所以，这次编选新诗大系的这一卷时，我采取了另一种方式，即以它们公开发表的时间来确定其时期归属。这样，不仅牛汉、曾卓、流沙河等写于六七十年代的一些作品，而且"文革"期间的"地下诗歌"，都被放在 78—85 年的这一卷中。这样做的理由，除了作品写作时间的"真实性"（历史研究的层面而言）的考虑外，这种方式强调的是更重视作品被阅读和产生"影响"的"事实"。也就是说，通过这样的编选方式，来呈现 80 年代前期诗潮的状貌——而"文革"间青年的"地下诗歌"和"复出诗人"在"受难"期间的创作的"挖掘"和"披露"，正是这个时期重要的诗歌事件。当然，我并不认为这就是唯一的处理方式。它和另外的方式将构成参照，而有助于我们对这个时代的诗歌"生产"和"流通"方式的复杂性的认识。

"新诗大系"编选工作遇到的另一个问题是，如何理解当代诗歌"发表"的某些特殊方式。具体说，是如何对待诗的所谓"非正式出版物"。

在新中国成立以前的"现代"时期,自印的诗刊、诗集并不是一种罕见的现象。例如出版于1947年的《穆旦诗集(1939—1945)》,就是诗人"自费印行"的。这种"发表"(出版)方式,并没有使读者、研究者怀疑它的有效性和价值。但是,进入50年代之后,情况发生了变化。在50—70年代的中国大陆,印刷、出版为国家严格控制。北岛回忆《今天》在78年筹办的情境时说,"我记得特别难的就是找印刷机,因为大家知道国内的油印机那个时候控制得非常严,都是由党委和工会控制,不会轻易借出来的"。他们找过张辛欣,她"是北医团委的什么干部,她说借不出来,这是控制的"(《北岛访谈录》,《沉沦的圣殿》第330页,新疆青少年出版社1999年版)。后来《今天》的停刊,也是因为它违反了1951年政务院的"刊物未经注册,不得出版"的法令,但申请注册又不被允许。在这种情况下,自印的书刊被看做是"非正式"的,因而在50年代之后,一般不被纳入批评和历史叙述的范围内。

对于印刷出版的严格控制,在"文革"期间出现了"失控"。而"文革"后,重新建立了这种严格的控制,则由于各种原因在实施上出现了问题。其中的原因之一,是电脑等的普及,使自印书刊变得出乎意料地容易起来。因此,在"正式"出版诗集、诗刊仍是难题的情况下,诗人和诗歌爱好者"非正式"刊印的诗歌读物,成为一种风尚,成了当代诗歌重要的发表方式。在不同的情况下,对这些出版有不同的命名,如"地下刊物"、"非正式出版物"、"自印诗刊(诗集)"、"内部交流刊物"、"民间刊物"(简称"民刊")等等。从70年代末以来,全国各地由诗歌小团体自办的诗歌刊物不计其数。除了《今天》、《他们》、《非非》、《倾向》等著名的以外,我见到的还有《阵地》、《小杂志》、《偏移》、《翼》、《诗参考》、《诗镜》、《诗参考》、《新诗人》、《诗歌与人》等。就它们的质量而言,我想并不比一些"正式"出版的诗刊差,甚至更为出色。而诗人自印的诗集和诗合集,数量就更多。当然,由于这些"非正式"出版的书刊发行量较少,范围受到一定限制,而诗歌批评一般又不把它们列入受关注的重要对象,因此,它们一直被放在"非正式"的位置上,被看做是一种"自娱"的、难登"大雅之堂"的文化现象。

  诗刊、诗集的"等级"不是以它们的质量、影响,而是以是否注册"正式"出版作为标志,那是没有道理的。我想,当代的诗歌批评和诗史写作,应该调整这种自50年代以来确立的认识,质疑当代各种不合理的成文、不成文的等级划分。从近20年的事实看,正是在这些"非正式"的诗集、诗刊中,存在着最为活跃、最有创造性的诗歌因素和诗歌力量。这是需要我们认真对待,细心考察的。这种观念的调整,有助于我们拓展诗歌创造的空间,也改变我们对诗的存在方式的看法。基于这样的想法,在"新诗大系"的这一卷中,我从"非正式"诗集、诗刊中,选入了一些作品。比如老木编选的《新诗潮诗集》(1985)、孟浪、贝岭主编的《中国当代诗歌75首》(1985)等。当然,我的做法也很有限度,这也是考虑到我们目前对这个问题所能认可的限度。

原载《新诗界》第 2 卷,新世界出版社 2002 年版

学习对诗说话

一首诗可以从什么地方读起[1]
——谈北岛的诗

今天我讲北岛[2]的诗,讲两个问题。一个问题是北岛的诗出现的背景,一些具体的情况。因为,在座的同学很多都是80年代以后出生的,出生在"文革"以后,"80后"。对我这样年纪的人来说,北岛,或者说朦胧诗、新诗潮运动,是很熟悉的事情,就像昨天刚发生一样。对你们来说,那好像就是很遥远的事情了。所以,我要介绍北岛当时在朦胧诗中的位置,和当时发生的一些争论。另外一个部分,主要谈对北岛的诗的理解,艺术特征、诗歌性质,或者说诗的技艺的特点什么的。大概就是这两方面的问题。

《今天》诗人

下面,先讲背景方面的情况。北岛出生在1949年,就是通常所说的"共和国的同龄人"。知青一代的作家中,许多人都是49年前后出

---

[1] 2002年11月8日,在北京大学全校通选课上讲课的录音整理,有删节、修改。
[2] 北岛,原名赵振开,1949年出生于北京,70年代初开始写诗,朦胧诗运动的主要代表者,《今天》杂志的创办人之一。曾当过建筑工人,编辑,在欧美多国担任教职及驻校作家,现居美国。出版作品《陌生的海滩》、《波动》、《北岛诗选》、《北岛诗歌集》等多种,曾获瑞典笔会文学奖、美国西部笔会中心自由写作奖、古根海姆奖学金,被选为美国艺术文学院终身荣誉院士。

生的,比如说,小说家、电影人阿城。不过阿城出生在那一年的清明节(4月5日),在共和国10月1日成立之前,他便幽默地说他是"从旧社会过来的"。朦胧诗代表诗人中,顾城的年龄最小,1955年出生,其他的都是1949年之后两三年这个时间出生的。北岛的原名叫赵振开,是北京四中的高中学生。知青作家和朦胧诗诗人,不少是北京著名中学的学生,如北京四中,清华附中等。"文革"初期,北岛也积极参加红卫兵运动。后来对红卫兵运动感到失望,态度消极起来,大概成了"逍遥派"。"上山下乡"运动时,他没有去农村,1969年之后,在北京的一个建筑队当建筑工人。70年代初期开始写诗。他的主要作品是诗,也写小说。小说最有名的是中篇《波动》。这部小说和靳凡的《公开的情书》,礼平的《晚霞消失的时候》一起,是"文革"结束前的三部著名中篇,开始以手抄本方式,在知识青年中有颇广的流传,"文革"后经过作者修改,发表在刊物上。靳凡曾是我们学校中文系的学生,"文革"发生的时候,大概是一年级,也就是65年入学的。靳凡不是她原来的名字。她现在香港中文大学的一个研究所,编《二十一世纪》,一份有影响的杂志,叫刘青峰。但刘青峰也不是她在北大时的原名。据说——不知道是不是真的——她现在不大愿意人家再提这篇小说。我猜想,对年轻时候的激情和浪漫,年纪大了以后,人们的态度有时会很复杂,尤其是小说带有明显"自叙传"的色彩。另外一个很有影响的中篇叫《晚霞消失的时候》,作者叫礼平。小说的艺术倒是很"传统"的。如果用写实小说的艺术成规来观察,里面有不少不大合情理的,或"破绽"的地方,却写的很有才气。这篇小说的发表,曾有不少周折。发表后受到欢迎,也受到批评。批评者之一是著名哲学家王若水。在80年代初的"思想解放运动"中,王若水是站在潮头的人物,却对这篇小说批评很尖锐。分析这个事件很有意义,可以了解当年"思想解放"的性质和向度,和思想解放运动内部的差异、矛盾。我想,其中重要原因之一,是小说从某个方面,质疑了当时的思想主潮的"启蒙"的,和历史进化的观念吧。礼平后来不见他再写什么作品,什么原因也不清楚。在这三部小说里面,《晚霞消失的时候》我觉得是最好的,即使在今天再读,仍然能够引起思考,能感动你,准确说,是感动我;因为我不知道你们能不能读下去,读后会有什么感觉。《晚霞》是有明显缺陷的作品,但有时候,一些有缺陷的作品,比起另一些技巧圆熟、打磨得光亮的作品,更能让我们触动。北岛除了《波动》外,还有一些短篇小说,如《幸福大街十三号》,一篇寓言性质的、有的评论者说带有卡夫卡色彩的小说。

从80年代开始,北岛就被看做是朦胧诗的代表诗人;他和舒婷、顾城等,也被称为"今天诗派"。《今天》是北岛、芒克等1978年12月在北京办的一个文学刊物。刊物因为不是正式出版的,所以称作"民间刊物",或者"非正式出版物"。《今天》上面发表诗、小说,还有少量的评论和外国文学作品翻译、介绍。北岛当时在青年、特别是大学生中有点"偶像式"的影响。诗人柏桦在他的自传性著作《左边——毛泽东时代的抒情诗人》(香港,牛津大学出版社)这本书里,讲到70年代末、80年代初北岛的诗在他们那里引起"震荡"的情况。柏桦当年在广州外语学院读书,他读到北岛的《回答》,用了"震荡"这个心理反应程度很高的词,并且说,"那震荡也在广州各高校引起反应"。是的,一首诗可以此起彼伏形成浩瀚的心灵的风波,这对于今天的年轻人来说也许显得不太真实或不可思议,但真实情形就是这样。柏桦对这种心理现象,或者说阅读现象有这样的分析:"今天"诗人发出的是一种巨大的毁灭和献身激情,这种激情的光芒,"帮助了陷入短暂激情真空的青年""形成一种新的激情压力方式和反应方式",包括对"自我"的召唤,反抗和创造,浪漫理想和英雄幻觉……但是,他在中国大陆"诗歌界"得到承认,却一直很费周折。他在国内的第一本个人诗集(不包括多人合集,也不包括被收入选本),是广州的一个叫"新世纪"的出版社出版的,那已经是1986年:朦胧诗早已退潮,已经是"第三代诗"活跃的时候。北岛当时在台湾、香港和国外,名声似乎更大。在国内出版他的第一部诗集之前,台湾早已出版《北岛诗选》,他的诗也被翻译成英、法、德、瑞典等多国文字。美国的康奈尔大学出版社出了他的《太阳城札记》。另外,他在20世纪八九十年代,多次被提名为诺贝尔文学奖的候选人,在一些年份里据说获奖的可能性很大。当然,北岛如果得奖,肯定又是一个有争议的得奖者。这不仅涉及政治意识形态上的争论,也关系到对他的诗艺的不同评价。

  上世纪80年代末以来,北岛离开中国大陆,一直生活在国外。写诗、散文,继续编刊物《今天》。在海外出版的《今天》,自然已经不是当年的《今天》了。有一种精致的,"经典化"的定位,也还有一定的先锋性,但似乎缺乏当初的粗糙的活力。这其实不是《今天》独自的"命运",我想,几乎是一切"先锋"都会经历这样的"转化"。"先锋"不是想有就有的。长时间保持、维护"先锋"的姿态,和"先锋"的精神、艺术向度,也不那么容易;这肯定会是很累人的事情。北岛生活在国外面临的问题,从写作上说,主要是写作对象、阅读对象发生的变化,再就是语言的问题。他好像不能非常熟练,而且传神地用英语写作。他不像另外的一些作家,比如说布罗茨基、帕斯,在离开他们出生和生活过一段时间的祖国之后,到了国外,既可以用母语写作,也能很好地用非母语来写作。北岛可能做不到这一点。当然,也可能是因为他坚持主要处理"中国经验",面对讲汉语的读者。但这就发生了一种复杂的情况。因为书籍、出版物流通等方面的原因,国内的大多数读者并不容易读到他和其他一些人在国外写的作品;而写作者的所谓的"中国经验",有时也会逐渐褪色。这是一个矛盾。这不限于北岛。90年代以来,有一些优秀的大陆诗人生活在国外,也继续写诗。如张枣、多多、杨炼、肖开愚、宋琳、严力等,这是一个值得关注的现象。当然,他们中的一些人现在陆续回国定居,有的还是穿梭往来。除了语言之外,还有其他的问题。托多洛夫在《批评的批评》(中译本,三联书店版)这本书中,谈到他、亚瑟·柯斯特勒、以赛亚·伯林这些原籍保加利亚、匈牙利、俄国,而后来生活在异国他乡的作家、学者的思想、精神处境,他说,他们"接受着异域的文化",可是"却知道怎样生活在个人相异性之中"。在接受着异域文化的情况下,如何确立自身的"个人相异性",这确实是个重要的问题。

有关朦胧诗的争议

在80年代中期,朦胧诗的"代表性"诗人形成了这样的名单:北岛、舒婷、顾城、江河、杨炼。这个名单里,没有和北岛一起主持《今天》的芒克,也没有多多,没有食指(郭路生)。为什么是这五个人?"代表性"意味着什么?是通过什么方式确立的?后来,这种"代表"地位又发生怎样的变化?这都是值得研究的问题。"代表"作家的形成、更改,和一个时期的思想、诗歌潮流是什么关系?诗歌批评、诗歌选本、诗歌活动(比如从1980年开始《诗刊》举行的"青春诗会")产生什么样的作用？……因为时间关系，我不能在这里做进一步讨论。比如说多多这个诗人，写得相当好，但我们对他的关注要到80年代后期，尤其是90年代以后。为什么"朦胧诗运动"期间不被关注，这是一个文学史问题。这其中有诗歌"时期风尚"的问题，有作品的发表、传播方式问题。大多数读者读到多多的诗已经很晚了，是1985年，从当时北大学生老木所编的《新诗潮诗集》上面。这个诗集也是"非正式出版物"。我读过一篇回忆文章，谈到80年代后期，北大学生请几位诗人到学校演讲、座谈。学生们对顾城、舒婷反应很热烈，向他们问许多问题，而把多多"冷落"在一边，惹得多多很生气，差点拂袖而去。这里面反映的问题，很值得我们研究。

在朦胧诗人里面，北岛和他的诗在当时引起的争议最大，受到文学界保守力量的批评最多。顾城、舒婷虽然也有争议，也受过批评，但顾城有《一代人》这样的诗，"黑夜给了我黑色的眼睛／我却用它寻找光明"——"寻找光明"，这符合了我们大多数人（包括"思想解放"和艺术革新的积极推动者）对历史的乐观期待。北岛好像没有这样明确表达的诗。当然，北岛那时也不是"悲观主义者"，下面我还要讲到。当时很多著名的诗人对朦胧诗很不理解，对它有过很严厉的批评，包括艾青、臧克家等。当然，也有支持的，比如蔡其矫、牛汉。谢冕老师当时是积极支持朦胧诗探索的，这在当时很不容易，需要有很好的判断力和勇气。我当时也是支持朦胧诗的，但对事情认识的高度，和做出反应的勇气，都远远不如谢老师。他的《在新的崛起面前》这篇文章在80年5月发表后，臧克家先生以前辈的身份，给谢冕写了一封长信，非常恳切、但也很严厉地批评了谢冕，规劝他回到"正确立场"上来。我知道，谢老师对臧克家先生是很尊重的。我们50年代上

学习对诗说话

大学的时候,是他和徐迟先生提议让我们(还有孙玉石、孙绍振、刘登翰、殷晋培)编写"新诗发展概况",给我们许多指导。记得一次我和谢老师一起乘坐公共汽车,在车上他把这封信拿给我看。谢老师并没有接受臧克家先生的规劝,始终给朦胧诗,给当代的诗歌革新以坚定支持。在后来(83、84年)的"清除精神污染"的运动中,即使受很大的压力,也没有后退,没有做检讨。这是很不容易的。

对北岛诗的批评,主要是两个方面。一是从诗歌技巧、诗歌方法、诗和读者的关系上提出问题的。就是批评北岛诗(也不仅是北岛)的晦涩,难懂。这涉及现代诗兴起后的美学问题。这种批评有长远的历史。国外的象征派等诗歌流派出现之后,对它的批评重要一项就是说它晦涩难懂。在中国也一样,李金发、戴望舒的诗,卞之琳的诗,直到朦胧诗,都在这一点上受到批评。晦涩问题,在中国当代语境里,因为和"工农兵文艺"、"大众化"背道而驰,而有着政治意识形态内涵。对北岛诗的另一方面的批评,是说他的诗感情颓废,不健康,绝望,悲观主义,虚无主义。"悲观"在现在也许还是不好,但已经不是那么严重的事情了。在五六十年代和"文革"那个时期,悲观可是个严重的问题;不管是对自己的生活,还是对社会历史,都绝对的要不得。"文革"后一个时期,"悲观"仍是一个政治伦理性质的严重问题;在文学批评领域也是这样。北岛的《一切》这首诗,经常用来作为"悲观"的例证。有一篇文章说它表现了"心如死灰"的情绪,发出了"绝望的嚎叫"。这首诗是这样的:

一切都是命运
一切都是烟云

一切都是没有结局的开始

一切都是稍纵即逝的追寻

一切欢乐都没有微笑

一切苦难都没有内容

一切语言都是重复

一切交往都是初逢

一切爱情都在心里

一切往事都在梦中

一切希望都带着注释

一切信仰都带有呻吟

一切爆发都有片刻的宁静

一切死亡都有冗长的回声。

在朦胧诗时期,这是一些诗人,特别是北岛所喜欢使用的判断意味的句式。那时候,他们有一些重要的话,一些有关人的生活,有关社会历史的"真理"性质的发现急迫需要表达。"告诉你吧,世界,／我——不——相——信";"谁期待,谁就是罪人";"在没有英雄的年代里／我只想做一个人";"我要到对岸去"……一连串的判断句,一种宣言色彩的表述方式。现在,诗人一般很少采取这种方式来写作。因为他们觉得已经没有什么严重的东西要"宣告"。在那时候的北岛的眼睛里,世界基本上还是黑白分明的,而我们现在看到的,可能更多是界限不清的灰色。套用一个说法,就是一代人的诗情,无法原封不动地复制。总之,这首诗在当时,被一些批评家当做"虚无"、"悲观主义"的例证。我刚才说到,北岛并不"虚无"。他在诗里写道,"其实难于想像的／并不是黑暗,而是早晨／灯光将怎样延续下去"。在人们普遍认为早晨、光明已经降临的时候,在他的困惑和思考中,却是"灯光怎样延续"的问题。区别就在这里。可能是舒婷当时也觉得北岛有些不够全面,不够乐观,所以,舒婷写了《这也是一切》来和他呼应。她的这首诗有一个副标题,"答一位青年朋友的《一切》"。这首诗比较长,我只念其中的一部分:

不是一切大树都被暴风折断
不是一切种子都找不到生根的土壤
不是一切真情都消失在人心的沙漠里
不是一切梦想都甘愿被折掉翅膀
不,不是一切都像你说的那样
不是一切火焰都只燃烧自己而不把别人照亮
不是一切星星都仅指示黑夜而不报告曙光
不是一切歌声都掠过耳旁而不留在心上……

批评家便引用舒婷的这首诗,来进一步反证北岛的不是。这种评论方式让舒婷感到不安,她就写了一篇文章,申明说,有的批评家把我的诗跟北岛的《一切》进行比较,并给他冠上虚无主义的美称,我认为这起码是不符合实际的。又说,我笨拙地想补充他,结果就思想和艺术都不如他的深刻、响亮和有力。我想,舒婷的这个说明是必要的,也是实事求是的。道理其实很简单,比较的"全面",比较的不"悲观",并不能说就是比较的好诗。况且,舒婷只是"承接"北岛的"论述",这种"承接",不是否定、颠覆,而是在这基础上的补充、延伸。但批评家却无法领会语言、文体上的这种性质。

在 20 世纪 80 年代初，朦胧诗的争论不仅牵动诗歌界，牵动诗人和诗歌读者、批评家的情感，而且在一些城市里，扩大为社会性的争论。1980 年 4 月，在广西南宁（后来还到桂林）开了一次诗歌讨论会，主要议题之一就是围绕朦胧诗的评价。参加会的许多人都情绪激烈。我和谢冕、孙绍振、刘登翰老师都参加了。在那次会议上，对朦胧诗，特别是顾城和北岛的作品，有非常激烈的争论；支持的和批评的态度，使用的语言，都很极端。那个时候，中庸，模棱两可不会受到欢迎。但那个时候吵归吵，面红耳赤，大家还是朋友。对一首诗，对一个诗人的写作，能那样动感情，那样辗转难眠，这在现在也难以想象。现在我们都变得成熟、全面、冷静，但也好像有些平庸、乏味、世故。当然，不能说很多人都这样。这只是我对"时代氛围"的一种感觉。

北岛诗后来受到的另一面的批评，不是来自诗歌界的"保守力量"，而是来自新诗潮内部。在 1983 年前后的文学界，朦胧诗的"合法性"还是个问题，而更年轻的一代已喊出"打倒北岛"，"pass 北岛"的口号。这让总是跟不上"形势"的我有点目瞪口呆。我想，好不容易"跟上"了理解北岛，他却已被打倒在地。从这里也可以看到，在中国，文学潮流变化、更迭之快。在整个 20 世纪，都是这样的。如果你想要一直站在潮头，那很容易因为过分紧张而神经衰弱（如果不说得了"精神病"的话）；但要是不紧跟，不出三五年，再"先锋"的也便成了被遗弃的遗老遗少；就像刘半农在 30 年代初所感叹的，他们这帮在五四文学革命中努力于文艺革新的人，不出几年，就一挤挤成三代以上的古人了。那么，在 83 年前后，北岛为什么要被"打倒"呢？一个原因可能是，虽然北岛当时在"主流"诗界还没有被承认，但是在"崛起"

的"新诗潮"内部,几乎成为"经典",对当时的诗歌探索者影响很大。"经典"可以指出方向,规划道路,但也可能成为束缚。那些后起的,更年轻的诗人这个时候会产生这样的念头:北岛他们已经成了笼罩的巨大阴影,你要不完全按着他们路子走下去,要想有所开拓,写得更好,就要摆脱这个阴影。这是有道理的。80年代初,当代诗歌写作的开拓、探索还刚开始,北岛们的过分经典化,的确会损害、缩小探索的动力和空间。还有一个更实际的问题,无论在中国还是在国外,诗歌在社会文化上的空间越来越小,我们时代的主流文化是大众文化,消费文化。诗歌并不是消费文化,特别是先锋诗歌。这个问题,在80年代初的中国还没有被充分意识到,不过已经是一个现实的问题。在这样一个小的,或不大的空间里,一个诗人要想崭露头角,被关注,被承认,需要采取一些策略,实施一种"断裂"的"崛起"方式。我想这也是很自然的事情。这也是80年代有那么多诗歌流派、宣言出现的一个原因。当然,针对北岛的批评是从诗学角度进行的。北岛的诗大多是处理有关时代、历史的"大主题",总体风格紧张,坚硬。而继起的探索者认为,中国当代诗应该回到对人的日常生活的表现,要在语言、技艺上作更多的革新。

北岛诗歌的"特质"

上面讲的是北岛诗歌的背景。接下来我谈第二个问题,北岛的诗的思想艺术特征。分析的时候,要确定一个比较好的切入角度。这种角度不是普遍性的。我们常常出现的问题是,对所有的小说、诗的分析,都采用同一的方法、角度。我上中学的时候,语文课分析文章、作品,就是这样。这种方法有的时候可能有效,有的时候则没有效果。一首诗要从什么地方读(分析)起,我想并没有固定的格式。方法的选取和对象本身,以及读诗人的态度、体验是密切相关的。

　　北岛和舒婷在80年代初都很著名。我想,大学里的读者肯定多数更喜欢北岛。我也一样。因为舒婷这样的诗,我们过去读得很多,表达的意绪、情感,以及形式,都比较"传统"。"传统"与否,当然不是一种衡量诗歌等级的标尺。不过,这种"浪漫派"的抒情,在中国新诗史上,还是多了点。所以,卞之琳、朱光潜、袁可嘉等先生,都曾提醒我们对"浪漫派"那种抒情的警惕。舒婷在当时对读者产生的新鲜感和吸引力,主要是恢复了在当代被"压抑"的那种个人的、柔和的、忧郁的抒情传统;这在特定诗歌语境中,也可以说是一种"革命性"的突破。这样说,是不是北岛和舒婷的艺术方法就完全不同呢?也不是这样。北岛70年代末、80年代初的诗,大体上也是那样一种抒情"骨架",但确有较多新的诗歌质素和方法。要是不避生硬简单,对北岛的诗归纳出一个"关键词"的话,那可以用否定的"不"字来概括。舒婷呢,或许可以用"也许"、"如果"这样的词?这不仅仅因为"也许"、"如果"这些词舒婷用得很多,譬如:"也许旋涡眨着危险的眼,/也许暴风张开贪婪的口"(《致大海》);"我如果爱你 ——/绝不像攀援的凌霄花,/借你的高枝炫耀自己"(《致橡树》);"如果有一个晴和的夜晚"(《致杭城》);"也许有一个约会/至今尚未如期/也许有一次热恋/永不能相许"(《四月的黄昏》);"也许我们的心事/总是没有读者/……也许我们点起一个个灯笼/又被大风一个个吹灭"(《也许?》);"如果你是火/我愿是炭/想这样安慰你/然而我不敢"(《赠》)……更因为她在面对着选择时,有一种犹豫不定,彷徨的忧郁的情绪。不像北岛,"我也决不会交出这个夜晚"(《雨夜》);"我只能选择天空"(《宣告》);"我要到对岸去"(《界限》);"明天,不／明天不在夜的那边"(《明天,不》)……比较起北岛来,你就会感觉到在舒婷的诗中,有那种可以称为"感情漩涡"的东西。"旋涡"就是有点纠缠,矛盾;譬如,理智和情感之间的矛盾,社会责任与个体生活需求的矛盾,还有就是需要依靠的女性与独立自主的女性之间选择上的困扰。

　　北岛诗的"质地"是坚硬的,是"黑色"的。80年代初,海明威在中国大陆曾经是很受欢迎的作家之一。上我的课("近年诗歌评述")的学生,有的便把北岛比作海明威式的"硬汉子"。这种类比当然不一定确切。不过,我们对他的诗里那种否定意识,强烈的怀疑、批判精神,都有深刻感受。这种怀疑和批判,不只是针对所处的环境,而且也涉及人自身的分裂状况;这是北岛"深刻"的地方。下面,我们来读北岛著名的《回答》。这首诗最初发表在《今天》的第1期(1978年12月)上,次年被《诗刊》转载。很多人认为这首诗的写作与1976年4月的"天安门事件"有关,是对这一事件做出的反应。但齐简在回忆文章里(《诗的往事》,收入《持灯的使者》一书,香港,牛津大学出版社)提出,《回答》的初稿写在1973年3月15日,最初的名字是《告诉你吧,世界》。齐简保存有这首诗初稿的手抄本。后来北岛多次修改,才成了我们看到的样子。后来的修改受到"天安门事件"影响,也不是没有这种可能性。其实,是不是针对"四·五"天安门事件,我觉得并不是那么重要。谈北岛很难不提到《回答》,一是它确实影响很大,还有是因为北岛这个时期的诗的特质,他的表达方式,在这里面表露得最充分。

卑鄙是卑鄙者的通行证，
高尚是高尚者的墓志铭。
看吧，在那镀金的天空中，
飘满了死者弯曲的倒影。

冰川纪过去了，
为什么到处都是冰凌？
好望角发现了，
为什么死海里千帆相竞？

我来到这个世界上，
只带着纸、绳索和身影，
为了在审判之前，
宣读那些被判决的声音：

告诉你吧，世界
我——不——相——信！
纵使你脚下有一千名挑战者，
那就把我算作第一千零一名。

我不相信天是蓝的；
我不相信雷的回声；
我不相信梦是假的；
我不相信死无报应。

如果海洋注定要决堤,
就让所有的苦水都注入我心中;
如果陆地注定要上升,
就让人类重新选择生存的峰顶。

新的转机和闪闪星斗,
正在缀满没有遮拦的天空,
那是五千年的象形文字,
那是未来人们凝视的眼睛。

从这首诗中,我们可以看到早期北岛诗的精神素质,那种否定的、宣言式的诗情,坚定、不妥协的意志,和北岛的习惯用语、句式。这贯串在这个时期他的很多作品里。如《宣告——献给遇罗克》。遇罗克是"文革"期间北京的一个中学生,曾经写文章批判"血统论";因为这篇文章以及其他一些言论,被判处了死刑。这首诗是献给他的。

意象群

刚才我们讲的是北岛诗的特质,是一种印象式的把握。这种感觉、印象,在诗歌分析中,有时是重要的。也就是某种情调,某种氛围,某种质地。当然这是一种感性的,或者说初步的印象。它不是很严密,也不够深入,但有一定的价值。有时候,在读一些非常学理化的、分析繁复的批评文字之后,反而会觉得有些精彩的"印象式"批评,清新且更有智慧,更能抵达对象的"本质"。当然,这里对北岛诗的印象只能算是初步的。为了进一步把握北岛诗歌的某些要素,还应该有所展开。我想可以从诗的意象性质及其组织方式上来解析。

  在80年代初,北岛对自己的诗,自己的写作过程谈得很少。舒婷、顾城和杨炼就不同,他们对自己的生活经历和写作有许多谈论。我们看到的当时北岛唯一谈论自己的写作的文字,是1982年在《上海文学》"百家诗会"上一段几百字的短文。这对理解他当时的诗有很大的帮助。这段话首先讲到诗歌的目的,诗和现实生活的关系。他说,要通过写作,建立一个"诗的世界",这是一"独立的世界","人道"和"正义"的世界。这个观点跟顾城等人的看法有相似的地方。比较起"十七年"和"文革"期间的主流诗歌观念来,相异之处首先是一种人道主义的理想;另一是诗歌(文学)世界和现实世界之间的并非完全对等的关系。和"十七年"的那种文学观念不同的地方是,北岛他们虽然也强调诗歌跟现实世界的联系,但是认为诗歌(文学)世界有它的想象的,"虚构"的"独立性","超越"的独立性。在诗的写作与生活目的的关系上,北岛那一代诗人趋向把它们看做是"同一"的;诗歌写作也是在处理、实现人的生活目标,是追求更好的生活方式的手段。在这一点上,这也是一种"浪漫主义"的看法,和现在有些青年诗人的想法不同。

  北岛在这段文章里还说到,他在诗歌技艺方面,使用了"蒙太奇"的方式。"蒙太奇"是电影艺术的概念,简单地说,是通过对画面、镜头(包括音响等)的组接,实现对时空关系的重新处理。这提供了我们理解他的诗歌艺术的两个线索。一个是"镜头"——也就是诗的意象,另一是"镜头"(意象)的组织、联结方式。在北岛这个时期的诗里,意象的使用十分自觉,意象在诗中,处于十分密集的状态,而且他使用的意象,也大多带有某种程度的象征性。也是因为这个原因,80年代有的评论家把他称为"象征诗人"。我在这里提出北岛诗歌在意象使用上的几个特征,即意象使用的自觉,密集,和意象的象征性,应该说是有一定根据的。他的诗的象征性效果是怎样实现的?有多样方法。有时候是靠"反复出现"来达到,类乎音乐中的赋格、奏鸣曲的方式。

　　密集的象征性意象的这种情形,就有可能在诗的整体中,形成某些意象群。如果对北岛这个时期的诗读得比较多,那么,可以看到有一些基本的意象群的存在。一个意象群是作为理想世界、或他所说的"人道世界"的象征物出现的,是构造这个理想世界的材料。这些意象大体来自自然界的事物,如天空、鲜花、红玫瑰、橘子、土地、野百合等。这是浪漫主义诗歌经常用来表现美好事物的意象。它们带有和谐(人和人,人和环境)的、正面的价值涵义。北岛诗的另一个意象群,在价值上处于对立的位置,整体上带有否定色彩和批判意味。比如网,生锈的铁栅栏,颓败的墙,破败的古寺等。我们可以举一些例子:

夜
湛蓝的网
星星的网结

(《冷酷的希望》)

你靠着残存的阶梯
在生锈的栏杆上

敲出一个个单调的声响　　　　　　　（《陌生的海滩》）

我们头上那颗打成死结的星星呀　　　（《见证》）

让墙壁堵住我的嘴唇吧
让铁条分割我的天空吧

（《雨夜》）

到处都是残垣断壁，
路，怎么从脚下延伸　　　　　　　　（《红帆船》）

时间诚实得像一道生铁栅栏
除了被枯枝修剪过的风
谁也不能穿越和往来

（《十年之间》）

可以看到,"网"、"栅栏"、"残垣断壁"等,在他的诗中,都在表示对人的正常的、人性的生活的破坏、阻隔、分割,对人的自由精神的禁锢。这是他对人的生存环境的理解。他的有名的组诗《太阳城札记》,基本上也采用这种艺术方法。组诗最后一首,题目是《生活》,全部只有一个字:"网"。这是一首有争议的诗,主要是说它题目比诗还长,还有就是对生活所抱的悲观态度,把生活看做受禁锢的境况。《太阳城札记》的构思,可能来自意大利康帕内拉1623年出版的《太阳城》。那是一部描述理想的书,在这个太阳城里,不存在私有制,统一分配财产,每天四小时工作,人人平等。北岛在这个组诗中,表现他对当代的"太阳城"的批判,大概是在揭示它的"乌托邦"的,矛盾、虚假的性质。他的《雨夜》,写大雨中的感觉,好像是被雨的墙和铁条所堵住和分割,置身于监牢之中。这种想象方式和意象方式,让我们想起波特莱尔的《恶之花》。我不说是"影响",因为这无法落实。其实准确地说,是想起陈敬容翻译的波特莱尔,也就是发表在《译文》(这个刊物58年以后,改名《世界文学》)1957年第7期上的那组选译。这里有一个有趣的问题,在当代,有不少诗人是通过翻译而不是原文来阅读外国诗歌的。不过,现在的情况有了改变,有一些诗人的外语很好,自己也译诗。但总的说,外国诗对中国新诗的影响,还要考虑翻译的因素。比如戈宝权对普希金的翻译,穆旦(查良铮)对普希金、莱蒙托夫、拜伦等的翻译。诗歌翻译在中国现代诗歌建构过程中所起的作用,还是一个研究不多的课题。

北岛这个时期的诗,从另一个角度说,有时会觉得意象的涵义过于确定,诗的"主题"的表达,和读诗人对"主题"的探求,"通道"都比较确定。抽象地说,很难说是好,还是有缺陷。但在"文革"之后一段时间,既有诗的意象和形式的创新,又有某种"主题"的确定性,这种诗,应该更受读者的欢迎。那个时候,还是非常需要"主题"的,大家有许多的看法、情绪、观点要表达。北岛的好处和某些弱点,可能都包含在这里。北岛后来据说对他早期的诗评价不是很高,那是他过分地看到"弱点"的一面。

悖论式情境

除了意象的性质,我们还要看看这些意象的组织方式。这也许更重要。这些有着对立的价值内涵的意象,在北岛的许多有代表性的诗中,常处于密集、并置的结构方式;它们因此产生对比和撞击,有时形成一种"悖论式"的情境。如果要从现代文学中寻找相近的例子的话,也许可以举鲁迅《野草》的部分篇章。关于鲁迅在《野草》中创造的"悖论式"情境的分析,同学们可以读李欧梵先生的一篇文章。文章收在乐黛云老师编的《英语世界中的鲁迅研究》(江西人民出版社)这本书里。李欧梵引用了一位叫查尔斯·阿尔伯的学者的发现,认为《野草》"悖论式"情境的主要结构原理,在于隐藏在意象的对称和平行的对立两极的交互作用中(第195页)。比如《野草》的题辞:"当我沉默着的时候,我觉得充实;我将开口,同时感到空虚。"这样的结构在《野草》中十分常见,《影的告别》、《复仇》、《死火》、《失掉的地狱》、《墓碣文》、《死后》等等。"于浩歌狂热之际中寒;于天上看见深渊。于一切眼中看见无所有;于无所希望中得救。""抉心自食,欲知本味。创痛酷烈,本味何能知?……痛定之后,徐徐食之。然其心已陈旧,本味又何由知?""死尸在坟中坐起,口唇不动,然而说,'待我成灰时,你将见我的微笑'。"在中国现代文学史里,鲁迅的《野草》是一本独无竟有的,很奇妙的书。它的思考、情绪,比北岛诗的"悖论",要复杂,也深刻得多,下面我可能还要讲到。北岛诗中意象平行、对称的并置结构,我举一些例子:

卑鄙是卑鄙者的通行证,
高尚是高尚者的墓志铭。

(《回答》)

一切欢乐都没有微笑
一切苦难都没有泪痕

(《一切》)

岁月并没有从此中断
沉船正生火待发
重新点燃红珊瑚的火焰

(《船票》)

走向冬天
在江河冻结的地方
道路开始流动
乌鸦在河滩的鹅卵石上
孵
化出一个个月亮

(《走向冬天》)

万岁!我只他妈喊了一声
胡子就长出来
纠缠着,像无数个世纪

我不得不和历史作战

并用刀子与偶像们

结成亲眷……

(《履历》)

这样的例子很多。如《归程》中的"梧桐树上的乌鸦"(不是凤凰),"陈叶"和"红色的蓓蕾"在灌木丛中摇曳,但"其实并没有风"。有时候,使用的意象本身就有着复杂的、对立意味的含义。如上面提到的《船票》,"沉船"正"生火待发",点燃的是"红珊瑚的火焰"。我们读过鲁迅的《死火》,里面说,"我"坠在冰谷中,"四旁无不冰冷、青白,而青白的冰上,却有红影无数,纠结如珊瑚网"。"有炎炎的形,但毫不摇动,全体冰结,像珊瑚枝。"可以看到,北岛诗中的"红珊瑚火焰",既包含着燃烧、生命勃发,也有着冻结、死灭的双重含义,这个意象自身,就有着对立的,悖论的因素。这种有着不同价值内涵的意象并置,和使用有复杂成分的意象的诗歌方法,它所要展示的是两方面的状况:一是环境,现实处境,一是人的行动和内心状况。从前面一点说,在当时,北岛比其他的诗人都更坚决地指认和描绘生活、历史的荒谬、"倒置"的性质。从后一方面说,它们提示了处于这一时空中的个人,在争取个人和民族"更生"时,可能陷入的困境,前景的不确定,和个人内心的紧张冲突。

现在,我们来读他的一首短诗《走吧》。这首诗不是北岛最好的作品,但比较短,对我所要讲的问题具有"典型性"。

走吧,

落叶吹进深谷,
歌声却没有归宿。

走吧,
冰上的月光,
已从河床上溢出。

走吧,
眼睛望着同一块天空,
心敲击着暮色的鼓。

走吧,
我们没有失去记忆,
我们去寻找生命的湖。

走吧,
路啊路,
飘满红罂粟。

我就做一点笨拙的"解读"。这种"解读",在很大程度上,是把诗"条理化"、"散文化",这可能很要不得,好处是像我前面说的,满足我们对"主题"、"意旨"的心理需求。先看第一节的"却"字,连接了人和自然界的对比:有栖身地的落叶,和没有归宿的人的歌声。归宿,栖身地,是人获取安定感的根基,但是,正如北岛在《一切》里说的,"一切都是没有结局的开始"。河流"溢出"的这种奔腾、流动,也许只是虚假的幻觉。天空和暮色,在这里是一种并置的对立关系,是超越性的追求,及对这种追求的有效性的怀疑。拥有记忆,是人能够理解现在,设计、安排未来的保证;但寻找到的,却是"生命的湖"。"湖"在北岛诗中,是水的汇集、静止,而不是扩展、流动。在另一首短诗《迷途》中,有这样的句子:"一颗迷途的蒲公英 / 把我引向蓝灰色的湖泊。"最后,路上飘满的红色花朵,能够给人安慰,使人喜悦;但是,这些花却是有毒的。这首诗展现的是一个"分裂"、"悖论"的情境。"悖论"不仅是人的处境,也关乎人自身。不过,在断裂、矛盾的状况中,又贯穿着一个不妥协的,固执追寻的声音:"走吧。"这表现了此时北岛,一个"理想主义者"对人的力量的信念:分裂的世界,"两难之局"靠人的介入,参与,会有获得弥合、超越的可能性。

  我们读过鲁迅的《过客》。北岛诗的"叙述者",也有那个"过客"的"反抗绝望"的精神素质。鲁迅在给许广平的信中说,走人生长途,遇到"穷途",听说阮籍先生也大哭而回,我却也像在歧路上一样,还是跨进去,在刺丛里姑且走。"过客"不接受老翁关于往回走的劝告,也不接受女孩的安慰和布施,不愿认同对虚幻前景的承诺。北岛的诗里,也有类似的表达。《红帆船》中写道:"我不想安慰你 / 在颤抖的枫叶上 / 写满关于春天的谎言 / 来自热带的太阳鸟 / 并没有落在我们的树上 / 而背后的森林之火 / 不过是尘土飞扬的黄昏。"北岛还写道:"不祝福,也不祈祷 / 我们绝不回去 / 装饰那些漆成绿色的叶子。"大概是,祝福意味着抱有奢望,而祈祷说明有所畏惧。但是,就在这希望和绝望所构成的"悖论漩涡"(这个词是李欧梵先生的发明)里,诗的叙述者做出向前走的决定,这是因为,归根结底他对"时间"

抱有信心。相信"时间",就是相信"希望",就是相信"未来人们凝视的眼睛"(《回答》),就是相信,不管在什么样的情况下,"岁月并没有从此中断"(《船票》),就是承诺,"除了天空和土地／为生存作证的只有时间"(《红帆船》),就是坚信也许全部困难只是一个时间问题,而时间总是公正的。

这样,我们在谈论北岛这个时期的诗的时候,还应该加进一个重要的意象,这就是"冰山"。这是关于自身、关于个体,但也是关于"一代人"的意象。它意味着坚决、执著、孤傲,但也意味着艰难、险峻。他们表示要留下一切多余的东西,"把钥匙留下"。"把梦魇留下",留下"最后的一份口粮",留下一切可能妨碍他们意志高扬的约束,"在江河冻结的地方／道路开始流动"(《走向冬天》),走向最不利于他们,却最有可能与他们所要质疑、批判的对象"交战"的地方。

最后,我要说明的是,今天讲的北岛的诗,是他早期的部分。后来,北岛的写作发生了许多变化。80年代中期,变化已很明显。移居国外之后,对自己的诗歌写作所做的调整就更加突出。对他后来的诗的阅读、分析,需要有另外的时间。从一种"风格"的印象看,也许欧阳江河的描述有一定道理:北岛近作在"诗歌精神"上和早期作品有一致性,其变化是,近作"其音调和意象是内敛的、略显压抑的、对话性质的,早期作品中常见的那种预言和宣告口吻,那种青春期的急迫形象已经甚少看见"(《站在虚构这边·北岛诗的三种读法》)。我想,这是很自然的。我们的生活发生了这么大的变化,况且,北岛也已经不年轻。

谈《现代汉诗的百年演变》

近20年来,有关新诗研究的论著,成果相当不少,但王光明的《现代汉诗的百年演变》(以下简称《百年演变》,河北人民出版社2003年版)一书,仍是值得充分重视的著作。它以史家的眼光,对百年新诗做出全景式观照。在时间上贯通了近代、现代和当代,空间上将大陆、台湾、香港"两岸三地"的诗歌纳入论述范围。其中,台湾、香港诗歌首次在新诗史论述中,与大陆诗歌得到"整合性"的呈现,在我的印象中,这样的处理还不多见。关于这部著作的价值,孙玉石先生在序言《以问题穿越历史 以冷峻审视过程》中已有很好的提示。孙先生说,比起这些年数目不少的新诗史其他的论著来,它"更具有整体性与系统性","是一部具有超越意义的学术专著"。这个评价是恰当的。这是王光明多年钻研的成果;了解他的人,都会明白其中他付出的心血。在我周围的学者、教师中,他应该是最敬业者之一。在他面前,在和他的对比中,我常会猛然意识到自己对工作,对从事的"专业"的心不在焉。我曾说,在北京认识的比我年轻的人中,他是只要一开口,第三句就会谈到"学术"话题的两个人之一(另一位是中国社科院文学所的贺照田)。这虽是说笑话,却没有虚构之处。① 这些年来和他见面,他总是会谈到正在思考的新诗诗学问题。今天看到这部论著的出版,真

---

① 最近几年,他的情况有了变化,他不那么"书呆子"了,对俗世生活的兴致大大增加,脸上的笑容也更加灿烂。我们在惊讶之余,也真心为这种变化鼓掌。

的为他高兴。

当然,"整体性与系统性",也都是一些新诗史著作所力求建构的。《百年演变》的独特之处,或是它的"超越"价值,就在于它以新诗的"关键性"问题,来建构这部著作的"体系"。这也是"以问题穿越历史"的意思。王光明在这本书的《导言》中提出,经过了一百年,在社会、文化等"时势"变迁(或者叫"转型")中,"新诗"有何文学史意义,怎样学习新语言,寻找新世界,"是否完成了象征体系和文类秩序的重建","能否作为一个环节体现中国诗歌传统的延续"——这些问题涉及的,也就是百年来有关新诗聚讼纷争的问题的"症结"。转换一种说法,也就是新诗的"合法性"和存在价值的问题。对这些问题所做的回顾与思考,贯穿这部论著。作者对新诗过程所做的历时性分析、描述,都是围绕这些中心问题展开的。这样,对于各个时期(新诗草创到20世纪末的"非诗时代")、不同地域(如50年代之后的"大陆"与"台港")的诗歌现象,便获得了"整合"的依据,获得建构"体系"的有效、坚实的基础;也获得了观察问题的视角,和提出问题的方式。"现代诗质"的探寻,新诗秩序的探索,以及在这些基本命题之中的各种矛盾关系(新诗与旧诗,个人与社会,意识与语言,自由与秩序、都市记忆与乡村情结、外来影响与本土"传统"……)的状况,成为《百年演变》评述的中心话题。

王光明在《百年演变》中的文学史观和方法论,也值得我们重视。最近几年,在谈论当代文学史写作问题时,他多次提出了一个富于启发性的见解,即在当代文学史叙述中,究竟是"锁定"历史,还是开放问题?他认为,当代文学史的"叙事"功能,"主要不是在一块备受争议的是非之地,积累材料,规划版图,分出时期,排定等级,颁给荣誉,建造文学的纪念碑","不是以历史的权威姿态为时代做出定论","相反,它以不断自我质疑,反抗'锁定'的姿态,通过'不成功'的叙述实践,开放了当代文学中的问题,延续了人们对当代问题的思考"(王光明《文学批评的两地视野》第97、101页,北京大学出版社2002年版)。具体到新诗问题,它不将新诗看做是完成、固化的,而看做未完成的、显现多种向度和可能性的复杂现象,在对新诗的不断寻求突破的现代性品格的考察中,揭示其存在的"问题链"。在充分尊重历史复杂性的基础上提出问题,和以具有穿透力的问题"重返"历史,在该著作中形成良性互动。当然,文学、诗歌的历史叙述,肯定也会包含规划版图,分出时期,排定等级的目标,但是,在侧重点上有意识做出转移,把注意力放置在有关对历史叙述的"构造"性质的分析上,放置在对"未完成"的过程的矛盾、问题的发现与考察上,放置在已有的叙述与对这种叙述的质疑所构成的"张力"上,从而开启被封闭的问题,应该说是更重要的选择。王光明对于中国新诗历史的研究,正体现了他对这一历史观和方法论的实践。这是基于他对新诗历史与现状的估计。他认为,虽然百年的努力留下许多闪光的脚印,"却未必建立起了相对稳定的象征体系和文类秩序",也就是说,"不是一项完成的事业",它仍处在探索、凝聚的过程中,仍处在"重建象征体系与文类秩序"的"艰苦卓绝"的道路上。就它具有的探索性质,就它的道路的争议性而言,新诗仍是一种"非常当代"的现象和文类。基于这一理解,王光明采取了一种开放问题的研究立场,力求呈现、理解20世纪新诗历史的丰富性和复杂性。这种"开放",意味着不把"尝试"的文本"正典化",为新诗问题,为诗人、流派做出结论性的定位,而是尽可能揭发这一艰苦探求过程所遭遇的矛盾,陷入的困境,难题,并细心发现、讨论探索过程的得失,挖掘曾被遗忘,或被冷漠的探索。在"打开"的诸多问题中,下面的三组关系,是他所特别关注的:诗歌与历史语境、民族文化心理和意识形态,与现代汉语的状况(他认为现代汉语处于规范的"不稳定"状态),与各种文化、诗歌思潮和资源。这三组关系,贯穿全书论述的始终。

另外,这部著作的另一重要特点,是它既顺应了新诗百年演变的历史流程,又在对历史的动态观察中,捕捉到不同时期新诗问题的转移、变换,及应对的策略。王光明在论述中,不时表现出对历史细节的惊人敏感,以及由此产生的别致的阐释。这种对细节的珍视和独特阐释,有力地揭示了历史进程中的裂隙和不规则,这在"疗治"新诗史叙述中人云亦云的"体制化"弊病上,具有重要的意义。

其实,王光明在"本质"上是个"理想主义者",据我的了解,正如他对烟、酒在品质上的极高要求一样,他还可能是个诗歌审美的"本质主义者"。因此,他不可能把问题的"门"打得很开。这是他的长处,他的学术优势,但也会为他的"开放问题"的文学史写作带来限度。他以"现代汉诗"来取代具有"时间神话"和"历史进化"意识的"新诗"的概念,便显示了他一开始,就为自己所要"开放"的问题设限。他的可以开放的问题,被限定在这样的范围中:"现代汉诗"是作为不断延伸的中国诗歌传统的一个历史阶段,它的象征体系和文类秩序是这一传统的重塑。因而,"中国诗歌传统"是他的思考的基点,但这一基点在这部著作中,显然未被很好清理。而这一"设限",又在一定程度上回避了新诗本身作为"传统"的可能性。因而,如果还要对"问题"有更大程度的"开放"的话,有关"象征体系和文类秩序"的性质,以及它的建构方案,也就是说,关于什么是"新诗"("现代汉语诗歌")的想象,也是需要纳入的基本问题。

  但是,从来就不会有没有"设限"的研究,包括对象、观念和方法。因而,说起这部著作的价值,既包括它提供的一个诗歌审美"本质主义者"在开放新诗历史问题上取得的成就,也包括在这一深入清理、思考中遭遇的问题。

2004 年,收入本书时有修改

学习对诗说话

漫谈上海的"先锋诗歌"[①]

先谈我对这次会的感觉。我们要回过头来问问,在现在,究竟有哪些诗可以被称为"先锋诗歌"?"先锋"意味着什么,是什么样的涵义?同一个词,我们赋予它的内涵,对它的理解可能各不相同。有时候,说起"先锋",会将它当做是判断是好还是不好的诗的一个标准。有的时候,它有可能变成"官方"或"民间"的一个界线。另一个场合,又可能是我这样年纪大、诗歌观念比较保守的人和年轻的,激进的诗人之间观念的区分……我的意思是,要弄清楚"先锋诗歌"目前是否还存在,以什么样的方式存在,有什么样的特征,是否还具有一种创新的活力。有的时候,孤立看某种诗歌形态,也并不就能判断它是否具有某种先锋性。举个例子说,在80年代中后期,反叛式的,"反文化"的诗歌,像四川的"莽汉",上海的"撒娇派",无疑具有反叛陈旧语言和观念的先锋性。可是在现在,中国四处都是粗鄙的东西,粗俗的文化泛滥,还需要你去加添粗俗的东西吗?这是我要说的一点。

第二,我们讨论上海的先锋诗歌,是讨论80年代上海的诗歌历史,还是讨论诗歌现状?90年代中期以来,我参加过一些诗歌的会议,大型的,或者是小型座谈会,有一个感觉,觉得有一种浓厚的怀旧气息,也就是对80年代的怀念。在很多人的感觉里,80年代是光荣

[①] 2004年,在上海师范大学召开的"诗意城市:上海先锋诗歌"研讨会上的发言,根据录音稿整理修改。

的,充满梦想的年代,诗歌也是这样。当我们在这次会议上谈"先锋"的时候,是不是在谈论一种历史"遗产"?上海的"先锋诗歌"写作,在80年代中后期似乎表现得很活跃。那时候有"海上"、"大陆"这样的诗歌社团,还有"撒娇派"。1988年创办的《倾向》这个诗歌民刊,成员虽说不完全生活在上海,但和这个城市也有密切关系。80年代上海有不少出色的诗人和作品。记忆里有一连串的名字:孟浪、王寅、宋琳、陈东东、张真、陆忆敏、默默、刘漫流、郁郁……虽然热闹程度,产生的影响,比不上那时经常发生"诗歌暴动"的四川,也比不上以南京作为主要阵地的"他们",不过,并没有辱没这个曾经是现代中国文化中心的城市的名声。90年代以后,上海的"诗歌面目"变得有点模糊,不是那么清晰了。在消费性潮流中,在对旧上海的怀旧氛围中,在对一个世界金融中心的自我想象中,这座城市与诗歌的关系好像越来越远。肯定也出现出色的年轻诗人,比如丁丽英,比如韩博等,但发出的声音不大。现在,有的城市,有的大学,好像都很珍惜自身的诗歌"传统",举办活动,出版有关书籍刊物。上海对这些并不在意;因为上海有比诗歌更重要、也更能提升自己名声、地位的事情要做。这是我的第二个印象。

  第三个问题是,上海的诗歌虽然不太景气,也培育出一种"可爱",有时候也令人烦恼的"小传统"。从"先锋"的角度说,这个诗歌传统我概括为"并不太先锋的先锋",概括为先锋诗歌中的古典意识,或者是徘徊、游移于先锋与传统之间的意识。虽然重视创新、探索,但又表现了谨慎、节制的一面,有明确的限度意识。这个城市的先锋诗人的诗,不太"土",但也不太"洋"。因为有一种居于"世界性大都市"的身份认定,觉得是见过世面,况且30年代已经有过新感觉派、现代派，犯不着在诗中更多搬弄外来的意象、典故。但正如萧开愚说的，这里没有土地（已经水泥化），没有河流（砌上水泥堤岸，并流淌着城市污水），因而也难以（或拒绝）认同"土"的那种乡土性，也不想和"平民化"的"生活流"风格混在一起。也革命，也有语言的锋芒和"暴力"，有时也出现尖锐、痛楚的词语、节奏（如王寅、陈东东一个短暂时期的创作），但总体而言，反叛不忘优雅，革命仍保持着风度。因此，反文化、反体制的"诗派"，在四川称为"莽汉"，在上海就自我命名为"撒娇"。这是一个重要的区别。他们也会感伤、颓废、唯美，也会迷恋檐雨、暗影、旧宅、落叶，写"得病的风景"，但上海终究历史短暂，没有南京、杭州的年代久远的器物和精神、情调的沉积物，这种颓废、病态也难以深入骨髓。因而，上海诗歌有南方诗歌的那种感性，但在根子上，在一些诗人那里，仍表现了重视理性的精神向度，它的贵族气息是由理性支撑的。他们写到生活于城市、生活于这个时代的人的困境，在文化危机之中对责任、承担的关注。但他们也不愿把这种承担、关注，发展为由自我暗示所不断膨胀的姿态。有时候也结社，也"宣言"，但个性上好像比较自负，这妨碍了建立一种更密切的关系，相互之间距离的"冷淡"、"疏远"，使"集结"难以成型，或难以持久，比较难成为真正的"拉帮结派"，也就是说欠缺在诗坛颇为普遍的那种"江湖气"。他们重视的是个体的写作风格和成就，排斥对他们的集结式评论方式。因此，他们肯定拒绝我现在所做的这种整体特征、风格的描述、归纳；觉得这是无稽之谈。他们一定持这样的见解：只有陈东东，只有王寅，只有陆忆敏……根本不存在什么"上海诗歌"！这种自负、冷淡，在维持其创作的独立性的同时，在我们这样的重视潮流，以"运动"作为重要特征的诗歌环境中，也让他们的地位、影响力受损。

但是,他们是对的。"真理"在他们一边。

　　归根结底,上海的有些诗人,可能和在座的诗人王小妮一样,意识到诗歌在人的生活中应有的位置和诗歌的限度。他们敬重诗歌,为它付出心血,但也认识到"我们的生存大多数时候和诗人无关";既不打算放弃对诗的力量的投入,但也认识到诗歌的"反作用力",认识到诗"在很大程度上是可以害人的":人不一定总要刻意培植、经营一种诗人的角色。也就是说,敬重诗歌,但不培植"诗歌崇拜"。这让他们的写作心境相对放松,减轻那种有时能把人压垮的"文学史焦虑"。这让他们中有的人秉持这样的态度:写得出来就写,写不出来就不写。当然,在我们旁观者眼里,一些还有很大潜力的诗人就因为这种态度,在还能有不小作为时就过早离开了诗歌。这让我们这些读诗人感到惋惜。

学习对诗说话

诗歌现状答问[1]

对朦胧诗之后的诗歌状况,读者和文学界有很不同的看法。有的且持严厉的批评态度。您怎么看?您是否认为朦胧诗之后的诗歌存在某些有迹可寻的线索或特征?

我知道不少人对朦胧诗之后的诗歌批评很多,但我还是持较积极、肯定的评价。谈论一个时期的诗歌景况,主要还是看是否出现若干优秀诗人和诗歌文本,以及在诗歌写作的经验和可能性上是不是有重要的拓展。以这样的尺度衡量,持较为乐观的态度我想还是有根据的。不少诗人、批评家根据各自的诗歌观念和立场,对朦胧诗后的诗歌发展状况有过不同的描述,确立某种贯穿的线索;并将这一时期出现的某种重要写作征象(如"日常性"、"口语"、"生活流"、"叙事性"、"反讽"、"中年写作"等等),处理为一种具有方向性的"范型"。但我不大愿意这样做。我缺乏捕捉"征象"的敏感,和这样处理问题的能力。另外的原因是,我是做"文学史"工作的,这形成了在一个较长的时间过程中看问题的习惯。

但是,在变化激烈的当代社会中,"诗歌边缘化"、"诗歌远离读者"不是一个基本事实吗?您怎样看待诗歌与社会的关系?在当前

---

[1] 2005年春天,回答《深圳商报》提出的几个问题。因为没有收到报纸,这篇答问是否发表,发表在何年何月何日均不得而知。

的社会语境下,怎样理解诗歌的文化功能?

"边缘化"确实是一个历史事实;正像一位诗歌研究者说的,诗的边缘化是"一个现代现象"。这不仅指"文类"意义上的(相对于小说、散文、影视等),而且也指诗、诗人与社会的关系(处于社会——变革中的传统社会,和崛起的大众消费社会——的外围)而言。但有的人对这一事实难以接受。他们留存有过多的朦胧诗与社会、与"公众"密切呼应关系的记忆。事实是,诗歌已难以承担社会"代言"的职责,诗人也不大可能充当"文化英雄"的角色。诗歌与"流行",与"时尚",与公众性消费无关;绝对地说,它注定是一种边缘的"小圈子"现象。但是,它的"文化功能",它存在的意义、价值,也正是基于这种"边缘性"。对自身的"边缘性"的自觉,有可能更执著地维护对人类精神性生活的信仰,"在不可能中寻找可能,在无意义中寻找意义,在混杂无序中寻找秩序,在失望中寻找得救",因而获得发掘新的体验、新的感性的"空间",包括对不断陷入时尚化的语言保持批判态度的敏感。

即使我们同意您的这一理解,也不能说这十多年来,诗歌与读者、与社会的关系就是正常的吧?诗人和他们的写作就没有任何问题吗?

这是有联系,但又不同的另一个问题。承认诗歌的"边缘"地位,不是意味着放弃争取诗歌得到更广泛的阅读,和建立一种有效的"诗歌文化"(一种诗歌写作、传播、阅读的文化氛围和机制)的努力。其实,朦胧诗之后,诗人、诗评家在这方面的工作有目共睹,包括诗歌普及等多方面的工作。当然,这里还存在许多问题。比如,有的诗人说,他只是为自己写作。这可以看做是为了维护写作独立性的表达。但是，写作与发表从来就是一种社会行为，诗歌写作的"先锋"（或"前驱"）性与读者的接受的限度问题，应该为诗人所思考。另一个问题是，诗人过分强烈的"文学史意识"，和对在"诗坛"位置的过分关注所引发的论争，已经一定程度损害了读者对诗歌的信心。"派别"之间的隔阂，和"代际"之间的"时间焦虑"，也导致在诗歌艺术上采取过于激烈的断裂、翻转的姿态。我认为，诗人与诗人、诗人与读者之间，既要有一种推动创新的质疑、竞争意识，也需要建立互相同情、理解的包容的关系。相对来说，后者更为欠缺。

您怎么看待层出不穷的诗歌民刊、自印诗集、网络诗歌这些现象？它们是否应该纳入诗歌批评和诗歌史研究的范围？您关注这些现象吗？

毫无疑问，诗评家和诗歌史研究者当然应该关注这些现象，要将它们当做自己的重要研究对象。80年代以来诗歌民刊和自印诗集，以及近些年出现的网络诗歌，都是难以忽略的诗歌现象。从积极的方面看，在某些时候，不少优秀的诗作，正是首先出现于民刊和自印诗集上的。在20世纪三四十年代，有一些著名诗集，其实也是"自印诗集"，如1947年的《穆旦诗集1939—1945》，便是"自费刊印"的。当然，由于印数、发行等方面的原因，这些出版物的流通存在许多障碍。我觉得，在中国广泛存在的诗歌民刊、诗集、诗歌选本，已经发展为超出"权宜"的地位。它们原先的那种"异端"和"对抗性"，已更多为建立一种"诗歌文化环境"的意图所取代。诗人和诗歌读者意识到，处于"边缘"的诗歌，不可能完全依赖"正式"的出版物和出版方式；这是一种有效的，而且有时是更有活力的补充。除此之外，诗歌朗诵活动，各地大学的校园诗歌文化的开展,也是这一"诗歌文化环境"的组成部分。许多大学,都有坚持多年的校园诗歌传统,如诗社、诗歌节、诗歌朗诵会、诗歌评奖等。

说到校园诗歌,您所在的北京大学有特殊的地位。北京大学的未名诗歌节已经办到了第六届,它的目标之一是在北大这样一个所谓"诗歌的校园"彰显诗歌的社会能量。您怎样看待坚持了二十多年的未名湖诗会和已经有了5年历史的诗歌节?它有怎样的意义,又可能有怎样的问题和局限?

我虽然长期在北大工作,也从事与新诗有关的教学,80年代以来,参与组织北大诗歌社团和诗歌节的不少学生,我也认识;对他们在校园诗歌方面的投入的执著精神,一直非常敬佩,但是他们组织的诗歌活动,包括著名的未名诗会,我一次也没有参加过。这纯粹出于性格方面的原因。我不大习惯"交流",而更倾向于独自阅读。这种习惯肯定会对诗歌的接受、理解造成损失。但已经到了很难改变习惯的岁数,也就只好如此。诗歌节在北大已经成为"传统",一个值得"骄傲"的"传统"。虽然学生更换了一批又一批,但它没有中断地接续着,这是令人高兴的。它的意义,不仅为涌现一些出色诗人做了准备,更重要的是有助于在校园中形成一种精神向度,一种看来"不合时宜"的"乌托邦"想象,建构人与人之间的某种精神通道,一种对语言,对技艺探索的信心。我更看重这种精神氛围。至于是否能像过去那样出现有才华的诗人,倒是其次。学校的诗歌活动和诗歌节筹办过程中,许多学生为此付出很多,时间的,精力的,包括变卖自己的电脑等物件以筹集必要的一点资金。参与诗歌节活动的校外的诗人和评论家,也都是义务的。他们热情地为诗而聚会。因而,历届的诗歌节是朴素的,是真诚的。这一届由于得到热心赞助诗歌的中坤集团的资助,使主办者不致像过去那样困窘,活动的开展也将更有成效,有更大的规模。不过,这应该不会改变那种为诗而聚会的朴素、真诚的风格,也不会使诗离开"边缘"而成为"时尚"。

叶维廉的《中国诗学》(增订版)

叶维廉教授是成就卓著,同时学术个性独特的学者。正如乐黛云教授所言,他"是著名诗人,又是杰出的理论家。他非常'新',始终置身于新的文艺思潮和理论前沿;他又非常'旧',毕生徜徉于中国诗学、道家美学、中国古典诗歌的领域而卓有建树。……他的创作冲动、对文字的敏感、作为一个诗人所特有的内在的灵视,决定了他无可取代的学术研究特色。他对中国道家美学、古典诗学、比较文学、中西比较诗学的贡献至今无人企及"。由于两岸往来一段时间的隔绝,他在大陆"正式出版"的第一本理论著作,要迟至1986年(《寻求跨中西文化的共同文化规律》,北京大学出版社)。不过,在此之前,他的一些重要论著已在大陆学界流传。80年代前期,中国社科院文学所办有《文学研究动态》的内部刊物,专门译介域外、港台的学术动态和学术论著,对推动、更新当时的文学研究作用颇大。1982年,《文学研究动态》曾编印《比较文学论文选集增刊》("内部资料"),内收蒲安迪、陈世骧、古添洪诸人论文。叶维廉的《中西山水美感意识的形成》和《〈中国现代文学批评选集〉序》也在其中。稍后(1985)文学所编印的《中西"比较诗学"论文选》,收入他的《道家美学·山水诗·海德格》一文。80年代初朦胧诗热潮中,我在北大开设"近年诗歌述评"的专题课,借助上述资料,特地向学生介绍叶维廉比较中国语言文字和印欧语系的区别,从语法、文字结构等方面,阐释中国古典诗歌特质(自动呈现、纯粹视境等)的论述,引起学生极大兴趣。不过,当时的中国大陆,为追慕、吸纳西方现代文化的热潮所笼罩,叶维廉的研究产生的影响,更多地发生在比较文学"方法论"的层面。他的着力处,他追索、复苏、更新"中国文化的原质根性"的苦心孤诣,反倒被忽略了。这也可以说是一种"文化错位"吧。

1992年,叶维廉的《中国诗学》在大陆出版(北京,三联书店)。该书选辑他一组有代表性的诗学论文,大陆一般读者借此得以较为全面地把握他所建构的诗学理论。十多年来,这部著作对大陆的比较文学、道家美学思想和中国古典诗学研究的启迪,已有共识而不需多言。最近,《中国诗学》改由人民文学出版社再版(2006年7月)。"增订版"仍依循原来的按"古典部分"、"传意与释意"、"现代部分"划分的体例,在保留原有篇目的基础上,增加了四篇2004年以来的作品。古典部分的《重涉禅悟在宋代思域中的灵动神思》和《空故纳万境:云山烟水与冥无的美学》,继续对道家美学的探究、阐发,重心是论析宋代"幽远深微"的"新的美学感性"兴起的"复杂情节和美学含义"。对于苏东坡在这一"新的感性"的美学阐释、推动和实践上的"枢纽人物"的意义,有精到的论述。现代部分的《文化错位:中国现代诗的美学议程》和《台湾五十年代到七十年代初两种文化错位的现代诗》两文,则检讨20世纪五四至70年代大陆和台湾现代诗的"语言策略与历史独特的辩证",揭示现代诗为特定历史语境所制约的诗艺开发、诗质营造的趋向。他用"郁结"这个词,来概括因个体群体放逐、文化解体、整体离散而产生的犹疑、恐惧、绞痛、绝望,并用以描述中国现代诗持续贯穿的总体特征。这可以说是相当确切而敏锐的归结。增补的几篇论文,都是叶维廉新近的精心构撰,值得我们认真研读。

叶维廉说,他一向不替自己的文章写序言,因为要说的话就在眼前。不过,增订版改变了这个成例。这篇带有"传记"意味的序,依我看来不仅不是多余,而且对理解叶维廉的理论和批评的写作背景、动机、切入点的确立、论述理据、展开方式和规划指向,都相当重要。另一重要意义是,借此得以辨识叶维廉学术论著中隐含的"激情"和活跃的"生命律动"的脉搏和踪迹。在他的有关一次次的"放逐"、"愁渡"中所体验的孤独、错位(身体的,精神的,语言的)和文化焦虑的讲述中,我们深深意识到叶维廉的写作、学术活动,他对中国文化"原质"的发明和执著坚守,与他的经历,与对"生命意义"的追寻,与现代中国面临的"文化危机"的体认的血肉关联。19世纪末期以降,个体和民族面临的殖民入侵,以及现代社会人性异化、工具化、离散化的境遇所产生的巨大压力,不断积聚、加深叶维廉心智的"诗的而且更是中国文化危机的关怀与'郁结'"。正是这份关怀和"郁结","驱使"他"用诗一样浓烈的情感投入中国特有的诗学、美学的追索"(《中国诗学·增订版序》)中。也许,我们不一定完全认同将道家美学看做中国文化"原质根性"的核心,在诗歌写作上,山水诗式的观物方式能否有效容纳现代生活经验也可能存有疑虑,但是,毫无疑问的,我们能够理解、认同叶维廉基于特定时空的历史阐释所包含的对"历史整体性"追寻的合理依据。

学习对诗说话

诗歌记忆和诗歌现状[①]
——在北大通选课"当代诗歌与当代文化"上

我的诗歌情结

谢冕先生在上一次的课上说"诗是高贵的",我赞同他的说法。我也对诗充满敬意。除了因为诗歌本身的品质、诗歌在人的生活中的地位等理由之外,我更多的是出于个人年轻时候的经验,感受。一件事是北大诗社。50年代的北大诗社好像是成立于1953年,最初是在哲学系,而不是中文系。我1956年进校读书的时候,已经有几年的历史了。另一件事是学生自办的文学刊物《红楼》。我曾经申请加入诗社,但没有被接纳,至今还耿耿于怀。给《红楼》投稿,也大都被退回来了。后来也在《红楼》、《北大青年》发表了几首诗,写的很蹩脚,现在成为学生调侃的对象。这些事,前些年我在上海,参加上海师大主办的先锋诗歌讨论会,在发言的时候提到过。有人说我是在故意幽默,其实不是。这是我长期没有能解开的"诗歌情结"。对我来说,不能写像样的诗,是很感遗憾的事情。不过我还是经常读诗,也不完全出于职业(教学和研究)的动机。我从许多的诗里获益,包括中国当

[①] 据2006年春天在北京大学全校通选课"当代诗歌与当代文化"上讲课的录音整理,有增补、删改。

代诗人的作品。不少好的作品,"教"给我观看、感受、发现世界的方法,"教"给我身处"陈词滥调化"、"规格化"的语言密林中,如何寻找挣脱的可能。前些年我还没有退休的时候,我的学生中,有不少都在写诗,比如臧棣、冷霜、周瓒、胡续冬等,有的还是有名的诗人。他们帮助我认识诗歌,更新诗歌观念,提高对诗的感受、理解能力。我要对他们表示感谢。

上一次课,谢冕先生主要讲北大与新诗的关系,讲到新诗的光荣。我接着他的这个话题,不过主要是讲诗歌遇到的困难,或者说它的阴影。我着重讲阴影,不是要让它取代光荣,遮蔽光明,而是作为光荣的一个补充,让我们对诗歌历史和现实处境的了解,更加生动、复杂和立体化。另外我要申明的是,这里的"诗歌"是指新诗,不是旧体诗;现在的旧体诗词写作,人数和作品数量相当庞大。这是需要另外讨论的问题。

"边缘化"的概念

上世纪90年代以来,新诗的处境受到大家的关注,新诗的"边缘化"问题是一个经常谈论的话题。但是,"边缘化"是什么意思?这个问题、现象怎样分析,怎样看待,好像没有人做比较深入的研究。我们在谈论问题的时候,可能经常遇到这样一种情况,就是大家都在说同一个词,一个概念,但涵义却很不一样,事实上,提出的概念,都是和具体的经验相关的。将具体经验剥离,将概念凝固化,这就不容易建立起有效的对话关系。我这里说"边缘化",有的学者则使用了"边缘性"这个词。大家可以参考美国加州大学奚密教授的《从边缘出发》

(广东人民出版社2000年版)这本书。在奚密看来,"边缘性"是新诗(她使用"现代汉诗"的概念)的性质,或者说是它的主要特征,在新诗诞生的时候就已开始。奚密认为,新诗处于两个世界的边缘——一个是正在转化、变革之中的传统中国社会的边缘,另外一个是逐渐兴起的,以大众传播和消费主义为主导的社会的边缘。也就是说,新诗失去了古典诗歌在古代社会里的那种中心的、优越的地位。在古代,诗歌是登上统治权力的台阶,也是上层社会人际关系的重要交际方式。在转型了的现代社会中,诗失去了这些功能。而且,在社会中,诗歌也没有办法与占据主流位置的大众消费文化争短长。"边缘性"既是新诗的性质,也是它的处境。

不过我这里说"边缘化"而不说"边缘性",和奚密比较,主要是提出问题的语境,和参照系统有些区别。一是在上世纪90年代以来中国大陆诗歌界说的"边缘",暗含与80年代比较的时间意识,而奚密是将古典诗歌作为比较、参照的对象。另外,我这里也强调这是一个更替、变化的过程,而不是一直存在的不变的性质。同学们可以看到,这里存在着视角、判断上的差异。当然,我和奚密教授在这个问题上有更多共同点,这就是尖锐意识到诗歌在社会空间,在整体文化构成里位置的滑落。

80年代的诗歌记忆

90年代以来,文学界、一般读者,甚至不少诗人都认为诗歌处在一个"危机"的,或边缘化的时期。这个判断的做出,在很大程度上是和80年代,特别是80年代前期作比较后得出的。"文革"结束后的一个时期,诗歌并不是很边缘的,它在社会文化空间中有很突出的地位。当时"复出"诗人(也就是57年成为右派的诗人重新写作)的作品,影响很大,再有就是朦胧诗引起很大轰动,诗歌在当时有一种突出的身份。1980年在广西南宁召开"全国诗歌讨论会",为了某个诗人、某首诗的评价,争得面红耳赤,有的人彻夜难眠。这种气氛,在90年代,在后来的消费主义时代,是不可想象的。北岛在他的《失败之书》,以及钟鸣在他的三大厚本的《旁观者》里,都谈到这样一件事:1984年秋,诗歌刊物《星星》在成都办了一个诗歌节,请了不少当时知名的诗人参加,包括北岛、顾城、叶文福等。叶文福的名字你们可能不大熟悉,在当时可是很著名。他写的揭露社会体制弊病的作品,如《将军,不能那样做》等,引起很大争议。诗歌朗诵会在一个礼堂举行,2000多张票一抢而空,没有票的破窗而入。叶文福上台的时候,下面有人高喊"叶文福万岁"。朗诵会结束,听众冲上舞台把这些诗人包围要求签名。北岛、顾城都没有见过这个场面,吓得躲到更衣室,把灯拉灭,钻到桌子底下。北岛说有个崇拜者,跟了他好多天,向他反复申说他的遭遇、痛苦,北岛只好对他说:"你能不能让我休息一下!"这个人拿出一把小刀,戳在手心上,鲜血直流,扭头就走;可能是对他所崇敬的英雄的表现非常失望。

荷兰莱顿大学的柯雷教授认为,这个阶段是诗歌发展过程中的特例。说特例也可以,但是在中国新诗历史上,也不是绝无仅有的。为什么会产生这样的对诗歌的狂热?这是因为"文革"之后,人们普遍有着情感、思想挣脱禁锢的渴望,对"文化多元性"的渴望,而诗人、诗歌创作在启动这种"解放"的时候,当时确实起到了先驱的作用。他们开启了一种令人陌生的、带有震惊效应的文化形态。当然,当时的诗歌,也承担了政治表达功能,一种被压抑的社会群体释放他们情感的通道,这是对原先的"制度化"的思想、感情的一种冲击和突破。所以北岛在《失败的书》的《朗诵记》结尾处说,这是原有的意识形态解体和商业化的浪潮到来之间的空白,人们在思想感情上和表达方式上存在着某种空白,诗歌正好填补了这个空白。在这样的对空白的填补中,诗人此时戴错了面具,诗人在大家心中,有时候也在诗人的自我意识中,成了救世主,成了斗士,成了牧师,成了歌星,扮演"文化英雄"的角色。当然,现在的"文化英雄"已经由歌星、影视明星和体育明星来扮演了。

当时的社会整体的商业化还没有到来,金庸和琼瑶的小说还没有像后来那样流行。当然,70年代末、80年代初,大江南北都在流传邓丽君的歌曲,时尚的人们在街上、火车上、旅馆里,带着便携式收录音机,播放她的歌。按道理说,邓丽君也是流行文化的范围,但是当时人们的接受情况很复杂,存在着将她当做"先锋"来接纳、对待的情况。这是一种文化的历史错位。邓丽君的歌曲在当时的台湾、香港、东南亚华人那里,是流行文化,通俗歌曲,但在80年代初的中国大陆,就可能是一种"先锋"艺术。当时朦胧诗的坚定捍卫者谢冕先生,就是个邓丽君迷。除了音乐欣赏上的个人因素外,朦胧诗与邓丽君歌曲在他心目里,肯定存在某种相同的"先锋"素质,一种对旧的艺术观念的颠覆,与"先锋"有一种内在的关联。

这种时间、历史错位的情况,还可以举一些例子来说明。一个是北岛的诗《雨夜》。这首诗的一个中心意象是"栅栏",表现了在特定境遇里受禁锢、分割的精神感受。朦胧诗人都是很喜欢经营"意象"的,特别是象征性意象。北岛把雨水想象成类乎监狱的铁条构成的栅栏。诗是这样的：

> 即使明天早上
> 枪口和血淋淋的太阳
> 让我交出青春、自由和笔
> 我也决不会交出这个夜晚
> 我决不会交出你
> 让墙壁堵住我的嘴唇吧
> 让铁条分割我的天空吧

这个意象，也出现在波特莱尔的《恶之花》中。1957年的《译文》杂志，曾经登载过陈敬容翻译的波特莱尔一组诗，里面也有把雨丝想象成栅栏的句子。北岛的这些诗行，当时能够引起许多人的共鸣、呼应。80年代初我在北大开"近年诗歌评述"的专题课，对这样的诗不少学生很激动。现在的学生，也就是你们读到这首诗，我不知道有什么反应。你们中有不少人可能会赞同哈佛大学的宇文所安（斯蒂夫·欧文）教授对这首诗的评价。在他看来，这是很"感伤"的写法，因此他说："避免写出这样的诗句，大概是一个诗人需要学习的最重要的事情。"我想，这是不同的文化时空下的不同文化反应。再举一个例子，就是对诗人多多的评价。多多是当代重要的，也很有成就的诗人，但是他在80年代，并没有很多人知道他。文学界、诗坛谈朦胧诗，新诗潮，总是列举北岛、舒婷、顾城他们，很少说到多多。有的人说他在一段时间被掩盖了。在80年代，北大学生社团曾经请过他们来座谈。我看到一篇文章，谈当时的情况，说许多学生都问北岛、顾城、芒克问题,没人问多多,他一直被冷落。他当时就想离开会场,他可能想,既然大家都不理我,我还在这里干什么。不过还是被拉住了,没有走成。这个例子说明,多多的诗在80年代还没有在读者中产生强烈的反应,对他的重要性的认识,他得到较高评价,是在90年代以后。产生这种情况的原因,除了他没有直接介入、参加"朦胧诗运动",和他的作品要到80年代中后期才逐渐披露等原因之外,不可忽视的因素是,他的诗的语言、诗情,并不是那种在80年代初引起轰动的性质。

我之所以详细讲到80年代的诗歌状况,是要说明我们当前的诗歌"危机"意识,是建立在与80年代对比的基础之上的。提出这个问题的人中,有的还有对80年代的甜蜜记忆,他们看到、感受到一种强烈的落差。他们以政治意识形态国家的文化现象,作为衡量市场经济主导的社会的文化尺度,因此,把有关的"现象"的变化,直接转化为一种尖锐的滑落、失败的意识和情绪。

"边缘化"现象

但是,诗歌的"边缘化"的确是一个事实。诗在整体文化中的地位不断下降。读者大量流失,读者的范围、数量都明显缩小了。诗歌在一些有影响的文学杂志、报纸副刊中成为补白,甚至消失,变得可有可无。有的诗人写了十几年的诗,写得很不错,但是个人的诗集一本都没出过。如果不向出版社提供出版资助的话,一般诗集出版很困难。最近北大中国新诗研究所打算为一些写诗多年、且有成绩的青年诗人出他们的第一本诗集,如清平、韩博、马骅、周瓒、胡续冬、王敖等,其实他们也不年轻了。现在很多诗人的诗集,都是自办的诗刊,自己出版,这些诗集的流通范围是很狭小的。近年来,有一个说法很流行,用来说明诗歌的"没落",叫做"写诗的人比读诗的人多";换一种说法是,诗歌是"为生产者生产的产品"。但是这种说法在诗歌的"黄金年代"80年代初就出现。记得1988年,诗人公刘在他的一篇对诗歌现状不满的文章里,说写诗的人比公园里排队上厕所的人还多。写诗的人太多为什么不好,为什么是个值得讥讽的现象?为生产者写作为什么是个问题?这些都值得讨论。

  我承认诗歌读者圈子的缩小是一个事实。但是对产生这种现象的分析,在文学界存在不同的意见。有的诗人、批评家,主要归结为诗歌本身存在严重问题,比如诗歌脱离现实,没有对社会生活重要问题做出有力反应,比如晦涩难懂,脱离人民大众等等。这当然有道理,但是不能概括诗歌"滑落"的全部原因。97年在福建的武夷山,曾开过一次"现代汉诗"的研讨会。会上,谢冕老师对90年代的诗提出了批评,说"诗正在离我们远去"。他说的"我们",不仅仅是诗歌批评家,而且指的是大众,是广大读者。这是诗歌出现了严重问题的征兆。谢老师敏锐地指出了90年代诗歌的问题,这些问题确实存在。但是诗歌的"边缘化"的责任,不能完全由诗自身承担,诗自身也无力解决这个问题。而且,在诗歌与社会文化的关系发生改变,诗本身也出现重要调整的情况下,读者也需要改变、调整自己的诗歌观念、阅读期待、阅读方式。所以,会上我有了个插话。40年代,闻一多先生有一篇短文(《田间与艾青》),把艾青和田间作了比较,说田间已经深入民间,和大众结合,而艾青却还停留在小资产阶级立场上。大意是这样。闻一多举了艾青的一首诗,叫《太阳》,里面有"太阳向我滚来"这样的句子。闻一多说,为什么要让太阳向你滚来,你不向太阳滚去?我在插话中说,我也模仿闻一多的提问方式,就是除了说"诗离我们远去"之外,也要说"我们离诗远去"。我想说的是,诗歌本身确实有它的问题,但是,读者离开诗,不再读诗,也不要把所有原因都归结为诗歌不好,把气都撒在它上面。读者也是有原因的。而对专业读者(批评家、研究者)来说,在列举诗歌的不是的同时,也要反省自己的诗歌观念、态度、方法上存在的欠缺。

诗人的身份和形象

　　诗歌"边缘化"的另外一个表现,是诗人的身份、形象变得有点暧昧不明。在80年代,诗人大多是"专业"诗人,他们在大众心目中是崇高的,有的还是"文化英雄"的角色,受到敬仰。90年代以来,诗人头上的光环掉落、暗淡了。"专业"诗人如果说还有的话,那已经很少了。一个很重要的事实是,专靠写诗的话,诗人不能养活自己;不能保证过基本的,更不要说体面的生活。我和人民大学的程光炜教授合编了《朦胧诗新编》和《第三代诗新编》两本诗选。出版社付给入选诗人的稿酬,是每行一块钱。虽说是转载已经发表过的作品,但也不至于低到这样的程度。这样的话,顾城那首著名的诗《一代人》,"黑夜给了我黑色的眼睛,/我却用它寻找光明",一共两行,稿酬只有两块钱。如果他当初写成一行的话,那就只有一块钱了。现在,专业的诗人基本没有了,只有个别的影响很大的诗人,或者合同制签约的诗人,才能继续依靠写诗生活。现在写诗的人,一般都有另外的职业,有的是出版社、文化刊物的编辑,有的是教师,有的是政府官员,有的是企业家、商人。传统观念认为,诗人和买卖、经济是格格不入的,至少是两回事,一个商人追求利润,怎么能写好追求精神纯洁性的诗呢?但是在90年代以来,你必须面对这个事实。如果你笼统说企业家、商人就写不好诗,那肯定是武断。

  我总有那么一种观念,认为诗人在某些方面,和我们平常人不大相同。他们的情感、想象力,以至行为方式,有一种"超常"的东西。如果过于"正常",恐怕写不出好诗来。他们的内心,可能有一些类乎"黑洞"的东西,神秘的,难以说清楚,也难以捉摸的事物。一个诗人如果有这些"超常"的思想、行为,在一个"诗歌崇高"的年代,我们会认为这是一种必须的天赋,会增加诗人的传奇、浪漫的色彩。但是在诗歌滑落的年代,这些思想行为在大多数人的眼里,就会转化为"怪诞"和"疯癫"。西川最近出了一本诗文集,叫做《深浅》,里面有一篇文章叫做《疯子、骗子、傻子》。西川说,疯子、骗子和傻子常常自称自己是诗人。如果我们反过来想,为什么那些疯癫、怪诞、张狂的人不说自己是小说家、散文家呢?为什么不冒充小说家来行骗?可见诗人和他的创造,的确有某些非同寻常的东西。但因此,诗人也就成为骗子、傻子可以假冒的对象,连带产生的后果,是诗人名声受到的损害。这也是"边缘化"的一种征象。

  西川在文章里说,有位诗人叫龙吟,做了三大厚本的诗集。诗集的勒口处写着他的自我介绍:龙吟,中国著名诗人、外交家、天才家、亚洲第二个泰戈尔。"天才家"这个词,还是第一次见到。有的时候,我也收到一些超出我意料的诗集。有一次是一首有关酒的长诗,除了豪华的诗集外,还有一个方盒子,说里面有两瓶好酒,可是我收到的时候里面没有酒,只有一个说明,说邮局不让寄酒,但是书还是带着酒味。后来又收到他的另一部同样豪华的诗集,印刷很精美,书的扉页写着:

"读懂此诗的人,必将死在此诗中。"你们说是该读,还是不该读?读不懂还好办,读懂了呢?书里还有一些评论家、诗人的推荐,说"超越时代的人总是被时代所漠视或敌视,这就是天才的命运"。我知道,不少作家、诗人、艺术家在世时不被重视,他们的价值确实过了一些时候才被发现,但是,被漠视与否,是一个时间过程,一个历史现象,实在不是现在就可以直接预言、宣告的事情。

我们可能应该明白,诗人不是每天无时无刻都在充当诗人的角色的。如果总是在做诗人状,而诗人的特征又简化为疯癫、怪诞,我们最好不要太过接近。我见过的诗人,其中不少很出色,平时都是很正常的,可能在写诗的时候会出神入化。西川说,我们能够面对和欣赏疯癫、怪诞、超常的人,只要疯癫有道,怪诞有道,超常有道,张狂有道就可以,麻烦的是人们却难懂此道。

新诗的合法性

由于诗歌的"边缘化",新诗"合法性"的问题在90年代又被重新提出。我说"又被提出",就是说以前也经常出现,这是伴随着新诗诞生之日起就出现的话题。这个话题具有几乎"永恒"的性质,但也可以说是一种"陈词滥调"了。质疑新诗的"合法性",在80年代也并非不存在,但那时新诗在读者中有很大反响,所以这方面的声音不被注意。现在由于诗歌地位的缩减,这个问题就凸显起来了。90年代提出的质疑,有一些新的特征,这就是提出问题的人不是一般读者,也不是研究古典诗歌的学者,而是长期从事新诗创作,对中国传统和西方文化有很深刻了解的人。另外一个特点,是提问时的"国际视野",或

"全球化"视野。即为什么20世纪的新诗,没有出现"国际公认"的伟大诗人?中国新诗是否具有"中华性"?当然,问题还是照样落实到这样的基点上:新诗由于割断传统,盲目模仿西方,导致近一百年来成绩乏善可陈。

这个问题已经争辩了几十年,也不断有人开出各种"解救"新诗的药方,如1958年毛泽东提出的"民歌加古典"。但是各种各样的药方好像都不见有什么成效,责备之声一点都不见减少。看来,这个问题还得长期争论下去。新诗写作者的实践,从来就是在有关新诗失败、危机的声浪中进行的。这个情况将会继续下去。

从"边缘"中解救?

为了克服"边缘化"的困境,这些年来,诗歌界也作了许多努力。从积极方面说,也就是在新的环境下,如何规划诗歌的未来,如何开拓诗的疆域,发挥诗的功能等等。从消极方面说,则是在目睹诗歌的"下降"的焦虑中,寻求"解救"的办法。

有的诗人认为诗歌读者流失,是因为诗脱离大众生活实际,而表达上又过于贵族化,不够通俗。所以,便强调诗歌应该世俗化,降低诗歌的那种高贵的地位,降低它的门槛。世俗化、口语化,成为一些诗人追求的目标。我到我的家乡一所大学去讲课,那里的学生也有很多写诗的,而且最热衷口语诗,"下半身写作"。大概是口语、"下半身写作"比较容易,人人能写的缘故吧?最近,诗人赵丽华的诗在网上成为一个事件。赞成她的也有,但大多数是奚落、"恶搞"的。赵丽华他们为什么在网上发表这些诗,要达到什么目的,我不大清楚。但从她自己的说明中可以推想,卸下加在诗歌身上的很多包袱,比如意义、象征等等,是其中的考虑因素之一。这些诗我读了之后,也有一些想法。她的有些诗,其实也是有"意味"的,用一个"专业"词汇来说,具有一种"互文性",应该包含着对某种僵化的"经典"颠覆的意味。比如她的《一个人来到田纳西》,这当然是针对美国诗人史蒂文斯的那首著名的《田纳西的坛子》(或译为《坛子轶闻》)。不过也有另外的感受。原先我也认为诗歌对我这样的人来说,是高不可攀的。读了她的诗歌之后,我也得到解放,有了写诗的勇气,这确实是降低了诗的门槛。我这里举她的两首诗。一首题目是《傻瓜灯——我坚决不能容忍》:"我坚决不能容忍/那些/在公共场所的/卫生间/大便后/不冲刷/便池/的人。"另一首是《我终于在一棵树下发现》:"一只蚂蚁/另一只蚂蚁/一群蚂蚁/可能还有更多的蚂蚁。"这确实是"大白话"。网上的评论,大部分是嘲讽的,但也有一些网民和评论家给予好评。我看到清华大学一个学量子力学的学生这样说:"赵丽华的诗有量子力学的特征,是一个字一个字的在挣扎;这些诗不仅教育了我,而且还毫不枯燥。"还说里面有马克思主义的东西。我对量子力学一窍不通,读了半天也没读出有什么马克思。还有一些有名的诗人和评论家说,她的诗轻盈,活泼,带有灵性。赵丽华以前确实写过一些不错的诗,但这些后来被戏称为"梨花体"的作品,口语是很口语,通俗是很通俗了,但口语、通俗、大白话都不能成为评价诗歌的主要标准。赵丽华说,过去的诗歌都是和大众格格不入的,离大众很远,她要尝试让诗能够接近大众。这个追求看来很合理。但是,"大众"是什么,指的是哪些人?他们有怎样的口味?为什么"接近大众"就是一个不需要论证的合理要求?这些都需要讨论。从事实上看,这样的"大众化"诗歌,或者说是走向

"大众"的诗歌,可能是柄双刃剑。它也可能争取到了更多的读者,但是也可能降低诗歌的声誉,使诗歌混同于流行文化,使它失去它的特质,成为一种不必要的东西。诗人想象这样的诗能够得到"大众"的拥戴、阅读,但我却有点悲观地认为,读难懂的诗和读通俗的诗,大体上也就是那些人;这方面真的不要有不切实际的奢望。

重提诗歌题材问题

据说在80年代,诗人写作的关注点,从"写什么"转为"怎么写","题材"的地位变得不那么重要了。当然,这也就是相对而言,"题材"的重要性在当代文学中,总是举足轻重的。到了90年代后期,"写什么"的重要性又再次被强调。如果从诗歌"边缘化"处境的层面看,也可以看做是"解救"的一个手段。从更大意义上,这是希望诗歌能够有更大的社会承担。面对复杂的社会问题、社会矛盾,诗歌界(文学界)有了"底层写作"等说法,诗歌也相应出现了"打工诗歌"、"草根诗歌"等名目。这种提倡、推动,相信有它的理由、根据,对改变诗歌与社会生活的关系,提高诗歌介入社会生活能力,也是必要的。不过,我担心的是,将所谓的"底层写作"等树立为一个写作的道德制高点,会带来什么样的后果?而且,根据20世纪中国文学的经验,我们确实应该将有真切体验的"底层"写作,与作为一种"潮流"的"底层写作"加以区分。也要维护那些没有响应、加入"潮流"的写作者的精神空间。不同的"题材"在特定语境中,确实具有并不相同的道德的,和文学的价值,但希望不要像当代的某些时期那样,将这个问题绝对化。这是个有争议的问题。概括地说,我认为诗人的真实体验,和为这种体验寻求合适的表达方式是第一位的。我不认为应该将表现"底层"作为一种潮流来提倡,更不赞成赋予它以一种"道德优先性"。诗歌的确不能离开社会问题,也与伦理问题有关,但在写作层面上,也不能把这两者混同。在我们的文学语境中,注意他们的分别如果不是说更为重要的话,那也是一件更为艰难的事情。

诗歌也能"流行"吗?

为了改变诗歌的"边缘化"的状况,近几年来,诗人、诗歌刊物、批评家和诗歌活动家,在探索如何改善流通手段、媒介,以扩大传播范围。诗歌与不限于纸质媒体的结合,与大众传媒的接轨,是探索的一个重点。这是很有意义的尝试。比如中央电视台每年都要举办新年诗歌朗诵会,听说反响很不错。这是与电视结合。还有与歌舞表演结合的。其中的意图,就是试图"把被认为是边缘的诗歌诠释为可听的、可看的、可与观众互动的、新颖的艺术形式"。这方面的情况,同学们可以参看周瓒的发表在《新诗评论》上的一篇文章(2006 年第一辑)。前几天,北大也举办了中外诗人的诗歌朗诵会,有八位外国(德国、美国、日本)诗人,十几位中国诗人朗诵他们的作品。听说北大文化交流中心的"阳光大厅"挤满了人,很热烈,有一千多人参加。另外,我们现在上的这个"通选课",是臧棣、姜涛他们提出开设的,"当代文化与当代诗歌"的课程名称,也是他们定的。我们担心没有人来选这个课,没有多少人听。没有想到谢冕老师第一堂课,来了二三百人,许多人没有座位,站着听。今天也有一些同学没有座位。这些现象,对我说的"边缘化",好像是反证。北岛的《失败之书》里也写到在西方参加的诗歌朗诵活动,说往往在一个小会场,或者餐馆,二三十人,三四十人,礼貌地坐在那里,也鼓掌,也点头,也交谈讨论,哪里有我们这里的热烈场面。但是我比较清醒,没有被冲昏头脑,这里面有各种各样情况。肯定也有热爱诗歌的。不过朗诵会一下子来了那么多著名诗人,也值得来看看热闹啊。这也是一种明星效应。我和谢老师已经很长时间没有上课了,在座的学生,相信有不少想,好久没有见面,哪怕去看看也好。所以,如果误认为诗歌繁荣起来了,有那么多人热爱诗,恐怕是个错觉。

还有是,这些年各地举办的诗歌活动也很多,诗歌节,诗歌评奖等。各地出版的"民间"的诗歌刊物、诗集也很多。有的诗集,也走"读图时代"的路线,放了许多图片,有时候图片好像比诗更能吸引人。据有的人统计,去年(2005年)国内举办的比较大的诗歌节,就有98个,也包括北大的诗歌节,整整举办了一个月,全国各地有一百多名诗人来参加。评奖的活动也不少,有各种名目的奖项。诗人总是最有想象力的,有的奖项,你怎么想也想不出来。比如去年10月份,有一个"西峡诗歌峰会",评委会经过数月的审议,评"中国诗歌众望所归的36个天王/天后"。如朦胧诗天王是梁小斌,第三代诗天王赵野,天后翟永明,知识分子天王张曙光,学院天王臧棣等。这应该是诗歌和流行文化接轨的典型例子。

将"边缘"的诗歌诠释为新的,能与观众互动的艺术形式,这种努力很有意思,也值得重视。当然,也出现许多受到非议的问题。有的诗人(王寅)批评说,不难发现有些活动,与需要文化来装点门面的政府行为有关,与企业的项目推广(如楼房推销)有关,唯独与诗歌本质相距很远。还有的诗人(陈东东)说,几天诗会就是几天不散的宴席,游览也是少不了的,探讨诗歌和展示诗歌成了走过场。他们认为,诗歌不应该成为取悦的工具,诗歌活动不应该搞成嘉年华式的狂欢。显然,对于与媒体接轨,和塑造新的艺术形式的问题,不应该做简单的是或者非的判断。

在谁的"边缘"?

最后,我谈另一种应对"边缘化"的策略,就是分析、质疑"边缘化"的提法。我介绍莱顿大学研究中国新诗的学者柯雷教授的看法,他的观点有相当的代表性。他在一篇文章《是何种中华性,又发生在谁的边缘?》(《新诗评论》2006年第一辑)中这样说:

> 要较全面地了解和评价中国当代先锋诗歌,把传统和官方文学观以及市场化这种与先锋诗歌本质相异的,有时甚至是阻碍先锋诗歌的发展的力量用作标准,是没有道理的。当代先锋诗歌适于载道吗?当代先锋诗歌适于卖钱吗?这是问错了问题。
>
> …………
>
> 不容置疑,包含和影响诗坛的文化风景发生了变化,也还在继续发生。但学者和评论家必须给先锋诗歌本身从"圈子里"能提供的标准留下足够的空间。这并不是在喊文艺绝对自足性那种空荡荡的口号,而是努力了解这些诗歌用怎么样的方式给什么样的读者能产生什么样的意义。

根本的一点是,诗人自己要弄明白诗歌究竟能用"什么样的方式","给什么样的读者","产生什么样的意义"这样三个问题互相关联的问题。从这样的角度来理解,"边缘"就是先锋诗歌的性质,而先锋诗歌的命运就是"边缘"的处境。这是没有什么可抱怨的。

序《透过诗歌写作的潜望镜》

在这本书的"代后记"里,周瓒讲到她的"双重(或多重)身份",指的是她既是"诗歌写作者",热心的诗歌读者,又是诗歌批评家和诗歌史研究者。或许,还可以加上"女性诗歌"的"守护者"这样的名目。

说起写诗,周瓒应该有十几、二十年的"诗龄"了。她的作品(组诗《影片精读》等)收入多种重要的当代诗歌选本。不过,至今尚未有个人诗集"正式"出版。这当然不是她一个人这样,相似的情形也发生在另外那些颇有成绩的"诗歌书写者"那里。这是我们时代的诗歌处境,难以改变,因此也无需过多抱怨。写诗之外,她还热心于诗歌(尤其是女性诗歌)活动的组织。看到女性诗歌仍是"分散的,零落的,微弱的,像是随时都会被淹没"的现状,多年来她做了许多事情。1998年,她和几个朋友(穆青、与邻、翟永明、曹疏影等)出版一份小型、朴素的"民间"诗歌刊物。她们给它取了有"发现、承载、飞行"涵义的名字《翼》。《翼》至今出版的期数不超过6期,不会被很多人所知道,却耐心坚持着。在一种颇为寂寞(还夹杂着误解和歧视)的环境里,聚合了一批"同道者",并将女性诗歌探索、创造,引至朝着自身的建设的取向。记得《翼》创办两年之后,周瓒写了也题名为《翼》的诗(看起来好像是她为这份刊物补写的《发刊词》),最后的几行是这样的:

序《透过诗歌写作的潜望镜》

当羽翼丰满，躯体就会感到

一种轻逸，如同正从内部

鼓起了一个球形的浮漂

因而，一条游鱼的羽翅

决非退化的小摆设，它仅意味着

心的自由必须对称于水的流动

　　轻逸、躯体内部、对称……相对于80年代后期反叛、激烈，令人震悚的"女性诗歌"，当时我的感觉是惊异于事情的这种变化。周瓒是翟永明诗歌的激赏者和解读者。她引述过翟永明这样的一段话，说"生活的诀窍"就是"把自己变成一个罐子，既可以占据黑暗中的一个角落，又可以接纳生活中的一掬活水以映照内心的寂静和灵魂的本性"。我们生活的时代是"退却"的时代，80年代的"革命"已成记忆，"先锋"也早已"变质"。出于这样的情境，柔韧，容纳和承受，以实现"自我"的"圆融和充分"，也许是这个"退却"时代的一种最好的选择？

　　从内心上说，写诗在周瓒那里可能占有更高的位置，不过，她在一个研究机构供职，学术研究是她的职业，是"社会评价"的最主要依据。《透过诗歌写作的潜望镜》这本书里所收的文章，就是她近年来诗歌研究的成果。自然，她撰写这些论文，并非被动地适应"职业"的要求，对当代诗歌现状的关切，是更重要的动力。这些文章的大部分在刊物发表时，我就读过，其中一些给我留下很深的印象。我指的是她讨论90年代诗界论争的长文（书里的第三章"文化英雄的出演和降落"),这是周瓒在戴锦华教授主持的文化研究课上所做的研究报告。另外,还有她对"文化转型"中中国大陆诗歌状况的描述,对"女性诗歌"问题的研究,以及对翟永明、臧棣诗歌道路和独创性的分析,都是近年诗歌研究重要成果的一部分。略感遗憾的是,这些文章这次收入书中,做了分配章节等的编排;这是目前相当多见的做法,目的大概是要改造得像"体系性"专著的样子。其实这并非必要,反而可能削弱这些文章的份量。这也许不是周瓒的意愿。当然,这种编排如果一定要说好处,那就是能见识到她这些年来关注的问题的分布,和这些问题之间的关联。

写诗,同时又从事理论和批评工作,在"当代"(50—70年代)相当罕见。但如果上推到三十四年代,则是相当普遍的现象;闻一多、朱自清、废名、林庚、吴兴华、梁宗岱、袁可嘉、唐湜,是可以容易就列举的名字。90年代以来,新诗史上诗人同时操持批评、理论刀斧的"传统",得到接续。这应该说是件好事。小说、戏剧等自然也有这样的情况,但相信没有诗歌这样的普遍;这与"文类"特征不无关系。诗歌在语言的敏感和"可能性"的发掘上,在想象的展开和艺术"构型"的方式上,相信有许多特殊的地方,它们不是靠"常识"就能理解。加上一些诗人出于"对生命和世界的敬畏",另一些诗人则出于制造神秘而故施烟幕,他们"对自己写作的核心部分往往讳莫如深"。这让少有写作经验的批评家踌躇莫展,找不到进入文本内部的"暗道"。在这种情况下,孤傲(也有点脆弱)的诗人觉得只有自己出面,才能把事情说清楚。这些年诗人的批评、研究,也确实表现了难以取代的价值。极端地说(因为我也不想取消像我这样没有诗歌写作经验的研究者

序《透过诗歌写作的潜望镜》

存在的理由），有成效的、出色的诗歌批评，许多是来自于诗人之手。

这些事实引出了一些值得讨论的问题。譬如说，在诗歌史研究和诗歌批评上，诗歌写作经验能发生怎样的作用？反过来的问题是，诗歌理论和诗歌史知识，对解析诗歌写作，发现诗歌"暗道"又能产生怎样的效果？多种"身份"，从积极的方面看，意味着可能拥有不止一个视点，意味着获取多种知识资源，多种体验、思考问题的途径。一句话，参与实践，也进行反思，这种情形，能否在批评中转化为某些互为质询、制约，又互相推进的力量？

诗歌批评和诗歌史研究者，尤其涉足近距离的诗歌现象，经常遇到的难题是，依凭什么来建立有关诗歌史的秩序，来辨识、衡量诗人创造的"强度"。这是有关诗歌标准、尺度的问题。不避粗疏地说，诗人也许更执著地相信生命、艺术超越时空的"永恒"准则，相信诗中的词语，是被诗人选中的"种子"，能在一代代人心灵的土地上生根发芽。相信周瓒也会有同样的信念；诗的声音，是"没有古代和现代分界的声音"。不过，对这一与时间无关的"本体论"，她也时有疑惑，可以看到她试图与这种信念保持一定的距离，或者建立一种质询的关系。这体现在她对于"诗歌批评"的性质的理解上。她认为，批评是"发明一种可能的，有效的诗学，而不是公开自己的立场和建立一种狭隘而貌似公允的评价尺度"。以"可能"和"有效"的诗学，来取代不变的、永恒性的诗歌准则，正是引入了时间、空间的条件，引入了"实践"的因素。如果所有的诗歌写作都是在一定语境中的"实践"的话，那么，尺度、标准也需要包含着"历史性"的内容。当然，她并不是否认存在具有连续性的坐标，只不过是探索这一坐标与具体历史实践的联结，努力(也费力)地想在它们之间建立起一种对话的关系。

这样,周瓒的诗歌批评在处理某些"对立"因素的关系的时候,表现了一定程度的对"限度"的警觉,某种"柔韧性",和试图加以"综合"处理的努力。诗歌理想是她所坚执的,但是面对实践的复杂性,也有承受和包容。相信诗歌的成就在相当大程度上是突破潮流的"同质性",不过也意识到个体受制于时代,和受潮流"修改"的无奈。坚持诗歌的"神性"因素(诉诸心灵、直感、梦幻的方面)是至关重要的条件,也十分重视诗歌作为"写作行为"产物的经验、技术的成分,和写作的"专业"性质。抱有批评是揭示"真相"的责任承担,但也意识到那可能只是"依据一定的知识资源","联系论者对现代诗歌与现实生活、社会历史关系的一种个人的理解"。强调概念、范畴的意义需要在语境中确立,"诗歌理想的绝对性无法取代诗歌书写本身的历史性",但是,"去本质化"并非走向虚无和相对主义。批评是运用概念去面对"客观"的文本,但重要的可能是将它转化为写作实践的"过程",重视创作相对于概念的优先性。清楚认识到诗歌批评与诗歌史叙述的界限,但也寻找一种将个人立场、历史知识与建构性的实践反思的合力,寻找诗歌史研究与美学陈述的有机联系。……

譬如关于"女性诗歌"。这是周瓒论述的核心问题之一。联系着她的在批评中强调写作实践的意义这一点,她提出应该把"女性诗歌"作为一个批评性概念的主张。一方面她申明"女性诗歌"概念的必要:这是"对于历史和现实状况的体认和反抗,有一种性别意识作为前提,这种性别意识首先当然也是最强烈地由女性诗人感知",她强调要通过这一概念,"进行质疑和再阐释,以纠正或扩展人们对它的理解"。另一方面,则指出这一概念,"是一个集合,诗人的集合",

而不是标签,不是诗人站队,不是图书馆的分类学。"它是优秀女诗人的集中但不是诗歌写作的集中营";是在批评中发现诗歌中存在的"女性意识",女性的性别经验,女性写作的独创性,并通过批评,开拓、培育和丰富这种经验,推进独特的女性诗歌的文体、风格的形成。周瓒的论述,将"女性诗歌"从 80 年代的那种作者"身份"、诗歌类型学的认定,转化为具有孕育、生长的写作意义上的概念。这个主张,体现了她在"平衡"立场的坚守和可能的包容上的出色创造。当然,这种论述,带有明显的文化转型的时代印痕。这看起来确是一种"退缩",一种限制,"自我"的限制。不过,从另一方向看,未必不是一种开放和伸展。

周瓒的研究工作具有她的特色。但我不是说在处理这些复杂关系上很圆满。其实,"圆满"在这里不是一个必要的标准。她在协调、综合多种因素上取得的成效,和存在的龃龉、裂痕(如她研究当代先锋诗歌时所表现的矛盾),都同样值得重视。

《透过诗歌写作的潜望镜》,周瓒著,社会科学文献出版社 2007 年版

学习对诗说话

几种现代诗解读本

因为前些年在学校开设"近年诗歌阅读"的课程,当时和后来曾经比较留意中国现代诗的阅读问题,翻阅了若干种诗歌解读、评点的书籍。这些年来,出版的现代诗的解读本数量不少,这里就我看到的有限范围,选择在动机、方法、体例上有不同个性的几种,按出版时间做出简要的评述。在此基础上,提出在诗歌阅读上一些值得思考、讨论的问题。这些问题,有的是从这些读本中发现的,而相当一部分则是在我主持"近年诗歌阅读"的课程的时候,参与者在讨论中提出的。

几种中国现代诗解读本

《现代诗导读》,张汉良、萧萧编著,台湾故乡出版社 1979 年 11 月出版。全书共 5 册,前 3 册为导读篇,第 4 册为理论、史料篇,第 5 册为批评篇。它的编著出版,是有感于台湾"现代诗"成长过程中"阅读方法"的缺乏。"导读篇"选入台湾"从纪弦、覃子豪以降的一百位诗人"的作品,每位诗人选录一至三首"代表性的或杰出的作品"。在作品"正文"之后,附有短评。如果某诗人有两首以上的作品入选,短评文字则分别由中文系出身的萧萧,和外文系出身的张汉良执笔,"以避免衡鉴时的偏颇"。在文字分配上,某一位诗人的第一首诗,短评着重于对诗人风格的描述,第二首则偏重于技巧的讨论。在解析这些作品时,导读者注意运用多种不同取向的阅读方法,提供不同的进入诗歌文本的观点、视角。导读者有差异的学科背景①,是实现采用现代、传统、外来、本土的不同工具来观察、解读"现代诗"的条件。大体而言,萧萧的解读侧重感悟式的风格描述,而张汉良则更关注诗作体制和构成方式的分析。从《导读》全书的总体看来,它显示了编注者设定的这一目标:"不仅是现代诗导读,也是现代诗论导读"②——这是这部较大规模的导读本的重要特色。

《中国现代诗导读 1917—1938》(简称《导读》),孙玉石主编,北京大学出版社 1990 年 7 月版。③ 这是主编 80 年代在北京大学开设"中国现代诗导读"、"现代派诗研究"等课程的成果汇集。全部 124 篇解读文章,约五分之三为主编本人撰写,其余为选修课程的学生、进修教师的"作业"(经主编修改)。解读的作品集中在 20 年代后期到 30 年代的"初期象征派"、"现代派",或带有"现代主义"倾向的作品上。④ "导读"动机,是通过对新诗史上"现代主义"倾向诗歌的解读,来回应朦胧诗论争中有关诗歌晦涩、难懂的问题,推动主编所倡导的

---

① 张汉良(1945—)毕业于台湾大学外文系,获比较文学博士学位,为台湾大学外文系教授。萧萧(1947—),毕业于台湾辅仁大学中文系后,就读台湾师范大学国文研究所硕士班。

② 参见《现代诗导读·序》,张汉良执笔。

③ 《导读》主编的另一收入 40 年代"现代诗"导读文章,和专门解读穆旦诗歌的著作,2007 年已由北京大学出版社出版。

④ 入选最多的诗人是李金发(19 首)、戴望舒(18 首)、卞之琳(24 首)、何其芳(14 首)、废名(8 首)、林庚(8 首)。另有沈尹默、宗白华、梁宗岱、闻一多、徐志摩、朱湘、林徽因、穆木天、冯乃超、蓬子、石民、金克木、施蛰存、徐迟、路易士、艾青等的个别诗作。

"现代解诗学"的建立。① 因而,其选目、体例编排、解读方法,在现有的中国现代诗解读读本中最具"体系性"。全部解读文章在书中分别列入七个专题,分别涉及诗的"可解性",对"象征诗"的把握,诗歌阅读与感悟,诗与智性,诗的情与理,阅读与想象等。解读文章对诗作的评析都相当细致,多数采用"串讲"的方式逐句展开。在解读理论、方法上,主编认为是吸收了西方"新批评"、"结构主义"、"接受美学",但对其中的"偏颇"又有所选择和扬弃。"承认本文分析同作者的联系、承认读者接受中作品的客观意义,即'开放式的本文细读'与'有限度的审美接受'"的"两者结合",是所确立的"主要原则与方法"。② 因而,解读时诗人传记、新诗史等背景资料经常广泛引入,并采用确定地落实文意字义的方式。当然,由于"新批评"、"结构主义"等在上世纪80年代(特别是80年代前中期)在中国的介绍还嫌粗略,中国新诗研究界对此的理解、运用也只是初步的;《导读》在这方面借鉴的限度也就可以理解。其解读思路、方法,更多还是体现为传统"赏析"的那种格局和风貌。主编扎实、丰厚的中国新诗史知识积累,对新诗发展问题的细微深入的把握,或许也可以将《导读》看成文本形态的中国"现代派"诗歌史;至少可以从中寻绎到20世纪30—40年代中国"现代派"诗歌的具体而微的面貌。

《中外现代诗名篇细读》(简称《名篇细读》),唐晓渡著,重庆出

---

① 主编说,在朦胧诗论争中,他坦诚地站在进行诗歌革新探索的青年诗人一边;这场论争"唤起了我对历史上一些类似争论的重新关注",而"渴望让历史来发言",特别是着眼于朱自清当年在论争中扎扎实实所做的难懂的诗的"解诗"的工作。见《中国现代诗导读 1917—1938》"后记"。

② 《中国现代诗导读 1917—1938》,第505—506页。

版社1998年12月版。著者是诗人,也是有影响的当代诗评家。该书收入的,是著者1990年开始刊发于《诗刊》刊授版"未名诗人"上"名篇指南"栏目的文章,共24篇。分别"细读"中外现代诗名篇各12首。文章的读者,设定为青年诗歌习作者和爱好者,以提高他们的诗歌写作、鉴赏水平。因此,所选外国诗基本上是80年代中国先锋诗界耳熟能详的作品①;中国现代诗人的诗作,也是多数新诗选本都会入选的"名篇"②。从中国新诗部分的入选标准看,这里的"现代诗",并非指有"现代主义"倾向的诗歌,大体上与"新诗"概念可以通用。"后记"中,著者说明了他的"细读"的基本理念和方法,这就是:"将西方'新批评'的所谓'细读'和中国传统的感兴式意象点评加以综合运用,同时注意互文性(首先是'文脉'意义上的,也包括同一作者的其他作品)的把握,以便一方面通过逐行逐句逐语象的拆解、分析,尽可能充分地揭示一首诗的内涵和形式意味;另一方面,又将由此势所难免造成的对其整体语境魅力的伤害减少到尽可能小的程度。"③著者并非"文本自足"的信守者,他十分重视文本内外因素的联通("互文性")。但他设定的落脚点是文本内部的结构分析,关注"外部"因素通过何种特定方式转化为内在的诗歌构成。在细致拆解与感性体验之间,在局部(语象、句、行)与整体把握之间,力求有机综合,警惕着容易发生的各种断裂和偏颇。著者寻求的这种平衡,做起来当然不是

---

① 叶芝的《当你老了》、庞德的《在一个地铁车站》、史蒂文斯的《坛子的轶事》、弗罗斯特的《未走之路》,以及普拉斯、埃利蒂斯、里尔克、阿赫玛托娃等的短诗。

② 艾青的《太阳》、闻一多的《死水》、卞之琳的《距离的组织》、徐志摩的《再别康桥》、戴望舒的《我用残损的手掌》、冯至的《从一片泛滥无形的水里》、穆旦的《春》,以及余光中的《白玉苦瓜》、洛夫的《烟之外》、郑敏的《破壳》、牛汉的《华南虎》等。

③ 《中外现代诗名篇细读》,第251—252页。

很容易。

《面朝大海,春暖花开》(简称《互动点评本》),吴晓东主编,为"中国现代文学名作互动点评本"的诗歌卷,广西教育出版社2002年1月版。这是面对中学生的读本,目的是为了引导、推动他们亲近新诗经典、名作,以提升其精神、生活质量。入选篇目,原则上着眼于中国新诗史的名篇,也考虑到中学生理解的特点。选目的另一特色,是20世纪80年代以来的大陆新诗作品占有一定的份量(约占三分之一强),这显示了编选者对近20年当代诗歌的重视。这个"点评本"方法上的新颖和开创性,主要表现为"作者—学者—读者"的"多元互动"上。它企图创造一种"多元解读、多向交流","尊重个性差异"的开放式阅读格局①。在具体解读方法上,则主要运用中国文学批评史上的那种方式:对"正文"作简洁的,三言两语的点评、眉批,并辅以"总评"和"读后感"加以总体的综合。点评者有学者和中学生两个部分。学者是任教于北京大学中文系的吴晓东,参与点评的学生则多至79人,分别来自清华附中、华东师大二附中、南宁市二中、南宁市三中等学校。每一首诗,由学者和一至多位学生参与点评。不同知识层次、不同人生感受的参与者的见解所形成的支持、对比、质疑的并置,确是新人耳目。"学者点评"的眉批注释侧重诗作的某些关键性语词,而总评则对全诗给以总括式的阐释提示,常常表现了切中诗艺的肯綮而要言不烦的特征。至于学生的点评和读后感部分,重要的也许不在他们发表的观点,而是他们的参与本身。对这一读本在"互动"

---

① 《面朝大海,春暖花开》出版说明。

层面可能提供的对比、质疑的成果,不应有过高的期待。大体上说,学生们的感受、见解,大多是对新诗学者观点的呼应。这自然是可以理解的:他们有关新诗的知识,以及点评时对他们所做的引领、指导,毫无疑问难以离开新诗研究已确立的知识、感受框架。

《在北大课堂读诗》(以下简称《课堂读诗》),洪子诚主编,长江文艺出版社2002年10月版。与《中国现代诗导读1917—1938年》一样,是大学中国新诗课程的成果。不同之处是,《课堂读诗》不是课程中(或课程结束后)撰写的文章,而是课堂报告、讨论的录音整理,有明显的现场感①。另一点不同是,《导读》主编在解读过程(课堂教学和解读文章的写作、编辑)具有绝对的统驭、主导地位,《课堂读诗》主编作用则相当有限,在课堂讨论中大体上只担任组织串联的角色。这肯定是缺陷,附带产生的好处是,能让差异、分歧得到展开。《课堂读诗》解读的对象,是20世纪90年代与"新诗潮"关系密切的诗人。②其动机,首先是探索艺术创新的诗歌与读者之间新关系建立的可能性。另外的动机,则是在90年代中国大陆诗歌备受责难的情况下,进一步了解这个时期诗歌的真实情况。"课堂读诗"多数参与者的信念是,对于现代诗的阅读来说,诗人相对于读者的天然的优越性已发生动摇,但同时,读者也并不因此就取代这种优越地位。"重新做一个诗人"和"重新做一个读者"是调整诗歌"阅读契约"的相辅相成的两

---

① 录音整理时,在保持讨论的基本原貌的基础上,也做了一些删节和字句上的修改。

② 解读作品分属张枣、王家新、欧阳江河、翟永明、吕德安、孙文波、萧开愚、西川、韩东、柏桦、张曙光、于坚、陈东东等人在90年代的创作。

个环节。由于参加课堂讨论的有多位是90年代诗歌活跃实践者(诗歌写作与批评)①,因而,个别文本的解读常放置在对诗人的诗歌品质②,和对90年代诗歌特征的探索、变化把握的背景上进行③,使得不少解读,能深入到诗歌写作的若干具有时期特征的"内部问题"。这应该是这个读本最主要的特色。当然,由于课堂教学的特点,入选诗歌作品的数量、品质,以及解读方式都还存在一些问题。比如,总要选择一些有更多话可说、能够"细致"解读的作品,因此会给人一种"复杂"的,"难懂"的诗才是好诗的错觉。

《现代汉诗100首》(以下简称《100首》),蔡天新主编,生活·读书·新知三联书店2007年版。与《面朝大海,春暖花开》一样,也是一个点评本。但它的目标、阅读对象有所不同。主编认为,唐诗宋词能被许多人热爱、理解,是因为有历代学者的倾力研究注释,言下之意是,新诗要获得更多的人认可,也必须经历这一持久工作。选入什么作品作为评点对象,总是各种诗歌读本重要的一环。主编在《前言》中说到这个读本挑选作品的两点考虑,"一是对'五四'以降的中国新诗依时间进行注释性的遴选,二是由不同的诗人来挑选并评注自己喜爱的诗歌"。《100首》也选入新诗史上有共识的诸多名篇,但更突出"文革"后大陆诗歌的份量;后者占到将近三分之二。这种情况产生的部分原因,与评注者均为当前活跃的诗人(有的同时也是诗评家和

---

① 如臧棣、周瓒、姜涛、胡续冬、冷霜、钱文亮等。
② 如王家新的互文性和人文主义的诗歌精神,欧阳江河的修辞的"炫技"复杂性和主题上对"公共生活"的兴趣,臧棣的取材和艺术方式所体现的"个人的历史化"的倾向等。
③ 如叙事性,反抒情,日常生活化,反修辞,去隐喻等等。

研究者)①不无关系。尽管主编认为入选的诗人与作品带有偶然性,"与文学史无关",但还是依稀体现了"文学史"的某种诉求,包括对20世纪80年代之后的诗歌进入"文学史"的或多或少的"焦虑"。这个评点本的体例格式是,正文之后为注释,注释之后为旁白,最后是有助于理解文本的诗人简要传记材料和相关背景知识。注释、旁白涉及意象、语词、诗型、节奏韵律、诗意境界等诸多方面,也常将评点与诗歌史的知识融合在一起。因为由评点者的诗人来挑选他们喜爱的诗,并通过解读说出喜爱的理由,所以,选目和评点都更具个性化,诗歌写作的经验也明显带入评点之中;与由批评家、学者所做的评点相比,表现了独特的风貌。

相关的几个问题

"晓得文义"和"识得意思好处"

统观上述的诗歌解读本,可以看到相近的编写动机和目标之中,也有一些差别。大体说来存在这样的类型:一是主要想通过解读,让更多普通读者能认识、亲近现代诗歌,提升现代诗在现代人的阅读、精神生活中的地位。另一则更多是面向"专业读者",它们所要着重解决的问题,或者是加速争议颇多的现代诗的"经典化"步伐和文学史地位,或者是通过对一系列诗歌文本的解读,实践性地探索诗歌批评、阅读的理论、方法的建构。另外,解读的活动和这些读本的编写,也和大学文学教育的学科体制的建构存在密切关联,一些读本,就是大学

---

① 他们是张曙光、王家新、余刚、陈东东、黄灿然、杨小滨、蓝蓝、桑克、周瓒、胡续冬和蔡天新。

课程的衍生物。从主要倾向而言,《面朝大海》、《100首》和《名篇细读》应属于第一类,虽然它们之间在预设读者上也有不同。其他的解读本,则更偏重于文学史和批评方法方面的诉求。而解读的活动,又无一不是在指向一个更高的目标,即推动现代诗的"经典化",创造它们进入文学史的条件。

古典诗歌的注释、点评,当然也是诗歌经典化、建立诗歌文本与读者的良好关系目标的一部分。不过,之间也有一些不同。主要的区别在于,古典诗歌整体的稳定地位,在公共文化系统中,在一般读者心目中已经确立,评点的功能,主要是印证、加深他们的这一文化"共识"。对于新诗,尤其是"现代主义"倾向的、探索性的"先锋诗歌",解决其"合法性"问题,是潜在的居于首位的心理动机。古典诗歌与读者之间,也存在一定的"紧张感"需要协调,但在两者的关系中,优越地位偏向于诗歌文本一边。现代诗尚未获得这样的地位,它尚未在读者中建立起普遍的信任感。比较起来,读者普遍认为自己拥有美学判断上的优势。

因此,从若干现代诗的解读本可以看到,解读是要消除读者的疑惑和不信任感。这种努力主要集中于两个方面。一是现代诗所表现的"新的感性",能否被认可、接受,成为古典诗歌不能取代的发现、感知未知世界和自我的有效的美感方式。另一则是涉及长期引发激烈争辩的晦涩、难懂的问题。晦涩、难懂的问题其实也存在于古典诗歌的阅读上,但面临这种情境,读者大多会采取"谦卑"的姿态,把责任归结于自身在知识和感受力上的欠缺。现代诗没有这样的幸运,读者通常会把挫折感,转化成讥诮、恼怒的情绪,投掷到诗歌和诗人身上。因此,朱自清先生在《新诗杂话·序》中所说的"晓得文义"与"识得意思好处"这两者之间,"晓得文义"就是首要的前提。"导读"、"解读"、"解诗学"等语词、概念的提出,也和这样的背景相关。①

将一个看起来扑朔迷离的诗歌文本加以疏解,寻绎其思维、想象的"逻辑",廓清其语词、意象的关联和涵义,使其隐藏的"文义"得以彰显,这就是解读者引领拟想的读者去消除他们在面对现代诗的时候产生的恼怒和紧张感。这项工作的必要是没有疑义的,而且在得到大学文学教育"学科化"、"知识化"程度推进提供的支持(各种理论的引进,多种解读方法的运用,和解读成为文类理论的试验场②),"晓得文义"的活动成为一种"自足"的学问。在产生积极效果的同时,伴随的"负面"影响是可能推演出这样的错觉:能够负载各种解读理论、方法,或需要智力和广泛知识支持加以索解的诗便是"好诗"。过度诉诸智力与知识的诗歌阅读究竟是否正常,是个值得思考的问题。而且,对诗歌的阅读来说,"懂"并不是事情的全部,最终仍需引入在美学价值上的批评。

风格历史特征的辨识

不过,也不能把这个现象笼统地看做是"弊端"。在特定的文化

---

① 《中国现代诗导读1917—1938》主编孙玉石在该书的"代序"《重建中国现代解诗学》中指出,朱自清1936年开始使用"解诗"的概念,是为了面对读者对"象征派"、"现代派"诗歌晦涩、难懂的责难,并开启了超越"传统诗学批评方法"的现代"解诗学"的建立的可能性。"代序"认为"传统诗学批评方法"是"停留在一种评价诗学的范围","在内容方面停留于简单的价值判断和诗情复述;在审美方面停留于感受式的印象批评;在形式方面只限于语言外在音色功能的关注,对于作品本体的深入批评和鉴赏,对于语言内在功能的挖掘和探求,还未引起诗学批评的注意"。

② 张汉良、萧萧的《现代诗导读·序》中说,他们有意识地运用多种不同的阅读方法,"有作品本身语言的描述式分析;有心理学与传记式的投影;有散文的意述评论;有朝向文类理论建立的'诗学'式阅读方法"。因而,它"不仅是现代诗导读,也是现代诗论导读"。《现代诗导读·序》由张汉良执笔。

语境(新诗、现代诗在我们的时代遭遇的现实困境)中,着重"晓得文义"的解读方式,有它存在的理由。这是因为,现代诗提供了一种"新的感性",它在一个时期的诗人的集体创造中,已经成为特定的、有历史含义的风格。诗歌艺术的这种"新感性"虽然与现代人的生活、感受、心理密切相关,但作为一种"艺术形态"还未被普遍理解。因此,"晓得文义"有着字面意义上更广泛的内涵。比如现代诗是否应该,又如何接纳过去诗歌未被触及的事物、经验(它们在传统诗歌中通常不认为是诗意对象),比如探索那种离散的、没有确定方向的,歧义的观念和分岔的情感的表现价值(相对于过去诗歌观念、情感性质、表达上的确定和有规律),比如更具"个人"特征的"陌生"语词、意象、隐喻的可能引发的力量(在挑战习习相因的,已经变得陈旧的语词,和语词相连的思维感觉方式上),比如诗人和诗歌陈述人的分裂,诗歌陈述人自身的分裂在诗中的表现(过去诗歌的写作者与诗中陈述者有相当大程度的重合),比如"超现实"的方法与诗行的中断、跳跃、衔接所构成关系……从这样的情况看,"文义"的问题,与"意思"的问题,其实又很难分开。

前面列举的解读本,对于这种具有历史特征的风格的辨识,都持积极的态度,期望能够引领读者理解这种种"多少有些新鲜的、陌生的东西"。将某一诗歌文本,放置于诗歌编年史的特定位置,考察它与先前的艺术规范发生何种背离,或对这些规范进行了何种革新实验,是这种风格辨识的主要方法。举个简单的例子,这些读本中有几种都选入了穆旦写于40年代的《春》[①],它们解读、点评的关注点,均

[①] 穆旦的《春》同时被选入《面朝大海,春暖花开》、《现代汉诗100首》、《中外现代诗名篇细读》等读本。

集中于"春"这一中外诗歌传统题材在穆旦诗中所做的"现代"处理，指出诗中对于青春的欲望、肉体体验的表现，是与传统诗歌"迥然不同"的"现代意味"、"陌生"因素。有的解读本，还由此扩展到相关的"非个人化"、心理探索、玄学思维等方面的问题。

虽然同样注意到辨识具有"历史含义"风格的重要性，也同样经常采用与其他诗歌作品比照、联系的分析方法，但不同的解读本在阐释路径上也出现了有趣的差异。有的更强调这些新的诗歌经验、运思方式和表达技巧具有的创新价值，在与"传统诗歌"比较中强调新的因素的意义，指出现代社会生活、心理内容和心理方式的变迁必然导致诗歌方式的变革，并通过具体文本的解析，强调这种变革的合法性与文学史意义。另一种思路则是，在中外诗歌史中为这些新的因素寻找来自"传统"的支持：指出它们与具有"永恒性"的诗歌艺术经验之间的契合的实质。因而，虽然辨识了"新的感性"，但最终落脚于"日光之下本无新事"的判断。存在着一种"本源性"的，超越时空的艺术原则，经验，是持这一思路的解读者的信仰；现代诗歌的"经典化"，就是要落实"新的"诗歌品质与"本源性"艺术构成的契合。在这里，"互文"是经常采用的分析方法。它首先表现为对诗人传记，和对文本中蕴含的语境因素的重视。同时，也表现为经常将文本，除放置于该诗人的"写作史"中加以考察之外，更与超越时（古今）、空（中外）的诗作相对照和互证。这种不同的路径，在解读活动中也许并不都构成对立的关系，不同的思路在一定条件下也有可能形成互补，但是，重视"契合"一脉的思路，可能会导出对诗歌变革必要性的质疑，而强调变革具有的独立价值的一脉，问题则可能是，新的诗歌经验、新的技艺因素虽然是一种事实，但做出价值判断就不是那么容易。它们能否成为诗歌艺术的有价值的积累,还是虽然新异,却在后来证明是失效的因素,对这一问题的可以信服的回答,既需要敏锐的眼光,出色的感受力,同时也需依赖必要的时间。

解读者的身份、意识

在解读活动中,解读对象(文本),解读者,和一般读者三者之间,构成一种互相推动,也互相制约的复杂关系。解读者当然也是读者,但他的身份有些特殊。在现代社会,由于对读者阅读、阐释的主动性的重视,和阅读上参与意义、情感建构的强调,读者的权力有很大增强。而作为沟通文本和普通读者的,处于中介地位的解读者,其优越地位和权威性又更胜一筹。优越地位既相对于设定为被引领者的一般读者,也相对于解读的文本。在这里,权力不仅基于"文本的意义为读者赋予"的接受理论的层面,而且也与现代诗的性质有关。这种较高的解读姿态,前面已经提到,部分原因来源于现代诗的经典地位仍有待于确立这一事实。当然,一个"合格"的解读者的优越地位,也根源于他比一般读者在阅读上有更多的准备:更多的知识、能力上的储备。尤其在当代,先锋的、探索性的现代诗,在很大程度上并非面对没有准备的读者,它有时确乎是为现代诗的"知音"写作,阅读上要求对特定的诗歌"语言"的熟悉。这对解读者能力的较高要求是不言而喻的。

不过,事情也有另外的方面。当代对解读者的身份、角色的理解也发生了许多变化,他们的那种"启蒙"的"优选者"的地位开始动摇,受到质疑。这相应地在解读者如何想象一般读者,和如何对待诗歌文本上，会提出一些新的问题。从"解读伦理"、策略上说，也许可以归结为，解读者是应该更积极发挥其智力、想象力以"规划"、"干预"文本和读者，还是应该取较低的姿态，表现得较为"谦卑"些？或者更合适的提法是，解读者的主动性的发挥与对自身限度的意识如何综合和协调？

　　诗歌文本存在着客观的、确定的意义，解读就是加以"复原"，将看来含混不明的语词、意象，及其结构所包含的意义一一予以落实：相信这是解读者通常的预想、态度。这当然有其合理性。不过，它的偏颇也存在。我们可以将它看做是解读者主动参与创造的意识的欠缺。虽然体察诗人的诗歌构成方式，和特定文本的内在特征是解读者始终的着力之处，但解读者显然不应随拟想中诗人的构思步伐亦步亦趋，将落实诗人的意识、思路、方法作为唯一的目标。但有的时候，"复原"的这种预想、态度，也可以认为是解读者对自身能力的高估。一方面，在现代诗中，经常会呈现对世界探索的未知和困惑，另一方面，解读者也许需要承认，他对"文义"和"意思"，不见得什么时候都能胸有成竹、了如指掌。同时，这种一一落实的目标，也有可能造成对文本的感性成分的遗漏。因为在很多时候，感性体验常常是很难，甚至是不可言说的；有时候，能够"落实"地讲出来的，往往是对感性体验的简化（或窄化）。况且，一种高估自身能力的膨胀的念头，可能导致对文本失去必要的敬意，一味放纵自己的那种满足炫耀感的"深度挖掘"，以建立文本之外（或之下）的另一种意义，发现另一个"潜文本"的世界。在这一点上，桑塔格的见解也许值得重视：这种"挖掘"，"就是去使世界贫瘠"，而我们的世界"已足够贫瘠了，足够枯竭了"，重要的是，我们要"能够更直接地再度体验我们所拥有的东西"①。

因此,阅读、阐释上的"现代意味",不仅是方法上的变革,而且也是观念、态度上的调整。一方面解读者需要拥有更丰富的专业知识,另一方面也可能要"放低"自身的位置。"解读"当然是为了"驯服"让我们紧张不安的文本,使得它能够加以控制,给予不明的、四散分歧的成分以确定。但是,解读的控制、驯服也需要限度。有时候,要怀疑这种完全加以控制的冲动,留出空间给予难以确定的,含混的事物,容纳互异、互相辩驳的因素。在这种情况下,对自身的文化构成的性质,对时代、个体局限有清醒意识的解读者,有可能孕育、开发出一种磋商、犹疑、探索、对话的,不那么"强硬"的解读方法。这一解读行为,主要并非对某种意义做出绝对的,结论性的陈述,而是参与了陈述行为、过程(包括诗人写作,也包括确定的或拟想的不同读者的阅读感受)的观察和讨论。上面提到的《互动点评本》和《在北大课堂读诗》,在这方面可能做了初步的,但并不算成功的尝试。

2008 年 1 月
原载《新诗评论》2008 年第 1 辑,北京大学出版社 2008 年版

---

① 桑塔格:《反对阐释》,第 9 页,上海译文出版社,2003 年版。

《回顾一次写作》前言[①]

1958年底到1959年初,当时就读于北京大学中文系的谢冕、孙绍振、孙玉石、殷晋培、刘登翰、洪子诚,在《诗刊》社和徐迟先生的建议、组织下,利用不到一个月的寒假时间,编写了《新诗发展概况》。"概况"是"当代"最初出现的具有新诗简史性质的文稿之一。全文约十余万字,分为七章:一、女神再生的时代;二、无产阶级革命诗歌的高潮;三、暴风雨的前奏;四、民族抗战的号角;五、唱向新中国;六、百花争艳的春晨;七、唱得长江水倒流。在集体讨论的基础上,各章依次分别由刘登翰、殷晋培、洪子诚、孙玉石、孙绍振、谢冕、殷晋培执笔。前四章分别刊登于《诗刊》(北京)1959年6、7、10、12月号。由于不明究竟,但可以推测的原因,后三章没能在《诗刊》继续刊载,仅存当时的油印打字稿(第五章)和手稿(第六、七章)。随后,《诗刊》社向天津的百花文艺出版社推荐,拟出版单行本,没有被接受。"文革"结束的时候,他们曾经打算对《概况》进行修改扩充,成为一部完整的新诗史。当时虽然修改、重写了一些章节[②],但由于时势更易,他们各自的

[①] 《回顾一次写作——〈新诗发展概况〉的前前后后》,谢冕、孙绍振、刘登翰、孙玉石、殷晋培、洪子诚著,北京大学出版社,2007年版。

[②] 1978—1979年间,重写的章节有:《年青的觉醒者的歌唱——〈中国新诗发展史〉之一节》,孙玉石撰写,刊于《山西大学学报》1980年第1期;《颂歌新时代 时代的颂歌(1949—1957)——〈中国新诗发展史〉第六章第一节》,孙绍振、刘登翰撰写,刊于《中国当代文学研究丛刊》。这两篇改写稿发表时,仍署谢冕、孙绍振、刘登翰、孙玉石、殷晋培、洪子诚六人名字。

兴趣也不可避免地发生转移,这件事也就不了了之,无疾而终了。

近来,一些年轻的从事新诗研究的朋友,建议将"概况"整理出版,作为了解 50 年代诗歌观念,诗歌史叙述方式,大学教育和学术体制的资料。这个提议重新引起他们对这件事的关注。当然,他们明白,这些特定时代催生的文字并没有什么学术价值;事实上,他们的诗歌观念和对新诗史的看法,80 年代以来已发生了很大改变。因此,在重新刊行"概况"的同时,他们觉得更需要对这一文本,连同这一文本产生的过程,进行清理和反思。"反思"主要不是做简单的自我指责,不是站在对立位置上的意识形态批判,而是在参照思考的基础上,尽可能地呈现推动这一事情产生的历史条件,和这些条件如何塑造写作者自身。这既涉及整体性的政治、文化气候,也与个人的生活经验、思想情绪相关。因此,拟定了若干问题,由各人分别以书面方式独立作答。由于之前和之后他们对此并未有过沟通,回答时也没有看到其他人的文字,因此,记忆中的细节,对事情的描述和评价既有相近的部分,也不可避免会有差异;相对于众口一词,这种差异其实倒是更值得重视。

出版这本书的理由,除了上面说到的以外,也还有他们"私心"的方面。1958 年他们的合作,距今已将近 50 年。这六个人中,年龄最大的是谢冕,出生于 1932 年,其他诸人,孙玉石、孙绍振、刘登翰、殷晋培、洪子诚,分别出生于 1935、36、37、38 和 39 年。按照现在的说法,在 50 年代他们是属于"30 后"。当初这些或风度翩翩,或其貌不扬,或才华横溢,或木讷迟钝的 20 岁左右的年轻人,现在已经是头童齿豁,垂垂老矣(殷晋培 1992 年初因病辞世)。因此,他们想借这本书的出版,作为他们 50 年前开始的合作,和在合作中产生并延续的友谊的自我纪念。学生时代形成的友情,经年历岁,似乎没有受到时空分割、世事纷扰的严重磨损,想起来他们真的感到有点不可思议。虽然并不是说没有任何摩擦、矛盾,最终却总能互相取自省、宽容、信任的态度。这种友情,确实是他们平凡生命中值得珍惜,令他们时时感到温暖的财富。

本书除前言外,分四个部分。第一部分是各人对50年代编写《概况》时情景的回忆。这些回忆文字汇总之后,由洪子诚加以编辑整理,并加上了注释。尊重各位作者的原意,整理仅限于某些文字方面,如笔误,对重复的事实、细节的压缩等。第二部分是《新诗发展概况》的全文。第一至第四章依据1959年《诗刊》发表稿编入,第五至第七章依据油印打字稿和手稿录入。除了个别错、漏字之外,一律不做任何改动,以保持其原来面貌。本来还打算将1978—1979年对"概况"所做的修改也作为一个部分编入,限于篇幅,只好放弃。第三、第四部分,是各人回顾自己学术道路的自述文章,以及他们的主要编著目录。这些文章选自他们已发表的论著,从中可以看到他们上世纪60年代,特别是"新时期"以来,在学术、生活上的足迹,看到他们的文学观念、观察视野、研究方法上的变化和取得的进展。简历和主要编著目录,除已去世的殷晋培外,均由本人提供。殷晋培不能参加这一对自己道路的回顾,他的资料也搜求不易,这都是让我们感到遗憾和愧疚的。

本书的署名,按《新诗发展概况》首次在《诗刊》1959年6月号发表时的顺序排列。本书的设计、编辑,主要由洪子诚、张雅秋承担。张雅秋细致的工作,和她不少有创意的建议,对提高本书的质量起到重要作用。感谢朱竞、李云雷的支持,使"关于《新诗发展概况》答问"的部分文字,能先期在《文艺争鸣》杂志和"左岸文化"网站发表。

2007年10月,北京蓝旗营

关于《新诗发展概况》答问[1]
——《概况》写作的前前后后

一、《新诗发展概况》的编写是如何发起、组织的？为什么是这六人的组合？对承担这一任务当时有什么想法？

洪子诚：我参加这个工作纯属偶然，大概是登翰向他们推荐的，否则谢冕他们不可能知道有我这个人。事实上在参加"概况"编写之前，我只闻谢冕、孙玉石等的大名，而从未谋面，不知道他们的长相。他们当时在北大的"文学界"，已经颇有名气。谢冕是《红楼》诗歌组组长，我读过他和张炯发表在《红楼》上的《遥寄东海》的书信体散文，既充满革命激情，也"小资"情调浓郁。在上世纪的50年代，革命激情和"小资"情调这种奇妙、也和谐的结合，相信是参加"革命"的知识青年所喜欢的境界。刘登翰当时也在《红楼》诗歌组任编辑，因为我始终不知道这个刊物的编辑部设在什么地方，门朝哪边开，我给《红楼》投稿（诗和小说），就是通过他转交。他在进大学之前，已经在《厦门日报》当了一年多的记者。在57年的《红楼》上，我还读过孙玉石的组诗，占了一个整版的篇幅，印象中题目叫《露珠集》，当时就很是佩服。至于孙绍振，听说是个才子。我还在为俄文课上发不出颤舌音

---

[1] 这些问题由洪子诚拟出，分别由谢冕、孙绍振、刘登翰、孙玉石、洪子诚作答。这里摘出洪子诚的部分。

苦恼万分的时候,传说他已经在读托尔斯泰原著了。无论什么时候见到孙绍振,他总是口若悬河,眉飞色舞;在印象里,好像从来不知道烦恼。唯一的例外,是60年代我毕业参加工作后,有一次回老家路过厦门,不知道为什么他也在那里。我们曾经在鼓浪屿的海滩流连大半天,看海浪拍打礁石,捡贝壳,他神情有点忧郁。后来才知道他正郁郁不得志,而且可能是失恋了。80年春天到南宁参加诗歌会议,我、他、刘登翰住在一个房间。和对北岛、顾城等的激烈争论同样印象深刻的,是他给我讲了几天他的罗曼史:有多少美貌且才华横溢的女青年、女学生追慕他,发生了怎样的曲折故事。这让我十分羡慕。当然,他当时跟我说的许多关于政治、社会、文学的见解,也有让我茅塞顿开的感觉。

56年我进大学后,也写一点诗和小说,但大多被《红楼》退回(对此,现在谢冕坚决否认说"没有这回事"。不过我倒是要感谢他们,因为我后来发在《红楼》上的一两首小诗,现在经常成为学生调侃、嘲笑的资料)。按理说,编写"概况"在我当年的生活中,应该算是"大事"了,奇怪的是,印象却相当模糊,对事情的来龙去脉所知无多。这次为了写这些回顾文字,翻看当年六人在和平里宿舍前的合影,让我对自己吃惊与沮丧的是,一时间竟然认不出哪个是谢冕。只记得当时好像是来了一辆吉普车,把我们的铺盖、生活用品,还有从图书馆借来的诗集资料,拉到北京城东北边的和平里那边。当然,这项活动我肯定是十分乐意参加的,也很可能会产生一种自豪感。但具体情况脑子里却没有留下多少痕迹。1958年暑假我因为执意要回广东老家,没有参加班里批判王瑶先生的活动。回到学校看到同学已经写出许多文章,在北大学报、《文艺报》、《文学评论》发表,硕果累累,就有一种"临阵逃脱"的内疚。所以,我肯定会在后来的类似活动中,争取有积极的表现，以弥补我的过失。

  之所以对编写"概况"没有留下特别深刻印象，原因之一可能是，当时开展批判运动，进行集体科研，对我们已经是"家常便饭"了。年轻学生承担这种事情，似乎是理所当然的事。这是当年的时代氛围。"文革"初期，我读到在社会上流传的毛泽东许多没有公开发表的讲话（各地红卫兵组织，纷纷以"学习资料"的名目编印这些讲话），明白了点燃我们"造反"激情的火种来自何处。毛泽东当年鼓吹的年轻胜过年老的"进化论"，肯定很投合我们的心思。他在58年3月的成都会议，在中共八大二次会议上，多次讲话，说从古以来，创新思想、新学派的人，都是学问不足的青年人："孔子23岁开始。耶稣有什么学问？释迦牟尼19岁创佛教"，孙中山"不过高中程度"，"王弼注《老子》的时候不过十几岁"，二等圣人颜渊"死时才32岁"，"李世民起义时，只有十几岁，当了总司令"……"年轻人抓住一个真理，就所向披靡，所有老年人是比不过他们的"，"年轻人要胜过老年人，学问少的人可以打倒学问多的人，不要被名家权威吓倒"。他要人们摧毁《法门寺》中贾桂的那种"当奴隶当久了"的"奴隶性"。当然，这种"进化论"，被赋予了"阶级"和"民族独立"的内涵，让年轻人常有的狂傲的心绪和举动，有了阶级、政治的正当性，也有了庄严感。毛泽东的这些话，当时并没有听到，但是总的时代气氛就是这样的。

  二、在1958年前后，编写事实上是中国新诗简史性质的论著的动机是什么？当时你们持有什么样的文学史观？

  洪子诚：前面说过，当时我对发生的一切，经常处在懵懵懂懂的状态中。在五六十年代，我在"政治"上和"学业"上都很幼稚，基本上是个让"潮流"推着走,努力想跟上潮流的人。我没有考虑过动机之类的问题,不论是作为组织者的《诗刊》,还是我自己,都没有仔细想过。如果说有什么文学史观念的话,那就是坚信必须用"两条路线斗争"来安排诗歌流派和诗人。我们当时不会有"纯诗"、"纯文学"的想法,而认定诗歌、文学是革命斗争的组成部分。另一点是,当时的"学术"批判运动,普遍对"文学史"问题十分关注。批判王瑶先生,批判林庚先生,重要的方面都是指向他们的历史观、文学史观。推动历史的动力是什么,什么是文学历史的主线,怎样区分主流、支流和逆流等等,是首先提出的问题。我们开展的集体科研活动,也总是集中在文学史的重写、改写上面。"新诗发展概况"也是当时一系列文学历史"重写"的组成部分。可以看到,在社会发生重要变革、转折的时间里,总会伴随着历史的"改写"的潮流。50年代这样,"文革"时这样,80年代也是这样。新的政权、制度的建立,新的思想、价值体系的提出,它们的合法性,总是需要依靠历史的"改写"来给予支持、确认。文艺界"反右"运动刚结束,周扬他们就在《文艺战线的一场大辩论》等文章中,急迫对五四以来,特别是左翼文艺的历史脉络加以清理,并开始组织"现代文学史"编写,就是这个原因。

三、当时集体科研是怎样的具体情况?如何收集、阅读材料,如何分工,如何统一思想观点?《诗刊》的负责人在编写中起到什么作用?

洪子诚:在58年,我对新诗历史的了解相当有限。这不仅是就一般情况说,相比较谢冕等其他人来,也是如此。比如编写"概况"之前,我就不知道40年代上海有《诗创造》、《中国新诗》这样的杂志,也不知道有穆旦、郑敏、杜运燮、袁可嘉、方敬、陈敬容这些诗人。但谢冕肯定知道,《诗创造》那两份刊物他都有。所以,可能是他们让我写什么,我就写什么,反正我都不太熟悉。应该说我是第一次独立写带有"学术"色彩的文章。我当时就看到和他们之间的差距。我总是写不出多少来,文字很干枯,展不开,凑不足字数。他们正相反,总是打不住,下笔千言,倚马可待,最后总要想办法压缩。我的这种不擅长分析的缺点,现在也还是这样。我想这也是才能高下的一种表现吧。因此,我写出初稿后,有点胆战心惊。他们好像也没有全部否定,提了一些意见,我自然心悦诚服接受,遵照他们的意见进行修改。好像没有太多的争论,合作也很和谐。

虽然没有指定谁是负责人,但谢冕是个实际的"首领"。这种地位是自然而然的,甚至一直延续到今天。这次写《概况》的回顾,孙绍振、刘登翰总是迟迟拖着不动手。我无论怎样发电邮、打电话,都当耳旁风,稳如泰山纹丝不动。无奈之中,便假借谢冕的名义去催促,这一招立刻奏效,他们很快便乖乖交稿("假传圣旨"的做法,不久就被识破)。谢冕的"头"的地位,原因之一是他的学识、才情,工作的热心负责和组织能力,以及做出决断的本领。另一方面是他的"老革命"身份。四五十年代之交,我、孙绍振、刘登翰在尚未、或开始读初中的时候,谢冕就在刊物发表诗作,并加入部队了;虽说没有真正打过仗,在部队当的好像是文化教员,但在我们眼里,仍是不折不扣的"老革命"[①]。他是从部队复员考的大学。这是 50 年代大学校园的"身份文化"。当

---

① 谢冕 1948—1949 年,在福建的报刊发表诗、散文。其中一首诗写道:"泪是对仇恨的报复,/锁链会使暴徒叛变,/法律原是罪恶的渊薮,/冰封中有春来的信念。""黑夜后会不是黎明?/有人在冀企春天!/历史的车轮永不后退,/寂然的火山孕有愤怒的火焰。"1949 年 8 月在福州参军。1955 年复员福州并参加高考,进入北大中文系。

时北大(其他大学应该也是这样)的学生构成,主要是两个部分。一是"调干生",另一部分是中学应届毕业生;人数大概一半对一半。50年代为了"迎接社会主义建设高潮",国家鼓励干部考大学,成为专门人才。凡是参加工作三年以上的考进大学,连同从"工农速成中学"毕业进入大学的,称为"调干生"。他们一般都是党员,有社会阅历、工作经验,在学校一般都担任年级、班、党团支部、团委、学生会等的主要干部。我们中学毕业的,对他们有一种"高山仰止"的心理。在生活上,他们有令我们一般学生眼红的"调干"助学金。"调干生"有自己的食堂,在"小饭厅",实行饭票制;一般学生在"大饭厅",吃大锅饭,实行包伙制。事实上在50年代,像北大这样的大学,学生中开展的运动,学校中风尚、思潮的走向,"调干生"都处于主导的地位。这个现象,是研究50年代"校园文化"的一个不可忽略的现象。

我们编写"概况"时阅读的资料,应该说不算少,许多也都是原始资料,20—40年代的诗集,根据的不是后来编选的选本。但旧报刊资料限于条件、时间,看的比较少。什么《汉园集》、《新月诗选》、《食客与凶年》、《烙印》等等,都是初版本,或初版重印本。照理说,并不是不重视原始资料。但是,当时是"以论带史"的年代,强调的,重视的是主导性观念、理论。因此,我们对原始材料的阅读,显然不是"开放性"的,而是在事先确定的阐释框架中的阅读;一种非个人的、"公共性"的阅读。这种阅读,不是尽力理解对象本身的丰富性、复杂性,开放阅读中的感受,扩展阐释的空间,而是自觉地压抑、涂抹、修改不符合事先确定的观念、框架的部分。这是一种自觉的"过滤性阅读"。编写"概况"期间是否先学习什么重要的,"指导性"的文章?现在没有印象,好像没有这样的步骤。不过,58年发表的一些重要文章,如周扬的《文艺战线上的一场大辩论》,茅盾的《夜读偶记》,周扬的《新民歌开拓了诗歌的新道路》,邵荃麟的《门外谈诗》,以及当时如火如荼的新诗道路讨论,肯定对我们的编写起到直接作用。邵荃麟在《门外谈诗》(《诗刊》1958年第4期)中,将新诗史清理为"人民大众的进步诗风"的"主流",与"资产阶级反动诗风"的"逆流"的斗争这一脉络,就具体表现在我们编写的"概况"之中。

另外,我觉得徐迟先生当时对新诗历史和现状的看法,也对我们有一定影响。但徐迟先生好像没有和我们正式、认真交谈过,他的影响主要体现在当时发表的文章。徐迟先生30年代和戴望舒、路易士他们办《新诗》,出版《二十岁人》的诗集("二十岁人"正好是我们58年的年龄),是学"现代派"的。但他自己说,在1940年前后,就和"现代派"决裂了。58年,他是新民歌运动的热烈、真诚的拥护、鼓吹者。记得58年《诗刊》在河北张家口怀来那边的南水泉村("大跃进"时期开展新民歌运动的典型村庄),召开过有许多著名诗人参加的诗会,他会上几次发言登在《诗刊》上。这些发言让我印象很深的,倒不是他将新诗历史划分为"东风"和"西风",和他对穆旦、艾青、卞之琳、蔡其矫50年代创作的批评,而是他对自己曾经的"现代派"身份的反省,和对"现代派"在他那里有可能残留的防备。他说他过去也是个"西风派",也写过那些隐晦的诗句;说他"最近"写的诗中,有这么两句:"蓝天里大雁飞回来,落下几个蓝色的音符",觉察到这就是"现代派"表现方法的残留,马上划掉了。这种紧张的心态,留给我很深的印象。"文革"后的80年代初,徐迟先生又是最早提出中国文学需要"现代派"的人(他当时影响很大的文章是《现代化与现代派》)。当时我读了他这篇文章,就想起他58年的对"现代派"激烈反对的看法。虽然从30年代到80年代,在这个问题上,他的观点、主张几次发生翻转性改变,却一点也没有影响我对他的尊敬。一个人认真调整自己的看法、修改自己的观点,并不是一件可羞耻的事情。当然,从这里也可以看到这几十年来,中国社会、文学思潮变化、波动起伏之大。我觉得他是一位非常真诚的长者,一个对文学、对艺术热爱、甚至"虔敬"(也就是怀有一种"宗教感")的人,有丰厚的文学艺术修养,有敏锐的艺术感觉。他当年是如何出自内心热爱"新民歌"的,在艺术上会是怎样的一种内在逻辑,是我很想弄明白,但没有获得答案的问题。有一次,我读到他的一篇文章,谈到他40年代在香港听到拉威尔的"波来罗舞曲"时的感动,我也为他的这种感动而感动。我觉得他和沙鸥不大一样。他对我们这些幼稚的年轻人,有一种出自内心的爱护、帮助的诚恳态度。所以,对他晚年所经历的生活、精神困境,真的很伤感。

四、"反右"之后,对现代文学史似乎确立了基本的叙述方法和评价标准。这种标准与你们原先的爱好、评价是否相符?如果出现冲突如何解决?如何确定《概况》的体例、描述范围,确定诗人所属的"路线"和分配比例?

洪子诚:当时是接受、呼应流行的文学史观念、方法,认同对诗人的那种评价标准的,也尽力想贯彻在自己写的那部分中。不过,也不是说一点疑虑、矛盾都没有,但基本上都会改变自己的看法、趣味。这种改变,也是出自内心的。不过也存在另一方面的问题。在50年代,特别是50年代后期,我越来越感到自己的有些爱好、情感,与提倡的

学习对诗说话

东西的距离,因此也经常为这些事心烦、苦恼。58年我们经常下乡,到北京郊区的平谷深翻土地,到密云秋收。虽然想努力去做,但总是不容易和群众"打成一片"。记得在平谷农村,有一次让我用石灰水将新民歌写在小学的墙壁上。我站在桌子上拿着大排笔,想象将要出现的人人都是诗人,诗歌就是"新民歌"这样的局面,突然感到一种恐惧。现在回想起来,觉得自己的这种心理十分可笑。用现在的观点分析,这大概就是对可能拥有的"权力"的可能失去的恐惧吧。其实我当时并不怀疑民歌的重要性,最担心的是新民歌一统天下,挤占、取代新诗。因此,在新诗道路讨论中,内心是倾向何其芳、卞之琳、雁翼、红百灵他们那一边。记得上海的赵景深先生曾经批评何其芳。他把何其芳文章中"无比地"看成了"天比地",并在这上面进行发挥,批评何其芳对民歌的"贵族老爷"态度。这受到何其芳的奚落。我却对这个奚落暗暗高兴一阵子。在50年代,我们读的文学作品、理论书籍,虽然已经趋于狭窄,但也还是有一定的选择空间。其实我也不是不喜欢"民歌",一年级上"民间文学"课的时候,朱家玉老师给我们讲民歌,在课堂上播放民间歌曲,不少我都很喜欢,如50年代前期在校园(特别是在学生澡堂里)流行的那些歌曲(《小河淌水》、《半个月亮爬上来》等)。"民间文学"课期末是口试,我虽然准备很认真,但很紧张,普通话又讲得很不好,回答支支吾吾。但是她面带温和微笑,耐心听完我的回答,说很好了给了我5分(当年学习苏联的五级记分制)。

现在我保留的那个记分册上,还有她的签名。① 记得我在当时的《人民文学》上读到西藏六世活佛仓央嘉措的情诗,也一直没有忘记。56年9月我入学,到57年"反右"斗争之前,北大学生的社团活动很活跃,每个星期六晚上,都有许多讲座、演出。我经常光顾的是音乐欣赏,在哲学楼101的那间阶梯教室。一个音质很好的音箱(那时还没有立体声),组织这个活动的同学,会事先油印刻写的材料,介绍当天播放的曲目、作曲家的简介发给大家。没有什么开场白,大家静静坐下来听那些曲子。听到的乐曲,最多的是俄苏、东欧作曲家的,如格林卡、柴可夫斯基、里姆斯基—科萨科夫、普罗科菲耶夫、莫索尔斯基、鲍罗丁、斯美塔纳、德沃夏克、肖邦、李斯特等,也有德奥的莫扎特、贝多芬、舒伯特。当然,当时不会有瓦格纳、理查·施特劳斯、斯特拉文斯基、拉赫马尼诺夫、巴尔托克、格什温、勋伯格,也不会有安魂曲、弥撒曲等宗教题材作品,这都要到"文革"结束后才能听到。当时在文学作品阅读上,中国和西方古典作品,也会有很多可以选择。那个时候,僵硬的教条还没有形成笼罩一切的地步。但是,58年以后,这种选择

---

① 朱家玉老师是乐黛云老师的挚友。关于她,乐黛云老师写有《沧海月明——纪念一位北大的女性》(收入乐黛云《绝色霜枫》,百花洲文艺出版社2000年版)的文章。文章中写到,1957年6月,朱家玉老师随北大教师工会组织的旅行团去大连,就没有再回来。"她究竟是怎么死的,谁也说不清楚。人们说,她登上从大连到天津的海船,全无半点异样。她和同行的朋友们一起吃晚饭,一起玩桥牌,直到入夜十一点,各自安寝。然而,第二天早上却再也找不到她,她竟然这样离开了这个世界,永远消失,无声无息,全无踪影!""在大连,她给我写过一封信,告诉我她的游踪,还说给我买了几粒非常美丽的贝质纽扣⋯⋯""这时,'反右'浪潮已是如火如荼,人们竟给她下了'铁案如山'的结论:顽固右派,叛变革命,以死对抗,自绝于人民。根据就是在几次有关民间文学的'鸣放'会上,她提出党不重视民间文学,以至有的民间艺人流离失所,有的民间作品湮没失传⋯⋯不久,我也被定名为'极右分子',我的罪状之一就是给我的这位密友通风报信,向她透露了她无法逃脱的、等待着她的右派命运,以至她'畏罪自杀',因此我负有'血债'⋯⋯"(《绝色霜枫》第52—53页)

的空间逐渐缩减。在一个革命高潮的年代里(如编写"概况"的那些日子),对这种趋向倒是没有太突出的感觉。内心的那种追逐、呼应潮流的热情,有一种不自觉的夸张和膨胀,自己也陶醉在这种热情里。"高潮"过后,内心里对这种"缩减"的留恋、忧虑,有时就会浮现,有时候还会有锐利的感觉。记得"文革"发生时,系里教文艺学的一位老师批判《怎么办》(车尔尼雪夫斯基)是虚伪、腐朽的资产阶级小说,让我难过了一阵子。

五、《概况》在"文体"上有什么设计?每一章开头、结尾,好像都引了一些诗人的诗句?

洪子诚:大概因为《诗刊》不是一个学术性刊物,因此采用的是一种叙述性的"文体",也不强调对资料的引用和注释。当时,还没有像现在这样的严格的"学术规范"。

六、当时集中在一起,住宿、吃饭等日常生活怎样解决?

洪子诚:年轻时候有用不完的力气,因此,生活方面的事情,并不觉得有什么苦。况且在大饭厅,每顿两个菜由你挑一个,总是吃几千人的那种大锅熬菜,所以吃小饭馆,还觉得改善了。有一次,好像邹荻帆先生家里煮芋头,端过来请我们吃。芋头我在广东,倒不是什么稀罕的东西,但邹先生还让我们蘸白糖,当时觉得有点奢侈,所以记住了。58年邹荻帆在《诗刊》发表一首自由体诗,叫《春城无处不飞花》,歌颂北京城的。我们见到他的时候,不知道是谢冕,还是孙绍振,顺口就背诵了诗的前面的几行,邹先生很高兴。

七、《诗刊》曾组织对《概况》的讨论,都有谁参加?提了那些意见？为什么没有在《诗刊》登完？

洪子诚：提意见的座谈会，记住的是郭小川的发言。他好像是中途就退席了。发言中谈到王亚平这位诗人，说根本不要写他。但他没有具体讲什么原因，是艺术上不行，还是有其他的理由。他用的是斩钉截铁的语气。我想他对王亚平的看法，还是出于艺术上的不满吧。郭小川当时是中国作协书记处书记，党组成员。印象里，当时他在诗歌创作上，思想艺术上都有自己的想法、追求，常常将艺术、诗看得更重要。他并不愿意在作协当领导，更愿意下去写作，因此被批评为"个人主义"。59年他出版诗集《月下集》，在前言里就表达了对写作的"粗制滥造"的不满，说要做一个"自觉的诗人"，作家要有"自己的创见"。他对王亚平的不满，可能是这个原因。他参加座谈会的时候，还没有发表引火烧身的长诗《望星空》，叙事诗《一个和八个》也还没有在内部受到批判。他受到严厉批判，开始于59年底。

《概况》发表突然停下来，不知道是它太"左"了，太粗暴了，还是它还不够"左"，不够"革命"？政治风向的事情真的说不清楚。也许是对《概况》质量不高的考虑？不过，对58年的学术批判运动和集体科研，文学界、学术界一开始就存在不同看法。"一体化"的当代文学也是布满裂痕，不断发生纷争的。虽然周扬、林默涵、何其芳他们对当时的"大跃进"风潮，有程度不同的支持，有的甚至是推波助澜的，但是他们都是文学、政治"精英"，他们的修养和文学理想，使他们显然不会认同众多经典作家和有成就的学者受到贬抑、蹂躏的局面。我在一篇文章里（《我的巴金阅读史》）说到，58年底，我们班组织巴金作品讨论小组，开展对巴金创作的批判。去访问林默涵时，本想得到他的支持，但是他的反应冷淡，反而跟我们说，郑振铎先生受到批判，周扬本来想跟他解释,让他不要放在心上,但58年10月郑先生带文化代表团出国访问(好像是去埃及的开罗),飞机失事罹难而没有能实现。林默涵说,"周扬同志很不安"。现在回想,他似乎是在向我们暗示什么,但是大家头脑发热,对此没有感觉。对于1955级"大跃进"期间的编写"红色文学史",和周扬60年代主持文科教材会议等问题,我们曾经在"文革"期间访问过中文系主任杨晦和游国恩、林庚教授。他们的谈话肯定受到"文革"政治形势的制约、影响,但从中也还是可以看到存在的分歧,和出现的冲突。① 所以,《概况》没有能登完,最大可能是文艺界、学术界对58年的那种路线斗争的文学史观,批评和矫正的力量已经占了优势。

---

① 关于1955级的文学史,和60年代初的文科教材会议的访谈,是在1967年的12月12日。杨晦先生谈及周扬60年代组织专家编写《中国文学史》这件事说:"我对林默涵,你们应该在55级的基础上修改,不应该重编。林默涵,修改要修改,但是重编已经决定了。这是争夺领导权的问题。陆平(北大校长——引者)要争夺,周扬他们也要争夺。何其芳是先锋,(对55级文学史)他先是说'难得',但后来开座谈会大打。文学所对北大的文学史是不甘心的","关于李清照和王维的问题,讨论会上,有人发言说(55级文学史)把李清照写的很坏了。王维的问题又牵涉到苏联的艾德林。艾德林说王维不能否定。苏联肯定的中国七诗人中就有王维。科学院也肯定他们。夏承焘也很反对,说王维的画是国宝。后来学校讨论王维、李清照,变否定为肯定。……我是反对现实主义与反现实主义的提法的,但这个提法不妥,不等于要全翻过来。""杨述、彭珮云(60年代北京市委大学工作部负责人——引者)来搞调查,就是为了给王瑶翻案,说我们扣政治帽子,批评重了。批判郑振铎文章,写得我很赞美,水平相当不错,包括批判朱光潜的文章,我都仔细看过。《文学批判与研究专刊》的集子(1958年北大中文系编,收入当时学生批判学术权威的论文,人民文学出版社出版——引者)还没出来,杨述等就把我们找到市委,说我们给扣政治帽子,还说是不是先生替他们写的?提出要照顾,又提到王瑶。攻击得很厉害,叫我检查,我说我不能检查。杨述拍着桌子说:'就是你们有错误!'后来,他还到学校来开会,交代要做检查。……58年,张天翼、陈白尘到北大蹲点,就是为了保护吴组缃。周扬还到北大谈开办古典文献的问题,起先被我顶回去了,后来第二年才开办。周扬还亲自打电话来,要我们开出古典文论需要学生背诵的篇目。"上述杨晦先生谈话,据当时记录,未经本人审阅。

59年下半年，可能是秋收后，我们年级又一次下到郊区平谷，在韩庄公社参加"整社"运动。四个班分散在五六个村子里，一共呆了两个多月，春节也是在乡下过的。农村已经没有"大跃进"时的气氛、景象；不管是村民，还是我们，已经感受到饥饿，虽然晚上还能远远看到修建海子水库的灯光。所谓"整社"，也就是反击"右倾机会主义"。公社和县召开各种干部会议，先号鸣放，暴露思想，然后展开对否定"三面红旗"的干部的火力猛烈的批判。我们学生在那里，也单独如法炮制。和我同年级不同班的一个同学，就在这次批判中在村外自杀了。听到这个消息心中猛然一惊，但很快大家就不再提起；他也就从我们身旁消失了。从农村回来，我已经把《概况》的事忘得差不多了，以后也没有再过问。

八、"文革"后，似乎想对《概况》进行修改扩充，为什么没有成功？《概况》的编写，对后来的生活、学术工作发生了什么影响？现在是如何评价这一事件的？

洪子诚：这段日子留给我后来的，大概是：第一，后来的教学、研究，多多少少总和新诗有些关系。因为见到许多诗人、诗论家为新诗真诚地付出心血，甚至生命，也因为自己写不好诗，所以一直保持对诗歌和诗人的敬畏。第二，挫折和失误也是宝贵的财富，那些值得警醒的东西，让我长久不忘，知道不该做那些自己做不到的事情。第三，名声，地位什么的也许都会随风飘逝，不知所终，而真挚的友情，会不时给人温暖，因而更值得珍惜。

殊途异向的两岸诗歌

——《中国新诗总系·60年代卷》导言

上世纪的四五十年代之交,中国大陆发生政权更迭的转折。受制于社会制度、文化环境等因素,两岸诗歌的走向出现明显的分化。这既表现在诗歌功能想象、诗歌题材主题上,表现在艺术方法、语言策略上,也表现在诗人身份、存在方式、诗歌传播方式和诗歌活动展开方式上。到了60年代,这种分野的性质、产生的后果和由此提出的问题,得到充分凸显。因此,在诗歌文化的层面上,将两岸诗歌设定为对比、互为参照的对象,是了解这个时期中国诗歌状况可能采用的角度之一。

"新民歌运动"的退潮

50年代后半期,大陆最重要的诗歌事件,是发生于1958年的"新民歌运动"(或称"大跃进民歌运动")。从发生的动机和产生的效果而言,它不应只从诗歌方面来理解,这是当时政治、经济形势的产物,并转而成为推动社会政治制度实验的群众动员手段。如果仅以诗歌的方面分析,则这一运动,是在创建"新的人民文艺"的目标之下,对新诗发展道路的重新规划、审定。1949年后,革命诗歌在大陆虽然已经确立了它的主流地位,但这并不能解决新诗的"合法性"难题。检讨新诗存在的问题,重新寻找出路,是与新诗行进相伴随的巨大压力。基于30年代后期形成的有关"新文化"性质的"民族"、"大众"的想象,1958年,毛泽东提出了在民歌和古典诗歌基础上发展新诗的主张。这一主张,表现了强化乡村生活经验,来整合、规范诗歌的个人意识,并在艺术资源上,向着本土乡村民歌靠拢的趋势。

"新民歌运动"带有国家"集体论述"的性质。它不是新诗运动中某一个别观点和个别诗歌活动。它由国家政治权力发动、支持,采取"全民"动员、参与的方式,而表现了罕见的席卷全国各个角落的"运动"方式。不过,它在1959年就开始退潮。一方面,与此紧密相关的社会政治"实验"遭遇到重大挫折,"新民歌"的构成核心乌托邦浪漫激情失去支撑的现实根据;另一方面的原因来自于这一诗歌运动的"内部"矛盾。也就是说,它的"文化悲剧"命运已在其发动者重新定义"新"和"民歌"的内涵时埋下。"新民歌"所应对的,是中国古典诗歌长期、普遍的对新诗的巨大压力,和左翼文学派别如何面对、解决广大民众文化落后状况的困难。在毛泽东的理想设计中,"古典"和"民间"在表述中被和谐地扭结在一起,但它们的龃龉、矛盾却无法长时间掩盖。另一具有悖论意味的是,"民歌"以相对于"文人"、专业诗人的集体性创作,并主要通过口传方式传播而获得身份上的确认,但"新民歌运动"目标的制订,运动开展方式,"新民歌"的性质、形态,却为政治、文学"精英"、专业人士所规范、控制、引领,也主要以现代出版物的方式传播。这样,虽然在1959年文艺界对质疑"大跃进民歌"

的言论展开了激烈批判①,虽然仿照"诗三百"编选方式以确立"经典"的《红旗歌谣》的出版被交口赞誉,被看做是"新民歌"取得伟大成绩的证明②,但"新民歌运动"已呈现了它的颓势。民歌作为新诗写作参照和艺术资源之一的功能地位仍然存在,但"民歌"似乎不再成为一种"统制性"的诗歌目标和写作原则,"新民歌"也没有成为新诗的主导形态。五四以来新诗成败的争论再次搁置(但也说明这一"永恒话题"此后肯定会被重提);工农兵写作者不再暧昧不明地被看做是未来诗歌写作的主力。诗歌写作也稍稍偏离那种主观意念宣泄的偏向,多少增强了对事、物观察、体验的成分。在 60 年代初两三年的短暂时间里,民歌的影响自然广泛存在,对古典诗歌(尤其是词赋小令)在体制、句式、韵律和境界上的模仿,也成为部分诗人的写作风尚。上述的种种变化,在张志民的《西行剪影》、严阵的《江南曲》、李瑛的《红柳集》、沙白的《杏花·春雨·江南》等诗集中得到体现。

  这种有限的调整,并没有改变大陆诗歌的整体面貌。居统治性地位的诗歌观念和诗歌评价机制对诗人独创性所构成的压抑,是"当代"诗歌滑落的主要原因;诗歌环境的局促苛刻,语言更新能力和想象空间的狭窄,都是不争的事实。50 年代初部分青年诗人所表现的

---

  ① 指对吴雁(王昌定)的《创作,需要才能》一文展开的批判。该文刊于《新港》(天津)1959 年第 8 期,文章批评"大跃进"期间开展的人人写诗,人人成为诗人的运动,认为没有创作才能作为基础,"敢想敢干实际上是吹牛","说是一天写出三百首七个字一句的东西就叫做'诗',我宁可站在夏日炎炎的窗前,听一听树上知了的叫声,而不愿被人请去作这类'诗篇'的评论家。我唯一钦佩的是'三百'这个数目字。"文章发表后,《文艺报》、《人民文学》、《新港》、《文汇报》(上海)、《光明日报》、《中国青年报》、《河北日报》、《天津日报》等纷纷刊出批判文章,天津作协分会还召开了"批判吴雁资产阶级观点"的座谈会。

  ② 《红旗歌谣》选入"新民歌"三百首,由郭沫若、周扬主编,红旗杂志社出版于 1959 年 8 月。

新鲜感受力,50年代中期一些诗人在取材、艺术上的革新、探索,到60年代已不再能够出现。从诗歌写作者的构成看,这种颓势的发生也是当然之事。这个期间,从"旧中国"过来的诗人,大体上已退出创作主力的位置,一部分在"当代"因政治、艺术原因受挫的诗人(艾青、穆旦、曾卓、牛汉、郑敏、绿原、彭燕郊、蔡其矫、昌耀、公刘、邵燕祥等),他们的"复苏"要到"文革"结束的前后。50年代初步入诗坛的年轻者,经过50年代政治、文学规范的筛选,其较有探索活力的部分已被放逐①。虽然在60年代,诗界有意识地标举筛选之余的突出者,作为诗歌"代有传人"的兴旺标志②,但他们的作品普遍存在因缺乏个性而面目雷同的状况。作为一种"文化战略",从50年代,特别是1958年以后,诗界十分重视从工农兵中发现、培养诗人,他们的作品在报刊中也有时占据重要的位置。但是,当年对他们的写作所做的不吝溢美之词的评价,在很大程度上应该看做是基于他们的"文化身份"上的考虑。

　　60年代大陆诗歌的"正常"境况,其实只有四、五年的时间。1966年"文化大革命"前夕到70年代初,文学刊物陆续停刊,诗歌等文学书籍的出版极为罕见。大部分作家、诗人遭到不同程度迫害,失去写作和发表作品的权利。报纸上(包括红卫兵和"革命造反派"创办的小报)和文艺宣传活动中出现的诗歌,成为直接配合政治运动的技艺

---

　　① 青年诗人中在50年代表现出更充分探索活力的,已被逐出合法的诗歌创作轨道,如公刘、昌耀、邵燕祥、流沙河、白桦等。
　　② 1963—1964年间,由作家出版社出版有"老诗人"(臧克家、严辰、光未然、葛洛等)作序的青年诗人选集,如严阵《琴泉》、张永枚《螺号》、雁翼《白杨颂》、梁上泉《山泉集》、李瑛《红柳集》等,具有对青年诗人没有明白显示的集体举荐的意味。

简单、粗糙的宣传品。① 它们也许是了解特定时期社会现象、文化心理的有价值材料,而从中国新诗艺术创造的角度看,不可能提供多少值得重视的经验。

作为体式的"政治抒情诗"

从题材、视角、诗歌语言等方面看,50—70年代大部分大陆诗歌都可以称为"政治诗"。但是,作为一种诗歌"体式"(或特定诗型)的"政治抒情诗",却是在50年代末得以确立,并在60年代达到全盛的状态。"政治抒情诗"的概念大约出现于50年代后期②,但具有典型形态的这类作品,50年代初已经出现,如石方禹的《和平最强音》(1950)、郭小川以《致青年公民》为总题的组诗(1955)、贺敬之的《放声歌唱》(1956)等。作为体式的"政治抒情诗"的大量涌现,与当代社会、文化生活的泛政治化趋向相关。其艺术渊源,一是新诗中具有浪漫风格的,崇尚力、宏伟一脉的自由诗,包括30年代"左联"诗歌,和抗战时期的鼓动性作品;另一是接受西方浪漫派诗人、当代苏联诗人,

---

① 对"文革"期间的诗歌现象的研究,参看王家平《文化大革命时期诗歌研究》,河南大学出版社2004年出版。在这一著作中,"文革"诗歌被区分为"红卫兵诗歌"、"国家出版物诗歌"和"流放者诗歌"三个部分。其实,前两者并无重要区别,而"流放者诗歌"(有的研究者使用了"地下写作"、"潜在写作"、"非主流诗歌"等不同概念)成为一种现象,主要是在70年代初以后。

② 徐迟在《祖国颂·序》(《诗刊》社编,中国青年出版社1959年版)中,似乎最早使用这一概念。他说,"热情澎湃的政治抒情诗,可以说是我们的诗歌中一个崭新的形式",它"最鲜明、最充分地抒发了人民之情"。50年代中期,他在评论郭小川的《致青年公民》时,就对这种诗体的基本形态有过粗略的勾勒,说这些诗"实际上是抽象的思想,抽象的概念,使用了形象化的语言来表达"(《郭小川的几首诗》,《诗与生活》,北京出版社1959年)。

尤其是被称为"当代政治诗的创始人"①的马雅可夫斯基的诗歌遗产。这位在当代中国得到崇高地位的诗人②,他的"直接参加到事变中去","和自己的阶级在一切战线上一齐行动"的姿态,贴近"时代"的主题,"像炸弹、像火焰、像洪水,像钢铁般的力量和声音"的"楼梯体"的诗行和节奏方式,都为当代大陆政治诗的作者提供直接经验。③诗歌是否处理现实政治题材,是否使用直接的、"街头诗"式的表现手段,是否诉诸集体性的鼓动效果,并不是判断诗歌成败优劣的尺度;即使在今天,"政治诗"也不是一个蒙羞的语词。不过,"政治诗"不应理解为是对现实政治运动、政策、口号的图解式表达。"政治诗"是对现实政治的介入,在介入现实政治的时候,创造某种偏离、质疑的"异质性"语言形态,以达到(虽然是想象性的)"重整现实"的目的。但事实上,这个时期大陆"政治诗"的写作者,并不具有、也无法获得独立的政治、艺术意识,和能够"重整"现实的批判精神。

60 年代的"政治抒情诗"采用的是自由诗形式,通常是大型长诗。它经常表现为观念演绎、展开的结构方式。诗歌"形象"是附着于政治观念主干上的枝叶。叙述者常以阶级、时代的代言人身份,和代言语态出现。书写立场,诗歌场景的抽象化、空洞化特征,与试图强化所表达的观念、情感的"真理"性质的动机有关。与这种抽象化、空洞化

---

① 阿拉贡:《从彼特拉克到马雅可夫斯基》,《法国作家论文学》,第 364 页,三联书店,1984 年版。

② 他被当代有的诗人称为"热爱的同志和导师",说他的诗是"插在路上的箭头和旗帜"。1957 年到 1963 年,人民文学出版社出版了共 5 卷的《马雅可夫斯基选集》。

③ 中国当代政治诗的作者虽然以马雅可夫斯基为榜样,但其实不具有他那样的处理现代政治题材的思想、艺术能力;马雅可夫斯基早期的"未来派"诗歌经验,也被彻底予以清除。

相伴随的,是大量象征性意象的运用,并逐渐建立了那种阐释当代中国政治的"公共"的,让普通读者能够确定无疑地把握其"所指"的"象征体系"。① 经历了50年代诗歌"民族化"要求之后,"政治抒情诗"也有意识地为"外来"的自由诗注入"本土"的元素;用对偶、排比,和能够前后呼应的节奏来控制、规范诗行和章节。这在贺敬之、郭小川、严阵等的这个时期的作品中有集中的体现。1963年以后,"政治抒情诗"已经不是个别诗人的选择,而成为诗界的强大潮流。60年代初那些写作轻缦、带有"复古"倾向的水乡行、江南曲的诗人,那些杏花、春雨,以及花的原野的歌者,这时都无一例外地转到这种金戈铁马式的政治激情的铺陈上面。

"政治抒情诗"是一种"现场诗歌","听的诗",是一种"群众的诗,集体的诗"②。它是"革命"的产物,并反转来呼应催生它的"革命"。它以公众集体参与的朗诵为目标,主要不是诉诸个人的阅读。因而,这种诗歌的大量产生,与现场式的诗歌朗诵活动的活跃互为因果。与此相关的是60年代诗歌界对"歌词"、"说唱诗"、"快板诗"等可供表演的诗歌样式的提倡:现代诗的那种"诗"、"歌"分离的趋向,重新扭转为两者的结合。③ 从1963年开始,到整个"文革"期间(甚至"文革"结束后的几年里),大型的诗歌朗诵会,文艺宣传队的诗朗诵,和通过电视、广播手段的诗朗诵,是公众政治、文化生活的一个重要组成部分。在新诗历史上,诗朗诵当然并不是新鲜事物。但如朱自清

---

① "政治抒情诗"中的"体系"性的象征意象,通常由自然意象和与中共领导的革命相关的事、物构成。前者如朝霞、青松、大海、太阳、暴风雨,后者则有天安门、井冈山、八角楼、宝塔山、雪山草地、灯塔等。
② 朱自清:《论朗诵诗》,见《论雅俗共赏》,第43—45页,三联书店,1983年版。
③ 《人民文学》、《诗刊》等刊物,在1964年前后都专门开辟歌词的特辑。

40年代后期所言,抗战前的诗歌朗诵,主要是"在于试验新诗或白话诗的音节",而且主要是"诵读",靠"独自一人默读或朗诵,或者向一些朋友朗诵","出发点主要是个人",而抗战时期开展的朗诵是面向民众,"不是在平静的回忆之中,而是在紧张的集中的现场"。① 60年代的诗朗诵,延续的正是这种面向公众的,"不止于表示态度,却进一步要求行动或者工作"的诗歌朗诵传统。②

从"形式意识形态"方面考察,如有的学者所言,"自由诗形式的出现本身就具有政治性"。"一方面,它反映着资产阶级自由解放的观念,另一方面,由于它'自由'的气质,又潜藏'不断革命'的动力";正因为如此,自由诗"既是五四时期诗歌变革的参照、动力、手段和目标,又是从'文学革命'到'革命文学'的重要通道。"③也就是说,随着革命、政治变革、战争的展开和高涨,自由诗在20世纪中国的兴盛,和它在当代的"极端化"体式的"政治抒情诗"的出现,它们所曾经产生的强烈影响,既顺乎"情",也合于"理"。因而,当"文革"之后的"后革命"时代来临,世俗的物质追求和消费成为社会生活运转的主轴,这种诗歌

---

① 朱自清:《论朗诵诗》。

② 诗歌朗诵活动,在60年代,尤其是63年之后,在北京和其他大中城市,有很大的开展,且成为制度性的活动项目。1963年6月16日,北京人民艺术剧院在东华门的儿童剧院举办定期的、持续到1964年的"星期诗歌朗诵会",朗诵由著名话剧、电影演员担任。1963年一年里,在北京举行的大型诗歌朗诵会就达四十余场。《诗刊》社还编选了《朗诵诗选》(作家出版社1965年版),以供"基层宣传工作的同志和业余朗诵爱好者"开展诗歌朗诵活动的需要。这部诗选的第一版头两次印刷就发行了近九万册。这一时期的朗诵会经常配合国内外的政治活动和重大事件,如在北京举办的"支援古巴诗歌朗诵大会"(中央人民广播电台与《诗刊》联合举办,1962年11月8日)、"纪念马雅可夫斯基诞生90周年诗歌朗诵会"(《诗刊》社举办,1963年6月19日)、"支持黑人斗争诗歌朗诵歌朗诵会"(《诗刊》社举办,1963年8月25日)、"反对美国侵略越南诗会"(1964年8月)、"援越抗美诗歌朗诵会"(1965年8月)等。

③ 王光明:《现代汉诗的百年演变》,第351页,河北人民出版社,2003年版。

"体式"的整体衰败滑落,也就同样的顺理成章,难以阻挡了。

在60年代,大部分知名诗人都参与到"政治抒情诗"的写作之中,如闻捷、李瑛、严阵、阮章竞、张志民、韩笑、沙白等。与这一"诗体"联系最为紧密的,则是贺敬之和郭小川。贺敬之这个时期发表的《雷锋之歌》、《西去列车的窗口》等,反响巨大,特别是在革命热情高涨的知识青年间广泛传播。自然,他的那些过分贴近,以至直接阐释、图解现实政治(政策)的诗作,在后来不仅在诗歌"艺术"层面,而且也在不断翻覆、变幻的"政治"层面上受到质疑。郭小川在50年代的创作活力,来源于他经验到、或未完全觉察的思想艺术的内在矛盾。《深深的山谷》、《白雪的赞歌》、《一个和八个》、《望星空》等作品的显著特征,表现在它们处理个人—群体、个体—历史、感性个体—历史本质之间的关系上,在处理个体实现"本质化"的过程时,不掩盖其中存在的裂痕、冲突,承认这种裂痕、冲突的思想、审美价值。他虽然也强调个体精神"危机"克服、转化的必要,但也表现了对个体复杂的生活、情感的尊重和依恋,并在诗中加以具体展现的态度。——这在50年代,应该说是多少逸出了思想艺术"规范"的地方。因为这些作品(特别是《望星空》与《一个和八个》)和其他的问题,1959年下半年,郭小川在中国作协内部受到严厉批判。[①] 由于政治、艺术的受挫,不管是有意还是被迫,他开始在探索的立场上后撤。50年代诗中的矛盾状态,和思想探索的尖锐性质,在60年代的诗作中已很大削弱,转

---

① 1959年6月起,郭小川因为《望星空》、《一个和八个》的"严重错误",和他担任中国作协书记处书记时希望能有更多写作时间,"不安心工作"的"个人主义",在中国作协党组召开的7次12级党员干部会议上受到批判。次年年初中共中央宣传部召开的全国文化工作会议上,当时中宣部多位负责人在发言中也再次批判他的"错误"。参见《郭小川全集》第12卷,广西师大出版社,2000年版。

而发展了50年代他的颂歌式、对现状的满足感抒发的那一侧面,并成为这个时期的主导方向。事实上,他也和当代大多数诗人那样,开始落入形式经营的陷阱。《厦门风姿》、《甘蔗林——青纱帐》等,以"半逗律"的方式来处理铺陈的长句,以对称性的排比来建构章节,形成一种被人称为"现代赋体"的体式①……这一探索,虽然在当时让人印象深刻,却难以掩盖其创作衰退的总体状态。

台湾诗歌的"超现实主义"

当代中国大陆和台湾的诗歌,拥有历史文化和语言的共同的深厚渊源,也面临相似的诗歌问题。中国新诗不论在"现代本质"方面,还是在社会文化空间的位置方面,都存在着边缘化、疏离"中心话语"的行进轨迹,与靠拢、进入"中心"的矛盾。新诗历史,可以看做是维护"边缘"地位,与走离边缘进入"中心"的两种诗学主张、诗歌潮流交错、冲突的历史。

20世纪四五十年代之交,大陆和台湾的诗歌(文学),都面临着政治化(意识形态化)的强大规范压力。由于不同的政治、文化制度,不同的诗人构成,以及与传统、与域外文化所建立的不同关系,两岸的诗歌的走向发生了明显分化。与大陆当代诗歌急速"政治化",诗歌积极介入现实政治,参与社会运动,甚至有的时候成为社会运动的组成部分的取向不同,台湾五六十年代的"诗歌政治",则选择了"去政治"的路线,在诗歌性质和社会文化空间位置上,呈现了疏离"中心"的

---

① "现代赋体"的概念,见谢冕《论中国形式传统》,《共和国的星光》,第13页,春风文艺出版社,1983年版。

"边缘化"特征。

50年代初,台湾诗歌也面临"政治化"的强大要求。当时,迁台的国民党政权推行强硬的"反共复国"的方针。一方面,实施言论、媒体的严格干预、管制,另一方面,则在书刊出版优惠条件和物质奖励等方面给予诱惑,争取诗人、作家参与官方的"战斗文艺"的路线。官方通过其掌控的刊物和出版渠道,以及诸如"中华文艺奖金委员会"提供的优厚奖金,来推动官方的文艺政策的实施。① 虽然这一切富于诱惑力,但大多数更关心精神和语言探索的诗人,还是选择了另一路线;许多当时的"军中诗人"也不例外。他们的疏离"中心",主要表现为两个方面。一是开辟自己独立的诗歌发表、出版渠道(刊物和出版社),另一是寻找、改造能够取得革新效果的写作资源。与这个时期大陆诗歌拒斥"现代主义"的取向不同,台湾却以激进的现代派诗歌实验作为其"当代诗歌"的起点。

台湾五六十年代的现代派诗歌运动,其发起者和参与者,虽有个别是出生于台湾的本地作家(林亨泰、吴瀛涛等),但主要是四五十年代之交从大陆来台的诗人和知识青年,如纪弦、覃子豪、钟鼎文、洛夫、余光中、杨唤、罗门、蓉子、张默、管管、痖弦、郑愁予、商禽、羊令野、周梦蝶等。出现这一情况的原因是,日据时期的台湾,由于殖民当局推动"日化",日文成为报刊的语言。这导致不少作家只能、或习惯于用日文写作。战争结束后,政府宣布大众媒体一律禁用日文,这些作家遂在语言上处于两难的窘境:熟悉的语言文字被禁用,而熟练驾驭中

---

① 相关情况,可参见奚密《二十世纪台湾诗选·导论》,《二十世纪台湾诗选》,第23—24页,人民文学出版社,2003年版。"导论"谈到,当时"中华文艺奖金委员会"的评奖标准是,作品必须"使用文学和艺术技巧,提升国家意识,传达反共反俄的主题"。

文又尚需时日。① 他们有的便辍笔,有的则经历了十年时间的语言转换;后者被称为"跨越语言的一代"(林亨泰语)。台湾许多本土诗人遂陷于或"匿迹",或暂时"销声"的情况。这样,拥有"语言优势"这一"重要文化资本"的大陆来台作家,在特定历史阶段便扮演了诗坛的主角。"文化身份"上的这一特征,使台湾当代诗歌与中国新诗"母体"具有难以分割的关联,但在诗歌评价的论争上,除了诗歌美学观念的差异外,也埋下了在一定时间里难以消解的地域、族群上的矛盾因素。

从大陆来台的诗人,在五六十年代经受了双重的文化错位。他们受制于现实的禁锢,同时面对大陆与台湾时空的"断裂"。"既承受着五四以来文化虚位之痛,复伤情于无力把眼前渺无实质支离破碎的空间凝合为一种有意义的整体",因而普遍"感到一种解体的废然绝望"。于是,他们在广义的现代派和超现实主义的艺术经验中,寻找到那表达"企图抓住眼前的残垣,在支离破碎的文化空间寻索'生存理由'所引起的种种焦虑"②,和对压抑的社会规范、公共价值体系加以反抗的语言手段。对梦、潜意识的探索,以"自觉"、"暗示"为中心的语言、技巧的多种实验,外在形式和内在秩序的矛盾与调和,想象与听觉的开启与切断,以及歧义、悖谬情境的酿造形成的张力等,为这个时期的不少诗人所热衷。

对于台湾这个时期的诗歌史,人们通常以"现代派"、"蓝星"、"创

---

① "那时大部分本土作家还在操练如何驾驭汉文媒介,新生代还在小学里努力对付国语教科书",王鼎钧《某种杂音》,转引自鸿鸿《家园与世界——试论50年代台湾诗语言环境》,《台湾现代诗史论》,第158页,台北,文讯杂志社,1996年版。

② 叶维廉:《双重的错位:台湾五六十年代的诗思》,《创世纪》140—141期,第57—58页。

世纪"三大诗社作为叙述线索。① 不过在50年代,改变台湾诗坛面貌,并确立了现代诗走向的,当首推"现代派"及其《现代诗》季刊。② 到了50年代末,在《现代诗》和"蓝星"已显式微之态的时候,扩版革新的《创世纪》③接续了"现代派"倡导的诗歌精神,将这一诗歌运动推至新的、可以称为超现实主义的阶段。④ 超现实主义诗歌风潮,以洛夫发表《诗人之镜》⑤论文和出版诗集《石室之死亡》⑥为主要标志,在60年代中期达到高潮。

60年代中期之后,现代诗内部在取向上进行调整,加上人事、出

---

① 纪弦1953年2月创办《现代诗》季刊,1956年宣告"现代派"成立;覃子豪、钟鼎文、夏菁1954年3月成立"蓝星诗社";张默、洛夫、痖弦1954年10月成立创世纪诗社,出版《创世纪》诗刊。

② 林亨泰认为,"现代派的影响十分深远,如创世纪诗社本身在开始只持有观望的态度,但看从十一期以后它的变化,就可以见到其所受的影响。如笠诗社……也没有办法完全摆脱现代派的基本路线及影响。蓝星诗社,在现代派刚成立时是居于反对立场,以后则逐渐蜕变……""现代派是现代诗社发动的现代派,后来就变成了蓝星、创世纪、笠共同支持(的)现代诗运动"。《蓝星·创世纪·笠三角讨论会》,见郑炯明编《台湾精神的崛起·'笠'诗论选集》,第352页,文学界杂志社,1989年版。

③ 1959年4月的第11期《创世纪》扩版革新,之后,广泛刊发不同派别诗人的优秀作品,版式从原来的32开本改为20开本。在诗歌宗旨上,强调"世界性"、"超现实性"、"独创性"和"纯粹性"的目标。

④ 覃子豪认为,在台湾诗坛,"虽没有人标榜超现实主义是中国现代诗唯一的路线",但台湾的现代诗人"确在超现实主义中获得了极大的启示",见《中国现代诗的分析》,《中国现代诗选》,台湾大业书店1969年版。林亨泰对于50—60年代台湾现代诗运动的过程做了这样的划分:"前三年是以《现代诗》季刊为主导的'前期现代诗时期',后十年则是以《创世纪》季刊为主体的'后期现代诗时期'",期间便以1959年《创世纪》的改版为界。参见张默《梦从桦树上掉下来》,第218页,台北,尔雅出版社,1998年版。

⑤ 洛夫《诗人之镜》为诗集《石室之死亡》的自序,另刊于《创世纪》第21期。

⑥ 长诗《石室之死亡》由64首短诗组成,创作历时5年。1959年7月起,开始发表于《创世纪》、《蓝星诗选》、《现代文学》、《笔汇》、《文星》等刊物。1965年1月,经作者修订后,由创世纪诗社出单行本。

版等方面的变动①,起始于50年代中期的现代派诗歌运动开始落潮。虽然如此,这一诗潮的影响仍是深远的。它的主要功绩在于,重新"定义"现代诗歌的性质,确立它的相对于权力中心话语的"边缘"位置,和现代诗人的"边缘"身份。诗歌的这一处境,并非削弱了诗歌的存在价值,相反,却是在限度中拓展了精神创造和语言变革的空间。正如有的学者所言,"相对于'光明的'反共文学,五六十年代的超现实主义是'纯黑的'美学。相对于传统的诗意诗情,超现实主义是异端,是恐怖的无政府主义","在主流意识形态的缝隙间创造另一种话语的空间",在当时,也在后来不断释放着挑战"陈词滥调"的"改变语言"的潜能。②因此,虽然可以很容易指出现代派诗歌运动及其创作实践的偏颇、缺陷,但从主要方面看,它是"一种边缘处境中的边缘求索,一种在政治、经济、文化的边缘命运中寻找'新诗'发展可能性的努力"③。

当然,现代派诗歌运动的激进势头不可能长期持续,社会思潮的变化,诗歌内部新的矛盾的形成,必然推动现代诗方向、策略上的反省、调整。这种调整既表现为《创世纪》等诗人创作的自我修正,也表现为以台湾省籍诗人为主要成员的笠诗社的成立。笠诗社成立于

---

① 这些"人事"等方面的因素有:60年代中期,一些诗人(叶维廉、方思、林泠、杨牧等)到美国等地留学离开台湾;"蓝星"诗社的创始人覃子豪于1963年因癌症逝世;痖弦在此期间停笔;《现代诗季刊》1964年2月在出版了第45期之后停刊;创办于1958年底的《蓝星诗页》在1965年6月出版了63期后停刊(1982年10月复刊)。

② 参见奚密《边缘·前卫·超现实:对台湾五、六十年代现代主义的反思》,《台湾现代诗史论:台湾现代诗史研讨会实录》,第261页,台北,文讯杂志社,1996年版。

③ 王光明:《现代汉诗的百年演变》,第425页,河北人民出版社,2003年版。

1964年3月,6月出版《笠》双月诗刊。① 笠诗社成立,与台湾出生的"跨越语言的一代"此时已获得熟练运用中文写作的能力,与战后出生的受中国语言文化浸染的一代进入诗坛有关。自然,台湾"本土意识"在六七十年代的增长,是重要的社会氛围。笠成立多年之后,发起者、参与者在回顾时大多认为,它的诞生是基于对当时诗坛的状况的不满,是为了挽救台湾诗坛的西化、空洞、颓废、迷惘状态,给诗歌输入健康的素质。② 历史地看,笠诗社(诗刊)的诗歌路线,确是表现了对"本土"意识、"本土"立场的彰显,和对现实关怀("即物主义")、"写实主义"的大力倡导。但从某些重要诗人的诗歌观念和创作情况看,笠早期与创世纪等的分野并不那么明显,诗人的艺术取向的差别也还没有非常鲜明的呈现。笠的创始者,当时是自觉延续现代诗运动,分享它的遗产的。这表现在早期笠诗人的论述中。也许可以这样说,笠的出现,在其显见的层面上虽是对现代派的反动,一定程度改变了70年代以后台湾诗坛的格局,但现代派实验的积极成果,其实也已

---

① 1964年3月8日,詹冰、林亨泰、桓夫、锦连、古贝在聚会时,有了成立诗社、出版诗刊的构想。诗社联名发起人除他们之外,尚有吴瀛涛、白萩、赵天仪、薛白谷、黄荷生、王宪阳、杜国清共12人。

② 白萩在《笠》创刊20年后认为,笠的成立,是不满于"'创世纪'的超现实主义和达达派诗作的实验并未成功,反导致诗艺的堕落和伪诗的大量出现",因而《笠》诗刊的"提倡现实主义、人生批评、真挚性","也可以说是针对当时诗坛的恶劣风气而采取对抗的意识",见《近30年来的台湾诗文学运动暨〈笠〉的位置》(座谈会纪实),台湾《文学界》第4集,1982年10月。相似的观点,也体现在陈千武(桓夫)的《谈'笠'的创刊》(《台湾文艺》102期,1986年9月)、赵天仪的《从荆棘的途径走出来——'笠'百期的回顾与展望》(《台湾文艺》70期,1980年12月)、李魁贤的《笠的历程》(《笠》100期,1080年12月)等回顾文章中。但林亨泰的回顾(《笠的回顾与展望》,《笠》100期,1980年12月),显然表达了不同的观点。他认为,笠对诗歌运动的开展,是对台湾光复时期"银铃会",和五六十年代"现代派"的"两次经验的适当修正以继续发展",并仍主张一种"兼容并包"的诗歌精神。

被融进到其"对抗者"的艺术实践之中。从另一方面说,笠有些诗人诗艺上的粗疏,又和对五六十年代诗歌革新"遗产"的忽视有关。

台湾关怀现实、乡土色彩的诗歌,在60年代中后期已取得一定成绩,这在吴瀛涛、詹冰、桓夫等这个时期的作品中可见一斑。但这一诗潮的有力开展,要到70年代。在《笠》出版15周年的1979年,选编刊发于《笠》上的诗作《美丽岛诗集》①的出版,是对其收获的一次集中展示。

60年代台湾主要诗人

活跃于60年代台湾的诗人中,有的在此之前就已有重要作品问世,如洛夫、白萩、余光中、罗门、痖弦。也有的在50年代末之后才显示其创作个性,他们有商禽、叶维廉、管管、杨牧、周梦蝶、蓉子、张默、林亨泰、辛郁、夐虹、詹冰等。

白萩既为"蓝星"初期主干,也参加"现代派"、"创世纪",后来则与林亨泰、桓夫等共同创办笠诗社。在60年代初,他和林亨泰、詹冰都有过"图象诗"的实验,并发表了《由诗的绘画性谈起》②的论文,试图推动这一实验。《流浪者》(白萩)、《雨》(詹冰)、《风景 NO.2》(林亨泰)是当时"图象诗"的"经典"文本。白萩早期诗的浪漫情调,在60年代后期开始发生转变,更多采用平易、简练和直接的语言,来表达他对事物的凝视、思考和解剖。郑愁予最为人所知的作品,是大多写于50年代的旅人思乡的诗(《想望》、《残堡》、《错误》等)。尽管60

---

① 《美丽岛诗集》,笠诗社1979年6月出版,收入刊发于《笠》上的36位诗人的诗作。

② 《创世纪》第14期,1960年2月。

年代之后的诗风发生颇大的变化,留在读者心目中的,仍是那个梦幻浪漫,"推动人人心中一朵云,造成'美丽的骚动'"①的诗人形象。覃子豪去世前一年出版的最后一部诗集《画廊》(1963),收入他 50 年代末至 60 年代初的作品,代表了他所达到的艺术高度。他的"生为诗人,死为诗魂"(洛夫语)的生命过程,对不少台湾青年诗人的成长是一种倾心艺术的激励。余光中是"一位艺术的多妻主义者"②,诗、散文、翻译、评论多有涉猎,而诗风也多变,"不拘于一隅,每游走、奔突于家国、土地及世界之边缘,都能大开大阖,作必要之审视、穿透及转折"③。60 年代他的主要诗集,有引起与洛夫论战的长诗《天狼星》(1961),被称为"新古典主义"的《莲的联想》(1964)、《五陵少年》(1967),和 1969 年出版的《敲打乐》、《在冷战的年代》。这个十年,是他在"现代"与"传统"间选择、较量、协商的时期。相对于欠缺现代生命冲击力的《莲的联想》等诗集,《在冷战时代》中的作品,应该具有更强的穿透性的思想艺术力量。周梦蝶 1948 年随军来台,退役后在台北武昌街头摆摊鬻书糊口。1962 年起习佛学禅。1965 年出版了诗集《还魂草》,收入至今仍是他最值得重视的作品。④ 论者认为,他的诗"极近于一种自'雪中取火,且铸火为雪'的境界","是一位以哲思凝铸悲苦的诗人"⑤;他因此具有难以混同,也不可取代的独特性。罗门

---

① 萧萧、白灵主编:《新诗读本》,第 224 页,台北,二鱼文化,2002 年版。
② 《中国当代十大诗人选集》,第 95 页,台北,源成文化,1979 年版。
③ 萧萧、白灵主编:《新诗读本》,第 130 页。
④ 周氏一生淡薄名利,诗集也不多。第一本诗集为自印的《孤独国》(1959)。《还魂草》之后,直至 2000 年才有《周梦蝶:世纪诗选》面世。另两部诗集(《约会》、《十三朵白菊花》)出版于 2002 年。
⑤ 叶嘉莹:《还魂草·叶序》,《还魂草》(领导版),第 4—5 页。《还魂草》,台北,文星出版社,1965 年版;领导出版社,1978 年版。

曾参加"现代派",后加入"蓝星",是"蓝星"中最具前卫意识,诗作具有浓厚"观念形态"的诗人。60年代《第九日的底流》、《死亡之塔》中的作品,从早期的浪漫情调,转化到以超现实想象、繁复意象,来揭示都市、战争中人的命运,和现代精神文明的创伤。洛夫自己认为,他1958年写作《我的兽》,是"开始进入现代诗创作时期"①。此后,费时五年,在1964年完成共64节,六百多行的长诗《石室之死亡》。这是一部有关死亡的诗,探索的是人的存在经验和悲剧命运。这部长诗虽是台湾诗史中争议最多的作品②,却开始奠定洛夫在台湾现代诗坛的重要地位。作者虽然承认它确是"特殊",以至"即使令文学批评家与文学史家心生嫌恶,因而将它摒弃于文学史之外,我也不会感到惊讶",其实他暗地里对之可能更抱有长久的骄傲之情:"山耸立在那里,它永远不会向人走近,只有人向山走近。"③后来洛夫的创作观念、态度虽有变化,但开始所确立的那种"丰富,奇特与魄力"的"意象语"风格,和内在于"现代主义"的挣脱"困境"的紧张冲动,却继续得到延展。痖弦的诗数量并不多(《痖弦诗抄》、《深渊》、《盐》中收入的作品常常互见),因此有了这样的说法:"在诗坛上,能以一本诗集(指《深渊》——引者)而享大名,且影响深入广泛"的,"一时尚无先例"。④《中国当代十大诗人选集》的编者对他的诗作有这样的评语:"痖弦的

---

① 《洛夫创作年表》,《中国当代十大诗人选集》(张默、张汉良、辛郁、菩提、管管主编),第160页,台北,源成文化,1979年版。

② 该诗首辑载《创世纪》第12期(1959年),后不断续写并同时在刊物上发表。1965年1月单行本由创世纪诗社出版。1988年,侯吉谅主编的《大师的雏形——洛夫〈石室之死亡〉及相关重要评论》一书,

③ 洛夫:《关于〈石室之死亡〉一跋》,见侯吉谅主编《洛夫〈石室之死亡〉及相关重要评论》,第197、201页,台北,汉光文化,1988年版。

④ 罗青:《痖弦论》,见台湾《书评书目》第26期,1975年6月版。

诗有其戏剧性,也有其思想性,有其乡土性,也有其世界性,有其生之为生的诠释,也有其死之为死之哲学,甜是他的语言,苦是他的精神……他透过完美而独特的意象,把诗转化为一支温柔而具震撼力的恋歌。"① 可惜的是,1964 年以后他不再写诗,主要从事教学、编辑出版工作。叶维廉 1955 年从香港到台湾求学,后结识痖弦、洛夫、商禽,共同从事现代诗运动。60 年代出版的诗集有《赋格》(1963)、《愁渡》(1969)。他是中国现代诗坛中不多的创作与学理并进,且互为验证、诠释的诗人。外界往往更重视他的理论,他自己却将他的诗歌写作放在更高的位置。他的诗风 70 年代之后有较大的转变。管管这个期间的诗,编入《荒芜之脸》集中,他和商禽一起,在 50 年代后期和 60 年代,都醉心于"超现实主义"的实验。管管的诗落拓不羁,奇崛怪诞,常使用反抒情的戏剧手法。商禽在小传中述及自己身世,称"未从军前仅受过初中教育。民国 34 年起从军,辗转服役流徙于西南诸省,后随军来台,迄至民国 57 年退伍止官拜上士一级士官,退伍后曾一度任普天出版社编辑,旋又去高雄码头作临工,不胜劳累,跑单帮不胜亏损……"他影响最大的诗,是《长颈鹿》、《灭火机》、《跃场》等一类散文式的作品。他的诗集只有两种:出版于 1969 年的《梦或者黎明》,和出版于 1988 年的《用脚思想》。他被有的批评家称为台湾的"现代诗坛真正的超现实主义者之一","善于运用语言的歧义性和意象的回旋性","在暴晒现实最阴暗最凄楚的一面,他的诗可能是最透明的诠释"。② 白萩参加过"现代派",曾为"蓝星"主干,也在《创世纪》、《南北笛》等诗刊发表诗作,又是"笠"的发起者之一。这一经历,可见

---

① 《中国当代十大诗人选集》,第 261 页,台北,源成文化,1979 年版。
② 《中国当代十大诗人选集》,第 377 页。

他是台湾现代诗"最完整,最全面的参与者",也足见其"胸襟开阔",变化多端:"尝试各种不同的诗技巧,现代主义、超现实主义、现实主义、图象诗、乡土语言,都曾在他的诗中彻底执行而有绩效。"①

因为"南来诗人"四五十年代之交大多北上,香港诗坛(文学界)一时沉寂。1955年8月《诗朵》创刊,其后又有《文艺新潮》(马朗主编)、《好望角》、《新思潮》、《浅水湾》(《香港时报》副刊)、《中国学生周报·诗之页》等问世,香港诗歌写作得到推动。除了"南来诗人"马朗、力匡、何达、舒巷城外,一批在香港文化教育背景下成长的年青诗人,如王无邪、昆南、叶维廉、杜虹(蔡炎培)、卢因、蓝子(西西)、戴天、温健骝、金炳兴、李英豪等崭露头角,他们构成香港五六十年代现代主义诗歌的基本成员。在50年代后期和60年代,香港、台湾诗歌的关联密切。一些香港青年学生(包括一些青年诗人)到台湾求学,学成后有的滞留台湾、海外(叶维廉、张错),也有的回到香港(戴天、温健骝、蔡炎培),后者对香港现代诗的发展起到重要推动作用。在五六十年代,香港诗歌值得注意的是对都市经验书写的那些部分;在舒巷城的诗集《我的抒情诗》(1966)、《回声》(1970)、《都市诗抄》(1973)中,可以看到香港诗歌在主题、感性形式、语言等方面发生的转变。

现代诗中的"新古典主义"

台湾现代诗运动从开展之日起,对其主张和创作成果的质疑之

---

① 萧萧、白灵主编:《新诗读本》,第241页,台北,二鱼文化,2002年版。

声,就一直如影随形。批评、争辩的焦点,集中在现代诗与"传统",与"现实"的关系上。西化("横的移植")、忽视传统、晦涩难懂、空洞颓废、意象破碎等,是对其"病征"所做的归纳。与"外部"批评同时,争议也出现在现代诗"内部"。

在五六十年代,围绕现代诗发生的论争,重要的有以下几次:1956年纪弦提出现代派"六大信条"之后,覃子豪、黄用、余光中等"蓝星"诗人针对"横的移植"、"主知"等与纪弦的论争,以及《文学杂志》表示的忧虑;1959年7月,苏雪林对现代诗"随笔乱写,拖沓杂乱"的抨击引发的论争①;1959年11月和次年1月,言曦(邱楠)在《中央日报》副刊连续发表《新诗闲话》(四篇)、《新诗余谈》(四篇),对现代诗的责难引起的论争②;60年代洛夫与余光中因为长诗《天狼星》发生的争论。

论争的性质大致可以区分为两类。一是对现代派诗歌运动和创

---

① 苏雪林与覃子豪论争的文章,均刊发在《自由青年》杂志。苏雪林文章是《新诗坛象征派创始者李金发》(22卷1期,1959年7月1日)、《为象征诗体的争论敬告覃子豪先生》(22卷4期,1959年8月16日)、《致本刊编者的信》(22卷6期,1959年9月16日)。覃子豪文章是:《论象征派与中国新诗兼致苏雪林先生》(22卷4期,1959年8月1日)、《简论马拉美、徐志摩、李金发及其他》(22卷5期,1959年9月1日)、《论新诗的创作与欣赏》(22卷7期,1959年10月1日)等。

② 这次论争,参加的人和刊物不少,除言曦、余光中外,还有陈绍鹏、黄用、夏菁、覃子豪、叶珊、虞君资、张默、白萩、钱歌川、纪弦、陈慧等。刊载论争文章的报刊除《中央日报》副刊、《文星》外,还有《现代诗》、《创世纪》、《蓝星诗页》、《文学杂志》、《笔汇》、《现代文学》等。余光中的《文化沙漠中多刺的仙人掌》,白萩的《从〈新诗闲话〉到〈新诗余谈〉》,黄用的《从摸象说起》等,对现代诗的责难各自做出回应。"这一场论战,其实可以说是新诗教育的推广,一个诗门外行人的几句闲话,引起热心的诗人跳出来详细说明新诗历史,赏析诗句,甚至于还提示创作方法,以学术性的专论去面对信口雌黄……"萧萧《50年代新诗论战述评》,《台湾现代诗史论——台湾现代诗史研讨会实录》,第119页,台北,文讯杂志社,1996年版。

作成果的否定性批评;这或者可以称为现代诗激进实验与"保守势力"的冲突。对现代派诗歌的激烈"清算",在60年代其实还没有到来,高潮发生在70年代;70年代因此被称为现代诗的"批评时期"。对现代诗的持续责难,揭发了现代诗运动在理论、实践上确实存在的失误,产生了有益的制衡、并推动其自我调整的积极效果。论争的过程,是现代诗"由排斥到接受、由怀疑到承认、由否定到肯定的转机"。虽然夹击的浪潮仍旧高涨,但与有的批评家一再宣布现代诗死亡相反,事实是在众多非议中,"现代诗已成了中国文学史的一部分"。①

论争中的另一类,发生在现代诗"阵营"的内部,也可以说是在支持新诗变革的前提下,在具体艺术路线上的分歧。分歧的双方,在诗歌的"现代性"寻求上,在追求诗歌写作的独立精神上并无很大区别,但某些具体观念和实践方案却有不同的主张。特别是在新诗与欧美现代诗歌,与中国古典诗歌传统的关系上,在内容与形式、自由与格律、成规与创新上,存在较为激进、前卫,与较趋温和、稳健的区分。后者的立场,犹如《文学杂志》主编夏济安所言,《文学杂志》刊登的批评文字不是来自"复古派"的言论,而是对新诗"爱之深"而后的"责之严"的表达。50年代,高举"现代派"大旗的纪弦,与蓝星的覃子豪,与《文学杂志》的梁文星、夏济安、余光中之间的争论,都表现了这样的性质。②《文学杂志》1卷4期(1956年10月)和1卷6期(1957年2

---

① 洛夫:《诗坛春秋30年》,《中外文学》10卷12期,1982年5月。
② 《文学杂志》的主编是夏济安,但有关诗歌方面的编务,交由余光中负责。

月)上,刊登了梁文星(吴兴华)的《现在的新诗》①、周弃子的《说诗赘语》两篇文章。梁文星谈到对新诗目前状况的"不可抑制的悲感",强调诗歌写作"固定的"、"恰好的"形式的必要,说"所谓'自然'和'不受拘束'是不能独自存在的;非得有了规律,我们才能欣赏作者克服了规律的能力,非得有了拘束,我们才能了解在拘束之内可能的各种巧妙表演"。周弃子也呼吁"新的诗体的建立",认为有了现代的内容,还要有合宜的,固定的形式。在1卷6期上,还刊登余光中翻译的艾略特的《论自由诗》,指出只有"以人为的限制"才算是真正的自由,来支援梁、周二人的观点。随后,夏济安在2卷1期(1957年3月)上发表《白话文与新诗》,提出中国"未来的大诗人"的必备条件,是在精通各种旧有形式的基础上,创造"中国新的诗体",以为后来人"预备好了形式和规律"。他们在实质上都主张,新诗的创新,应该在传统已经建立的基础上来进行,并都把"形式"问题提到重要位置。对于他们的观点,覃子豪在1957年的《笔汇》上,发表了《论新诗的发展——兼评梁文星、周弃子、夏济安先生的意见》,认为他们三人的观点"比较保守",且"太自囿于形式"。这场争论后并未展开。激进的"现代派"实验与"新古典主义"的分歧,60年代初,因为洛夫对《天狼

---

① 据刘福春的考证,梁文星(吴兴华)的《现在的新诗》一文曾在1941年11月10日的《燕京文学》第3卷第2期发表过,署名"钦江"。参见刘福春《吴兴华的诗与诗论》,《创世纪》140—141期(2004年10月30日),第345页。因此,"现在的新诗"的现在,既指50年代,也指40年代,可见这一问题的"恒久"性质。

星》的评论,在洛夫和余光中之间得到继续。①

应该说,对论争双方简单、笼统冠以"激进""保守"等名号不大合适,且不同诗歌理想的交锋也不只有消极意义。论争使诗歌"现代性"探索的具体问题得以深入开掘,也让理论家和诗人在论争中,思考、调整自身的观念和实践方向。事实上,纪弦1961年对自己的主张便有所反省、修正,有了"现代诗的古典化",和开展"古典化运动"的主张;②余光中从《莲的联想》(1964)到《在冷战的年代》(1969),可以见到经历"古典"模仿性束缚之后,在生命敏感上的突进;而洛夫在长时间涉足西方现代主义之后,也开始对中国古典诗学作深层探索,寻求两者的调适与融合的可能。也许,分歧并不完全在于是否应从"传统"中获取现代诗创造的要素,更重要的是如何处理"现代"的持续要

---

① 余光中长诗《天狼星》刊于《现代文学》第 8 期(1961 年 5 月出版),全诗共 11 章六百多行,后修改压缩后 1976 年由台湾洪范书店出版单行本。在第 9 期(1961 年 9 月)的《现代文学》上,洛夫发表长篇评论文章《天狼星论》,在肯定余光中"追求博大的倾向以及惊人的创造力"的同时,也认为它"过于可解",未能表现现代艺术对虚无、荒谬的探索。余光中随后在 1961 年 12 月 10 日出版的《蓝星诗页》第 37 期上发表了《再见,虚无!》作为答复,批评洛夫"亦步亦趋于超现实主义的理论之后,要使完整的破碎,和谐的孤立,透明的混浊","如果说,只有达达主义与超现实主义才是现代诗的指南针,与此背向而驰的皆是传统的路程;如果说,必须承认人是空虚而无意义才能写现代诗,只有破碎的意象才是现代诗的意象,则我乐于向这种'现代诗'说再见"。

② 纪弦 1961 年发表了《从自由诗的现代化到现代诗的古典化》、《关于古典化运动的展开》两篇文章。纪弦说,他的所谓"古典化","非古典主义化"之谓,而是"现代诗"应该成为"古典","追求不朽","成为'永久的东西'"。不过,纪弦这个时期的观点,与"新古典主义"的诗学也确有某种重合之处。参见他的《回到自由诗的安全地带来吧》(1962 年 7 月《葡萄园》)等文章。

求,与这一持续要求必然面临的"困境"的问题。①

在一个时期里,中国诗歌界的创新力量,对出现于30年代大陆,并在五六十年代台湾诗坛上重申的"新古典主义"诗学主张的价值,对它在中国新诗发展中的推动与制衡作用可能估计不足。因而,在上世纪八九十年代反省"现代主义",重估"现代"与"传统"关系的思潮中,"新古典主义"得到重新发掘和积极评价,这说明中国现代诗的发展,已经脱离最初的幼稚阶段。不过,如果对"新古典主义"理念的意义过分夸大,甚至作为一种"原则"标举,也有可能出现新的偏颇。因而,对其保持一定的警惕,还是有它的必要性:"中国现代诗""也面临一些陷阱,其一就是所谓的'新古典主义'";"这些声音在当时据说有'启聋振聩'的作用,但也被视为桴鼓相应,堂而皇之反对西化,反对现代主义的'复古派'势力,事实上却也因此形成了一些误区",它引发诗坛出现"刻意表示继承古典诗余韵"的,专注形式的"复古"倾向。② 这个误区,在60年代两岸部分诗人"复古"、形式主义倾向的创作中得到证实。

---

① 杨宗翰指出,"Calinescu 在他的研究里论及,'美学现代性'应被理解为一个包含着三重辩证之对抗的危机概念,此三者为:'传统'、'中产阶级文明式的现代性'与(美学现代性)'自身'。之所以会提出最末者,是因为它觉察到自身已成为一个新的传统或说是权威的形式";"其实应如 Irving Howe 所言:'现代主义必须不断奋斗,但它不会获得完全的胜利。这么一来,一段时间后,它就必须为了不取得胜利而去奋斗'"。《台湾现代诗史:批判的阅读》,第309页,台北,巨流2002年出版。在"新古典主义"诗学,和"现代诗古典化"主张之中,都包含着这种"不断'现代'之要求/困境"淡化的趋向。

② 洛夫:《创世纪的传统》,《创世纪》140—142期(2004年10月)第28页。

社团、刊物和选本

在五六十年代,中国大陆和台湾"诗歌活动"有不同的开展方式。在大陆,诗人(作家)被纳入"单位",成为"国家干部",不再具有"自由撰稿人"的身份。个人的,或同人性质的诗歌(文学)社团、刊物也失去存在的条件。出版社为国家掌控,文学报刊均为官方主办,要求统一的意识形态表达的承担。个人自印诗集也不再可能(这在20—40年代是诗集出版方式之一)。与大陆的情况不同,台湾的"诗歌活动"开展,基本延续20—40年代的那种主要借助同人诗社、诗刊的方式。两岸出现的这种区别,受制于不同的社会、文化制度,也与诗歌界对现代诗的性质、文化功能、社会地位的不同认识相关。

综合性文学刊物和报纸副刊,是现代诗歌作品的主要发表场地。这一方式,在两岸得到继续。不过,五六十年代大陆专门的诗歌刊物数量大为减少。到了1957年1月,才有《诗刊》(北京,中国作协主办)和《星星》(成都,四川作协分会主办)两家专门的诗歌刊物出现。当然,大陆这个时间的所有文学刊物,和一些报纸副刊,都会辟出一定篇幅发表诗歌作品。1960年10月,《星星》在出版了它的第10期后宣告停刊,60年代前期,《诗刊》便是大陆唯一的诗歌刊物。①《诗刊》在50年代末到64年底停刊之前这段时间,相比于同为中国作协主办的《人民文学》等刊物,表现了更自觉、积极呼应执政党开展的政治运

---

① 《诗刊》1957年1月创刊,月刊。1961年改为双月刊,1963年7月恢复为月刊。1964年11月出至80期后停刊。复刊在1979年10月。1957年起到80年代,一直由臧克家担任主编。

动的诉求。这既是整体形势使然,也为《诗刊》主编的政治性格所决定。表现在刊物编排的特征上,是经常采用依政治运动组织专栏的方式。①《星星》曾有一段时间(1957年1—5期)有限地表现了某种同人刊物的特征,但很快受到压制,"反右派"运动中其编辑部被改组,最终也纳入规范的文学路线之中。

与大陆的情形不同,这一时期的台湾、香港,通常由诗人组织同人性质的,具有不同诗歌理念的诗社,并出版诗刊,作为开展诗歌活动的主要方式。五六十年代台湾诗社、诗刊的数量虽不及七八十年代,但也相当可观。② 最著名的当推《现代诗》、蓝星、《创世纪》、笠这四大诗刊(诗社)③,其他的诗社(诗刊)还有"南北笛"、"今日新诗"、"纵横诗刊"、"野火"、"葡萄园"、"海鸥"、"星座"、"中国新诗"、"喷泉"、"诗队伍"等。中国大陆这一时期出版的诗集、诗刊,由国家提供资金保证,在传播上与其他出版物一样,通过由国家控制的图书流通渠道

---

① 这些"专栏"的名目有"共产党万岁!毛主席万岁!"、"歌唱三面红旗"、"迎春曲"、"纪念三八妇女节"、"《红旗歌谣》赞"、"纪念列宁诞辰九十周年"、"工人的诗"、"城市人民公社万岁"、"工业建设的诗"、"支持亚非拉丁美洲人民的民族民主运动"、"新人新事"等。后来专题的名字虽然不再明确标出,但仍继续这种编辑路线。

② 据张默《台湾现代诗编目1949—1991》(台北,尔雅出版社1992年版)统计,50年代创办诗刊有23种,60年代34种,70年代39种,80年代50种。不过有半数以上的诗刊出不到十期就消失了。

③ 关于这一阶段台湾诗刊与诗社的关系,文晓村在《台湾光复以来的诗社与诗刊》(《台湾现代诗诗论——台湾现代诗史研讨会实录》第635—639页)中指出,有的是"有刊无社",《现代诗》是由纪弦一人操办(虽说《现代诗》13期上印有"现代派诗人群共同杂志"的字样)。有的是出刊之后才有诗社,如《创世纪》。有的是成立诗社而后办诗刊,如"蓝星诗社",先后以《蓝星》周刊、《蓝星诗选》、《蓝星》季刊、《蓝星》年刊、《蓝星》诗页、《蓝星诗刊》等方式出版诗刊。"葡萄园"、"笠"等也是成立诗社之后出版诗刊。诗刊编辑出版形式,有独立出刊的,也有一些借报纸副刊的版面的。后者如《蓝星》周刊(借《公论报》副刊版面)、早期的《南北笛》(借嘉义的《工商日报》副刊)。

进行。台湾、香港的同人诗刊,资金来源,刊物、诗集的印刷数量,流通方式,难以与一般商业出版物相比。刊物印制、出版的资金,大多由个人筹措①,诗集和诗刊,也主要是借助"在文字社群中互相赠阅的团体传播以及在少数校园附近书店寄售的'小众传播'"②。这种出版、传播方式,为台湾诗歌在文化空间的"边缘"性质所决定,也成为这一"边缘"性质的重要征象。

诗歌选本的编选、出版,是诗歌活动展开方式的重要一环。在台湾,因为诗刊、诗社的"民间"、同人性质,加上商业性质的大众文化的主流地位,诗歌作品难以到达一般读者手里,出版诗歌选本,对克服这一障碍,让优秀诗作得到普及,起到一定作用。当然,诗歌选本所负载的筛选、"经典化",和作为大学文学教育的工具书(参考书)的文学史功能,更是不言自明。中国大陆这一时期,文学评价、文学史书写完全由国家机构(官方控制的文学组织,文学传媒、研究机构、大学等),按照确立的文学观念、规则进行,重要的诗歌选本的编选、出版,自然也纳入这一运作体系。50年代初开始的"检阅"一个时期创作实绩的年度选本(诗,短篇小说,独幕剧,散文特写等),就是由中国作家协会主持编选

---

① 台湾同人诗刊的资金来源,也有取得官方文化资本以支持私人诗刊的情况,如五六十年代纪弦、痖弦、郑愁予、叶珊(杨牧)等获得官方的"中华文艺奖金委员会"和台湾"国防部"颁发的丰厚的奖项,以及民间诗刊与"中华文艺协会"、"中国青年写作协会"等官方组织共同举办诗歌活动(参见奚密《20世纪台湾诗选·导论》,北京,中国社会科学出版社2003年4月出版)。但同人诗刊资金,主要靠个人筹措、出资经营。因而,资金拮据经常是导致诗刊停刊的重要原因。蓝星的出版之所以周刊、诗刊、诗选、诗选季刊、诗页年刊变化多端,也是因为蓝星同人中,"谁找到财源,谁就办这个诗刊",并决定出刊方式。

② 须文蔚:《台湾文学同仁刊物企划编辑与公关活动之研究》,《创世纪》140—141期,第130页。

(委托著名作家、诗人担任主编)①。1959年庆祝建国十周年时出版的一批诗人的十年诗作选集②,也由中国作协和国家的文学出版社(人民文学出版社)确定名单,带有明显的"文学史"评价和展示诗坛建国以来成就的功能。60年代,出于呈现诗坛新世代成绩的考虑,也按照上述方式、体例,出版了一组青年诗人的创作选本。③ 在50年代末至60年代初,各省市、自治区,以及有的文学刊物,也纷纷由地方出版社出版十年创作诗选,但基于中国大陆当时文学的"地域政治"的等级制度,它们的重要性,难以与中国作协和国家级出版社推出的选本相比拟。

相比起大陆来,台湾五六十年代出版的诗歌选集数量要大许多。④ 这些选本,也都具有普及、便于一般读者阅读,和推进诗歌"经典化"的预设功能。这些功能在选本中常常交错、重叠,也各有偏重。其中,年度诗选,和诗歌大系性质的选本,受到更多关注。60年代及以后,重要的大系诗选,年度、世代诗选有:痖弦、张默主编的《六十年

---

① 第一本收录作品发表时间为1953年9月—1955年12月,其后均为年度选集(1956、1957、1958)。但到1959年度,由于开始进入"经济困难"和调整时期,这一计划被搁置,只主办了1959—1961年的《散文特写选》。先后担任年度诗选主编的有袁水拍、臧克家、徐迟等。

② 它们以不表明的丛书方式(统一的装帧、版式、体例),出版了郭沫若(《骆驼集》)、冯至(《十年诗抄》)、严辰(《繁星集》)、李季(《难忘的春天》)、阮章竞(《迎春桔颂》)、郭小川(《月下集》)、贺敬之(《放声歌唱》)、闻捷(《生活的赞歌》)等个人的十年创作诗选。

③ 由作家出版社出版,分别有梁上泉的《山泉集》,严阵的《琴泉》,李瑛的《红柳集》,雁翼的《白杨颂》,张永枚的《螺号》等。

④ 据张默《台湾现代诗编目》,从1949年到1991年,共出版各种诗歌选集120种。选本有各种类型,如专题诗选(《当代情诗选》、《龙族的声音》、《反共抗俄诗选》、《我的心在天安门》),年度(代)诗选(《60年代诗选》、《七十年代诗选》、《1970诗选》、《1982台湾诗选》、《七十四年诗选》),诗社(诗刊)诗选(《创世纪诗选》、《创世纪40年诗选》、《星空无限蓝·蓝星诗选》、《美丽岛诗集》),诗大系,以及其他类型。

代诗选》(选入1950—1960年诗作)、洛夫、张默、痖弦主编的《七十年代诗选》(收入1961—1970年诗作),尔雅出版社出版的80年代年度诗选(分别使用《七十一年诗选》、《七十二年诗选》……的书名),前卫出版社出版的80年代年度诗选(分别使用《1982年台湾诗选》、《1983年台湾诗选》……的书名),《中国现代文学大系·诗》(洛夫主编,收1950到1970年台湾诗人作品40家,1972年台湾巨人版),《中华现代文学大系·诗卷》(张默、白灵、向阳编,收台湾1970—1989年诗作,台湾九歌出版社1989),《当代中国新文学大系·诗》(痖弦主编,收50—70年代台湾诗人诗作,台湾天视出版公司1980),《台湾新世代诗人大系》(林燿德、简政珍主编,收70—80年代台湾新世代诗人作品,台湾书林1990)等。台湾因为不存在统驭性质的"经典"筛选、评定机构,编选者往往分属不同的诗刊、诗社,和不同的诗人、批评家。他们之间在诗观、鉴赏力、编选目标上的差异,以及现代政治、族群等方面因素的牵制,使选本中体现的分配、选择,也更容易引发争议。至于诸如《中国当代十大诗人选集》的"典范"评价性质的选本,它的受到格外关注,并一再发生"十大诗人"的后续评选活动,也就不足为怪了。①

---

① 《中国当代十大诗人选集》(台北,源成文化1977年版)为张默、张汉良、辛郁、菩提、管管在1979年编选,入选的台湾当代十大诗人有:纪弦、羊令野、余光中、洛夫、白荻、痖弦、商禽、罗门、杨牧、叶维廉。仿照,也质疑这一选择,1982年,台湾诗刊《阳光小集》举行"青年诗人心目中的十大诗人"评选,公布了新的"十大诗人"名单,依次是:余光中、白荻、杨牧、郑愁予、洛夫、痖弦、周梦蝶、商禽、罗门、羊令野。21世纪初,台北教育大学台文所与《当代诗学》合办由诗人票选的"台湾当代十大诗人",名单是:洛夫、余光中、杨牧、郑愁予、周梦蝶、痖弦、商禽、白荻、夏宇、陈黎。参见杨宗翰《暧昧流动 缓慢交替——关于"台湾当代十大诗人"》(《新诗评论》2005年第2辑,北京大学出版社)。

本卷的几点说明

一、按照总系的编选体例,本卷对选入作品按四个专题排列。每一专题中的诗人则以生年前后为序。

二、"当年未发表的诗",指的是大陆诗人写于60—70年代,因各种原因在当时未能公开发表的作品。它们均于"文革"结束之后才得以和读者见面。这些作品应归属于写作年代,还是公开发表年代,在诗歌研究界有不同意见。经协商,总系决定统一放在写作年代中处理。

三、本卷选入的长诗,如洛夫的《石室之死亡》等,为了保存其完整面貌,一般不做节选。除"当年未发表作品"一项外,本卷选入发表于1960—1969年作品。但考虑到一些诗人写作的阶段性,也有极个别作品发表于50年代末或70年代初。

2008 年 10 月

《中国新诗总系·60年代卷》后记

对我来说,编辑这个选本并非易事,事实上也花了不少的时间、精力。选目既是多次变更改动,而且直到规定的最后期限交稿,也还是觉得存在许多没能解决的问题。

原因主要是两点。一是资料上的欠缺,特别是台湾、香港60年代的诗刊、诗集、诗歌选本以及相关的研究资料。我从图书馆和朋友刘登翰那里借到一批,但还是很不够。另一点是有关编选的标准、尺度。因为这部多卷本的"新诗总系"是多人合作,对它所要承担的功能,作品入选标准,以至编排体例等,有不同的看法理所当然。虽说经过讨论、协商,也难以做到意见完全一致。人多嘴杂不是坏事,但在集体项目里各行其是就没法办。最后,总主编谢冕先生便实施"专政",快刀斩乱麻地订出若干规则,要大家闭口——遵守。规则涉及入选标准和编排体例两个方面。入选标准有两条,首要一条是"好诗主义",附带一条则是"兼顾作品当时的影响"。编排体例方面,规定按专题来组织诗歌作品;至于采用什么样的专题,由各卷主编根据不同时期的诗歌情况自行拟定。

因为有章可循,我也就松了一口气,工作进度也就加快不少。当然不是说问题就全都解决。譬如,根据什么来确定一首诗是"好诗",对我来说就是个天大的难题。而"好诗"与"影响"两者又是什么关系,之间的龃龉如何解决,也常常让我困惑。解决这些困惑的办法,一是参照了不少已经出版的选本,让我对"好诗"的遴选有了一点自信。另一是选入了一些我看来不算怎么"好",但"影响"确是很大的作品,作为对"兼顾"的体现。因为有种种互为矛盾的因素存在,也因为自身艺术鉴赏力存在的问题,要从这本 60 年代卷中发现缺失,发现编选观念上的冲突,以及资料使用上的差错,肯定不会是什么困难的事情。

还有一点要说明的,是组织本卷作品的专题中,有所谓"当年未发表的诗"一项。这一栏下收入的作品,都出自大陆作者之手;当年他们因为政治、艺术等方面的原因受到批判、迫害,虽说也写了一些诗,但因为他们的身份,也因为这些作品与当年的思想艺术"规范"相抵触,而没有公开发表。它们的公开披露,均在"文革"之后的 70 年代末、80 年代初。总系主编认为,"新诗总系"在处理这些作品时,应将它们放在写作的时间而非发表的时间。本卷收入的蔡其矫、昌耀、曾卓、绿原等的作品,就是依照这一确定的体例执行。

为了不让 60 年代大陆诗歌状况显得太过贫乏苍白,我也赞成这一规定。但也同时对这一做法心存疑虑。不管是这样做还是不这样做,都会导出种种问题。在多年前写的一篇文章里,我对这些问题做了这样的归纳:

……问题之一是,我们是否可以按照公开发表时篇末注明的写作时间来确定作品的年代?在史学编纂的材料鉴别上,是否需要寻找、发现另外的佐证(如手稿等)加以支持?第二,在标示的写作时间到发表的时间之间(它们经历了两种变化了的文学阶段),作品是否有过改写、变动?即是否由作者或他人作过修改?如果作过重要修改,还能不能把写作时间完全确定在所标示的时间上？……第三，假如我们觉得萨特说的——文学如果没有被阅读，就只是纸上留着黑色的污迹——有点道理的话，那么，写出的作品未被阅读，与作品发表（不论是公开出版，还是传抄）被阅读，这两者应该有所区别。后者可以称为"文学事实"，而前者是否构成"文学事实"，则还是疑问。作品的不同的"存在方式"，是文学史研究的课题之一。如果作品不为人所知，没有读者的阅读，那么，我们在多大程度上可以把它视为那一时期的"文学构成"？

这篇文章名为《文学作品的年代》，刊载于2000年1月12日《中华读书报》（北京），收入河南大学出版社2005年版的《文学与历史叙述》。当年的惶惑，今天对我来说也仍然无解。不过事情总是要做的，所以这个选本便采取了这一存在疑问的处理方法。

2008年10月

诗评家林亨泰印象①

一

由于两岸一段时间文化交流的阻隔,知道林亨泰先生的名字,读到他的诗和诗论,要迟至80年代初。那时候,开始见到台湾诗歌的一些选本(记得其中有张汉良、萧萧先生主编的《现代诗导读》),随后,大陆出版社也有少量台湾诗选出版。当时朦胧诗正在热闹,台湾五六十年代的现代诗也就成为这一潮流的助推力之一。1985年共两册的影响颇大的《新诗潮诗集》②,收入北岛、舒婷、顾城、多多等作品的"正文"之后,附有"中国现代诗20家";李金发、戴望舒、卞之琳、废名、穆旦等之后,便是纪弦、郑愁予、洛夫、余光中的作品。这样的编排方式,既表示着大陆"新时期"诗歌革新所要接续的新诗历史脉络,也暗示这一诗歌革新推动力的部分来源。

林亨泰当年让大陆读者感到新异的,自然是人们一再说到的《风

---

① 本文为2009年6月6日,在台湾彰化师范大学林亨泰诗学国际研讨会上的发言。

② 老木主编,上下两册,北京大学五四文学社出版,"内部发行",在不到一年时间里约发行五六万册。

景》;80年代初我在课堂上也讲到过,当年的一个学生后来还写了文章。① 不过,林亨泰早期的并不那么"现代派"的作品,也留下很深的印象。《书籍》中,说这些书籍的著者多半已不在人世,它们是"从黄泉直接寄来的赠礼",而读书人翻着书页的手指,"有如那苦修的行脚僧,逐寺顶礼那样哀怜"——这是对智慧、情感的创造者的虔敬,虔敬中显示着阔大的胸怀。还有那首《哲学家》。后来说起林亨泰的诗,我首先想起的便是这一首,便出现那只在"阳光失调"的日子里,"缩起一只脚思索"的"鸡",并且还会继续想着诗中的提问:"为什么失调的阳光会影响那只脚?"尽管是"误读",还是在这个"画面"之上,放上诸如睿智,冥想,节制,疾射然而静止②,潮流之中然也潮流之外等的品格。

二

大陆诗歌界有人这样说,诗人简直是在"包办一切"。他们写诗;他们是他们写的诗的读者;他们解说、评论自己(和别人)的诗;他们阐述证明这些诗的价值的理论;他们构建将自己包括在内的诗歌史;他们组织诗派,发起诗歌运动,操持刊物,主编选本……总之,诗人不仅生产"产品",也广告、销售这些"产品",甚且还是这些"产品"的主要消费者。③

---

① 于慈江:《〈风景〉(二首)赏析》,见吕兴昌编《林亨泰研究资料汇编》(上),彰化县立文化中心,1994年版。
② 林燿德评林亨泰文章:《疾射之箭,每一刹那皆静止》,见吕兴昌编《林亨泰研究资料汇编》(下),彰化县立文化中心,1994年版。
③ 一种极端说法是,"诗是为生产者而生产的产品"。

在这样的调侃、嘲讽面前,诗人其实不必气馁和害羞。这种现象(被做了极端化的描述)既是"被迫",但也可以说是责任。比起小说家、散文家来,新诗①诗人确实比较忙碌,身心比较劳累,也有更多的焦虑。这和新诗的现实处境、历史命运相关。新诗诞生的时候,诗歌的社会地位已经下降;新诗又为自身确立了实验的,前卫的取向;加上辉煌的古典诗的巨大压力——这一切,让新诗的前景总是暧昧不明。

因此,作为探索者的诗人有时就不能不身兼数职。写诗之外,也评诗,组织、发动诗歌的集团性运动,创办、编辑刊物,论证他们确立的目标和提出的主张的正当性,对纷至沓来的责难进行辩护或反击,并在现代诗批评尚未形成气候的时候,站出来解释自己和同道者的作品。最后,为着这种努力不被时光所冲刷而能留下刻痕,为后继者留下可供借鉴的精神和艺术力量,他们有时也要为自身的经历做见证性的历史撰述。新诗历史上,闻一多、朱自清、何其芳、冯文炳、臧克家等许多诗人都是这样做的。林亨泰也承续这一传统。值得庆幸的是,这种现象在台湾好像并没有成为调侃的对象,相反倒是得到首肯。在回顾、评价林亨泰长达几十年诗歌业绩的时候,除了扎实的诗歌创作和诗论的成就之外,诗歌批评研究界也充分认识到他在推动"新诗文化"(新诗出版、传播、教育的机制,评价标准的确立,更具欣赏力的读者群的形成……)的创建上的功绩,认识到他和其他诗人为沉寂诗坛造势,接续阻隔的诗脉,承担"诗史见证人"的历史叙述上所做出的贡献,这确实是很有见地的做法。也许有一天,针对新诗的特殊情况,在

---

① 目前存在多种概念,如新诗,现代诗,现代汉诗,现代中文诗歌,现代汉语诗歌等。不同概念的含义,以及提出、使用的根据不在这里分析。这篇文章在大部分情况下将使用"新诗"这一概念。

新诗史上应该设有专章,来讲述、肯定诗人和诗评家在这方面的劳动成果。

三

新诗探索过程中遇到的让人烦恼的事情之一,是一些问题(它们几乎自新诗发生就存在)总是不断重复提出。传统与现代,明朗与晦涩,懂与不懂,西化与民族化等等,几乎已经成为新诗的"永恒性"的话题。这就如林亨泰所说,尽管争论再三再四,"这种争论的轨迹一再地出现",但辩驳论述的进展却总是有限,给人以重复、"原地打转之感"。① 这种情形,海峡两岸其实没有什么两样。这固然可以看做是问题尚未妥当解决,但也可以想象为这些问题已被固化,成为用以质疑新诗合理性的口实,而解决与否其实并不重要。

这让一些诗人气馁,或者气愤。林亨泰虽然有的时候感到无奈,但他不气馁,也不气愤。从自身方面说,他在一开始就有了思想准备,明白作为新诗探索者可能有的遭遇:"他不但有破产者的痛苦,还有着出发向未开发地的不安情绪。他不但要忍受失意这条毒蛇的咬啮,又要提防恐慌这只猛兽的袭击。他不但要尝到价值转换的苦汁,也要克服再生者的害羞。"② 从质疑新诗的一方,他看到他们也不完全是意气用事,了解反复的深层原因:长期积累的"庞大的知识"难以获得另外的视域,就形成了"诗就是这样"的固定观念;问题的重复提出,就

---

① 林亨泰:《从80年代回顾台湾诗潮的演变》,《林亨泰全集五》,第93页,彰化县立文化中心,1998年版。

② 《幽门狭窄》,见《寻找现代诗的原点》,第145页,彰化文化中心,1994年版。

可能是长期养成的知识观念突然受到冲击所产生的痛苦、刺激的难以化解,"一切混乱由此发生"。因此,林亨泰针对这些问题所做的论辩,解说,坚定之中也有着同情和理解。

有关新诗存在理由的争论上,外来影响是最激烈的一项。批评者总是指责现代诗是在炒几十年前西方诗人的冷饭(在大陆朦胧诗时期,则说是"拾洋人的余唾")。西方一些学者也有类似看法:如果新诗写得"太像"西方现代诗,脱离古典诗"传统",他们就觉得是失去了"中华性";但如果写的不太像西方现代诗,则又认为还处在幼稚、落后的阶段。对这样的观察、论述方法,林亨泰认为是陷于认识的误区,是把文艺思潮的发展简单地"看成'流行现象'"。他指出,尽管五六十年代台湾的现代派,存在着将西方一百年时间的文艺思潮缩短在一二十年内来反映、处理的情况,但是,如果从文学(诗歌)变革的立场来探讨的话,"真相未必如此"。虽然"在某些基本模式上,有时也会发现历史镜子却在朦胧的比较中呈现出重迭着的虚像来"[1],但历史其实不可能重复出现,不同民族也不可能重踏于同一轨迹。况且,"拒绝影响亦即等于拒绝成长",问题是我们是否有特别强壮的消化能力的胃。因此,他始终认为要充分肯定台湾现代派运动的功绩。他对台湾现代派这样的评价,应该是合乎事实的:这个"纯粹站在文学主体立场独立发起的运动","让政府支持的'战斗文艺'……在自由竞争之下自然淘汰",推动台湾现代诗"无论在诗的品质和深度方面,皆明显地向前跃进一大步",并使得它的成就,"首次超越了大陆"的

---

[1] 《抒情变革的轨迹》,《见者之言》,第 260、279 页,彰化县立文化中心,1993 年版。

诗歌。①

自然,这一切的争论,都源于新诗评价标准上的分歧。新诗是否已经有自己的"传统",它的评价标准是否应该根据这一"传统"提出,从30年代起,就成为症结性的问题。林亨泰对此提出的意见是,由于新诗是"以现代人的语言表达现代人的思想感情",在内容和书写工具发生了重要改变的情况下,以古典诗的评价尺度衡量新诗,在古典诗和新诗的对应中来责怪新诗诗人,是错怪了新诗诗人;"然而诗人是无辜的"。他认为,用以衡量新诗的知识,无论如何不应该以"古典诗"作为优位的那种知识为根据。②后来,他又进一步提出诗坛应该重视总结新诗积累的艺术经验的课题:"目前中国诗坛亟待解决的课题之一,乃是如何从'无'中去建立新的传统,而不是怎样从'有'中去继承旧的传统",这是一个"艰苦而充满着矛盾的追求历程"。③林亨泰讲这些话的时间是70年代后期,新诗已经有了将近60年的历史。因此需要补充的是,新诗其实已经不是要"从'无'中去建立新的传统",它已经有了与旧诗有着关联,但也独立的传统,已经形成了观察新诗的特定视角、方法,和谈论新诗的特定的"问题域"。问题主要在于,这一已经逐渐形成的"传统",尚未得到普遍承认。即使是那些对新诗的未来信心坚定的诗人,也由于外部巨大的压力,而在承认这一"传统"上也往往表现出犹豫和欠缺自信。

在新诗的传统还没有被普遍接纳为"衡量新诗的知识"的情况

---

① 《从80年代回顾台湾诗潮的演变》,《见者之言》,第17页。
② 《我们时代里的中国诗》,《林亨泰全集四》,第14页,彰化县立文化中心,1998年版。
③ 《中国现代诗风格与理论之演变》,《林亨泰全集四》。

下,有关诗的死亡、末路的警讯,几年、十几年就会来一次,这在大陆和台湾都是如此。70年代,台湾诗坛又发出这种警讯的时候,林亨泰的回答是,"诗永不死";"只要有一个诗人不放弃写诗,诗永远是不会灭亡的"。① "只要有一个诗人"是极而言之,但如果真的"只有一个"的话,那个人肯定就是林亨泰先生自己了。林耀德曾经说,在台湾现代诗发展序幕的诸位诗人中,"唯独林亨泰自战前屹立迄今",他"从未成为'遗老'","40年以降,他不但一直是思想的启蒙者,也一直是诗史的见证人"。——这些话说在20年前的1989年,算到现在,就是"60年以降"了。因此,说林亨泰就是"只要有一个"的那"一个",并不是夸张的说法。

四

对于林亨泰诗观及创作上的习性、风格,诗人和研究者已经讲过很多,也有相近的描述,如说他的诗和诗论"独树一帜",是诗坛的"追索者"与"反抗者";他始终不倦追寻未被践踏过的诗的处女地,从一开始就"提出开创性的论述和诗作";他写"很冷很知性的诗";他为了"提醒这个昏昏欲睡的诗坛",常"竖立着与众相反的旗帜";他"追求自己世代自主性",对过去的诗风和诗观采取一种"痛烈的订正乃至否定"……

在肯定这种前卫、实验、特立独行的个性的同时,我们也不应忽略林亨泰的包容性的一面。他是一位将明确的诗歌取向,持续的探索精

---

① 《"诗永不灭"论》,刊于《中国时报·人间副刊》1992年8月7日,收入《寻找现代诗的原点》。

神,与阔大胸怀具有的包容力结合在一起的诗人和诗评家。《笠》出刊 100 期的时候,他提出两条希望和建议,一是"增加批判精神的比重",另一就是"相容并包的精神"。"相容并包"既指个体、群体之间的关系,也指个体内在的精神气质。1992 年,在授予他诗奖的授奖辞里,他被评价为"台湾战后诗现实主义者的典范"。① 如果这个评价是合适的话,那么,这个"现实主义"也是开放的,包容的,吸取多种营养的现实主义,或者可以说是"现实主义与现代主义的对话"。② 1990 年,林亨泰认为今日台湾诗坛亟待解决的首要问题,是建立"民族文学";而"'民族文学'必须有包容力,才能够壮大"。他说,这种"包容力"要能够实现,一方面是警惕"民族主义文学"或"现代主义文学"等的"主义"的过度主张、膨胀以形成的排他性,另一是在长久的追求中对"现代性"、"民族性"的特质的不倦探索。③ 这些论述,都说明了他在诗歌问题上的"包容"的主张。

因此,在诗歌创作上,他认为对待不同的"主义"、流派,诗人若能顾及它们的"功能与局限",那么,"涌出于笔下的作品应该会增添不知多少倍的色泽与深度"。就自己的创作而言,他的总结是,"事关创作,我都持着非常谨慎的态度。只是我不怎么喜欢诗中有过多的'伤感',这可以说是我写诗时唯一的禁忌。除此之外,我并不反对任何主张与派别。"

他的诗论,在坚持新诗探索的方向同时,也体现这种包容性。

---

① 荣后台湾文学奖,1992 年。
② 赵天仪:《论林亨泰的诗与评论:现实主义与现代主义的对话》,《福尔摩莎诗哲林亨泰文学会议论文集》,彰化县文化中心,2002 年版。
③ 林亨泰:《从 80 年代回顾台湾诗潮的演变》,《林亨泰全集五》,第 96 页。

赵天仪说,他一方面是方法论者,对于怎么写,具有相当尖锐的分析力,另一方面也是一个精神论者,对于写什么,他也具有充足观照的想象力。可以说他是一个表现了"多样性的现代主义者"①。

林亨泰重视"找寻现代诗的原点"②,这也是许多诗人、诗评家努力找寻的目标。所谓"原点",也就是"本源性"的元素吧,具有贯穿事项始终、为该事项的源起、为该事项的指归的含义。不过,林亨泰很少抽象谈论这一问题,他重视的是"找寻",而不是指认终点,也就是将问题放置在历史过程中来认识。即使他将"真挚性"确定为现代诗的"基础精神",对"真挚性"也着重阐述其与时代、民族特性相关的,有待诗人去发掘的内涵。③ 林亨泰指出,20世纪是"一个战争以及'分裂'的世纪,不安、残酷、对立、紧张等,已成为此一时代,在地球上任何角落最普遍的日常生活中最平常的情调",因此,"真挚性"就不是一个习习相因的不变的概念,对它的发现,反倒是"怎样从习惯化僵硬化的状态中获得新生命与旺盛的活力"的"寻找"的过程。④

在中国新诗历史上,现代主义和乡土性常被看做是水火不相容的两端,诗人必须二中择一。但是,"在地缘观点下对本土的关切,同在时代观点下追求前卫性和世界性",在林亨泰那里却是并行不悖的一体两面。林亨泰认为,70年代台湾谈论"现代派运动"最大的误解,莫过于把"现代"与"乡土"视作互不相容的关系。⑤

---

① 《知性的冥想者》,《林亨泰研究资料汇编(上)》,第203页。
② 《找寻现代诗的原点》是林亨泰论文集的名字,彰化县立文化中心,1994年版。
③ 正如他对郑炯明先生所言:"诗是什么没有人知道,也许我们这一生只在追求一首诗。"《林亨泰研究资料汇编(上)》,第218页。
④ 林亨泰:《现代诗的基本精神——论真挚性》,《林亨泰全集四》,第31—32页。
⑤ 林亨泰:《笠的回顾与展望》,《林亨泰全集七》,第128页。

诗评家林亨泰印象

　　林亨泰积极参与诗坛的集团性活动,是一些诗歌集团、派别的创始者和运作者。但他并不以派别画地为牢,以它作为诗歌评价的界线。他认为,诗坛集体性运动的开展,"并不在于加盟与否,而完全在于针对这样组派运动的刺激,从事接受面的乃至抗拒面的种种反应上";①对诗派、诗歌运动,他主要从是否有利于现代诗的发展着眼。他指出《笠诗刊》的出现,表现了与一些一味追求"无意义的诗"的现代派人们的不同走向,意味诗坛"又有另一新局面即将揭开"。但他也认为,"这完全没有排斥现代派之意,'现代精神'与'时代意义'这两者之间本来就不存在有任何矛盾"。

　　在诗坛的"世代"的关系上,他意识到不同世代的诗人有他应扮演的不同角色,不同世代诗人的创造各有其不同可能性,从而不将某一世代的创造绝对化、标准化,不同世代都应争取获得处理事物态度、方法上的超越性,并互相尊重不同世代诗人的处境。他们之间并非一定要以对立方式面对,超越的企望与对"传统"的谦恭态度有可能结合在一起。先行者不应以资历和确立的地位,将自己当做立法者,他要看到时代发生的变化,看到诗歌新的问题的出现。而后来者也要避免离开已逝的历史情境,在拿起前世代作品的时候,

　　　　千万不要忘了嵌镶在这些作品和理论背后惨澹的时代条件,而将之与孕育自丰饶时代背景的作品或理论放在同一平面上评论。特别是,若将之视为单单是语言技巧上的,或者仅仅作为思想知识上的追求成果的话,那么,必定是会错过了这一个世代的

----

① 林亨泰:《中国现代诗风格与理论之演变》,《林亨泰全集四》,第181页。

诗人们最光荣、最具特色的那一面。①

因为诗歌观念的差异,因为派别的分立,因为诗人气质上的敏感(有时也是脆弱),因为诗歌在社会文化空间中的窘迫、边缘地位,诗坛内部常会出现紧张的摩擦,这在台湾和大陆大概都是如此。这既阻隔诗人之间的诗艺交流,妨碍诗艺的提升,也让他们有意无意忽略了新诗史上已有的创造的总结、积累。因此,在许多人心目中,新诗"传统"也一直在或有或无之间飘移。前面提到的林亨泰的话,如果不是从事实本身,而是从普遍性认识的角度理解,那还是一个切要的提醒:"目前中国诗坛亟待解决的课题之一,乃是如何从'无'中去建立新的传统。"为了达到这一目标,记住、学习林亨泰先生所提倡,所实践的包容性,将是一个重要的方面。

---

① 林亨泰:《找寻现代诗的原点·自序》,《找寻现代诗的原点》,彰化县立文化中心,1994年版。

朦胧诗和朦胧诗运动[1]

发生于20世纪70年代末至80年代初的朦胧诗和朦胧诗运动，距今已经二十余年。在"文革"结束后的历史转折时代，朦胧诗是当时激动人心的思想、文学"解放"潮流的重要组成部分，同时，也是当代新诗革新的起点。它所表现的激情与表达方式，为后来的新诗写作者开启了富有成效的创造空间。今天，重新编选这些作品，不仅出于诗歌史研究上的考虑，也是为着对朦胧诗的那些并未失去的价值的重新确认。

《今天》的创办

1976年"文革"结束之后，当代诗歌的创新活力，主要来自"复出诗人"的创作，特别是来自"崛起"的，以青年诗人为主体的"新诗潮"。60年代中期至70年代的"文革"期间，一些地方存在着后来被称为"地下诗歌"的"潜流"。"文革"结束之后，社会政治、诗歌文化环境出现重要变化。在目标上，带有与"当代"前30年的诗歌主流"断裂"的诗歌思潮开始涌动，并在当时呈现"反叛"的姿态。这种"断裂"，既是诗歌"内容"（取材，表达的观念、情绪）上的，也表现在艺术方法方

---

[1] 本文为《朦胧诗新编》的序言。《朦胧诗新编》，洪子诚、程光炜选编，长江文艺出版社，2003年版。

面。它们由于表现了某种"异质"倾向,而不能为当时的"主流诗界"普遍认可。不过,在主要是城市知识青年和大学生的阅读群体中,已迅速蔓延,并产生强烈反响。大多数作品难以在由国家控制的报刊上登载,因而,最初采用"非正式"的发表方式。"文革"期间延续下来的传抄仍是主要手段,而自办诗报、诗刊、自印诗集,也开始成为重要方式。许多城市,特别是一些大学,出现了同人性质的诗刊,并形成各种诗歌"小圈子"。最早创办并影响广泛,后来与朦胧诗有密切关联的自办刊物,是出现于北京的《今天》。

《今天》创刊于1978年12月23日,由北岛、芒克等主办。① 它刊登小说、诗、评论和少量外国文学译介文字。② 小说虽然占据不小的份量,但主要影响是诗歌。创刊号上署名"本刊编辑部"的《致读者》(代发刊词,由北岛执笔),表达了《今天》同仁当时的社会、诗歌理想。在引用了马克思的论述来批判"文革"期间实行的"文化专制"之后,表达了一种人们普遍存在的"创世纪"激情:

---

① 据《鄂复明访谈录》称,《今天》"创办人"为北岛、芒克、黄锐、陆焕兴、孙俊世、张鹏志、陶家楷、马德升:"他们把架子搭起来了"(《沉沦的圣殿》第149页)。另一种说法是,"第一届编委:芒克、北岛、黄锐、刘禹、张鹏志、孙俊世、陆焕兴。《今天》第1期后,因文学及社会见解,编辑部发生分裂,五人退出。遂由芒克、北岛重新牵头成立第二届编委,有北岛(主编)、芒克(副主编)、周郿英、鄂复明、徐晓、陈迈平(万之)、刘念春。后黄锐复来……赵一凡为幕后编委"(《沉沦的圣殿》第321页)。另外,有多人指出(包括后来在国外出版的《今天》编辑部),赵一凡为《今天》的"创始人之一"。

② 如刊登万之的多篇短篇小说,北岛的中篇《波动》、短篇《在废墟上》、《稿子上的月亮》、《归来的陌生人》(均署石默)、《旋律》(署艾珊),刊登格林(英)、叶甫图申科(苏)、小库尔特·冯尼格特(美)等的短篇小说,多篇评论文字,以及摄影和美术作品等。

朦胧诗和朦胧诗运动

……"四五"运动①标志着一个新时代的开始,这一时代必将确立每个人生存的意义,并进一步加深人们对自由精神的理解;我们文明古国的现代更新,也必将重新确立中华民族在世界民族中的地位,我们的文学艺术,则必须反映出这一深刻的本质来。

《致读者》之后的宣告是:"今天,当人们重新抬起眼睛的时候,不再仅仅用一种纵的眼光停留在几千年的文化遗产上,而开始用一种横的眼光来环视周围的地平线了。……我们的今天,植根于过去古老的沃土里,植根于为之而生,为之而死的信念中。过去的已经过去,未来尚且遥远,对于我们这代人来说讲,今天,只有今天!"

《今天》共出版9期。它刊载了食指、芒克、北岛、方含、舒婷、顾城、江河、杨炼、严力等的写于"文革"期间或写于当时的作品。如舒婷的《致橡树》、《中秋夜》、《四月的黄昏》、《呵,母亲》,北岛的《回答》、《冷酷的希望》、《太阳城札记》、《一切》、《走吧》、《陌生的海滩》、《宣告》、《结局或开始》、《迷途》,芒克的《天空》、《十月的献诗》、《心事》、《路上的月亮》、《秋天》、《致渔家兄弟》,食指的《相信未来》、《命运》、《疯狗》、《鱼群三部曲》、《四点零八分的北京》、《愤怒》,江河的《祖国啊,祖国》、《没有写完的诗》、《星星变奏曲》,顾城的《简历》,杨炼的《乌篷船》,方含的《谣曲》等。其中,不少后来被看做是朦胧诗的"代表作"。除刊物外,还出版《今天》文学资料3期,《今天》丛书4种。② 其间,还

---

① 发生于1976年4月间的天安门事件,在"文革"后一段时间,被许多人称作与五四运动同样具有伟大意义的"四五运动"。

② 芒克诗集《心事》,北岛诗集《陌生的海滩》,江河诗集《从这里开始》,艾珊中篇小说《波动》。

在玉渊潭公园组织过两次诗歌朗诵活动①,并两次协助举办当时的先锋美术活动"星星画展"。1980年9月,《今天》被要求停刊。其后成立"今天文学研究会",但很快也停止了活动②。由于《今天》在这段时间产生的影响,以及它的组织者和撰稿人在"新诗潮"中的地位,《今天》、"今天诗群"的作品,在后来的诗歌史叙述中,被看做是朦胧诗的核心,甚至看做就是朦胧诗。

朦胧诗命名与论争

在79—80年间,《今天》诗人的作品(不限于刊发在《今天》上的)广泛流传,已是无法视而不见的事实。一些"正式"出版的文学刊物,也开始慎重地选发他们的诗作,影响因而进一步扩大。1979年3月,《诗刊》登载了发表于《今天》创刊号上的北岛的《回答》;继之,舒婷同样刊于《今天》的《致橡树》、《祖国啊,我亲爱的祖国》等诗也为《诗刊》所采用。这一年10月复刊的《星星》(成都),将顾城的《抒情诗19首》放置在头条的显著位置。《诗刊》在1980年第4期又以"新人新作小辑"的专栏,发表包括"新诗潮"诗人在内的一组作品。在此期间,全国各地的刊物,如《星星》(成都)、《上海文学》、《萌芽》(上海)、《青春》(南京)、《丑小鸭》(南京)、《芒种》(郑州)、《春风》(沈阳)、《长江文艺》(武汉),《四川文学》(成都)等,也都陆续发表后来被称为朦胧诗诗人的一些作品。

---

① 1979年4月8日和10月21日,均于北京玉渊潭公园八一湖畔的小松林举行。
② 9月北京市公安局根据政务院1951年的法令"刊物未经注册,不得出版",要求《今天》杂志停刊。后申请注册复刊,不被允许,12月再次通知《今天》停止一切活动。

对以《今天》为代表的"新诗潮"的评价,很快成为诗界的中心话题,并形成对立的意见。公开在"正式"出版物上披露自己观点的,是"复出"诗人公刘的《新的课题》①一文。对于顾城等青年诗人看待历史的"片面",和情绪的"悲观",他由衷地感到忧虑;主张给这些敏感的"迷途者"以"引导","避免他们走上危险的道路"。② 不过,这些诗人的大多数并不认同被"引导"的位置。1980 年 4 月在南宁召开的"全国诗歌讨论会",提供了对立观点激烈争论的场所。有趣的是,不论是认为新诗将出现繁荣前景,还是认为已陷入难以摆脱的危机,都把很大一部分原因归结为这类诗歌的出现。

南宁会议后不久,诗评家谢冕发表了《在新的崛起面前》③,对"不拘一格、大胆吸收西方现代诗歌的某些表现方式……越来越多的'背离'诗歌传统"的"一批新诗人"予以支持。他的论断,主要来自于他对诗歌要"适应社会主义现代化生活"的要求(其实,这同样也是"新诗潮"反对者立论的基点)。谢冕以"历史见证人"的姿态,以理想的五四开放的文学精神作为标尺,对诗界提出这样的规劝:"对于这些'古怪'④的

---

① 文章的副标题是《从顾城同志的几首诗谈起》。《星星》1979 年复刊号,10 月出版。《文艺报》1980 年第一期转载。

② 《文艺报》转载公刘文章所加的"编者按"也认为:"他们肯于思考,勇于探索,但他们的某些思想、观点,又是我们所不能同意,或者是可以争议的。如视而不见,任其自生自灭,那么人才和平庸将一起在历史上湮没;如加以正确的引导和实事求是的评论,则肯定会从大量幼苗中间长出参天大树来。"

③ 为谢冕在"全国诗歌讨论会"上的发言,经整理后刊发于《光明日报》(北京)1980 年 5 月 7 日,和《诗探索》(北京)1980 年第 1 期。

④ 诗评家丁力等在私下把这些有争议的诗称为"反现实主义"的,"脱离现实,脱离生活,脱离时代,脱离人民"的"古怪诗"。这一观点,在他后来的文章《新诗的发展和古怪诗》(《河北师院学报》1981 年第 2 期)、《古怪诗论质疑》(《诗刊》1980 年第 12 期)中有公开表达。

诗,有些评论者则沉不住气,便要急着出来'引导'。有的则惶惶不安,以为诗歌出了乱子了。……但我却主张听听、看看、想想,不要急于'采取行动'。我们有太多的粗暴干涉的教训(而每次粗暴干涉都有着堂而皇之的口实),我们又有太多的把不同风格,不同流派,不同创作方法的诗歌视为异端,判为毒草而把它们斩尽杀绝的教训。而那样做的结果,则是中国诗歌自五四以来没有再现过五四那种自由的、充满创造精神的繁荣。"这一立场,为一些人所赞同,也受到许多人的批评。后来,支持新诗潮的批评家孙绍振、徐敬亚,还撰写了《新的美学原则在崛起》和《崛起的诗群》①等文章。他们的观点后来被称为"'崛起'论",这三篇文章则被称为"三崛起"。

到了1980年下半年,这些备受争议的诗"无意"中获得同样备受争议的命名:"朦胧诗。"1980年第8期《诗刊》刊载了《令人气闷的"朦胧"》(章明)的文章,将那些"写得十分晦涩、怪僻,叫人读了几遍也得不到一个明确印象,似懂非懂,半懂不懂,甚至完全不懂,百思不得其解"的作品,称为"朦胧体"。文中引述的诗例虽不是《今天》诗人的作品②,但谈及的现象,和后来有关诗歌朦胧、晦涩的争论的举证,则主要来自于"新诗潮"探索者的作品。因为争论的最初阶段,主要围绕艺术革新与阅读习惯、鉴赏心理之间的矛盾展开,"朦胧诗"的名称遂被广泛使用。

1980年,诗歌争论的另一热点发生在福建。《福建文学》(福州)开辟了以舒婷创作为主要讨论对象的"新诗创作问题"专栏,时间持

---

① 分别刊登于《诗刊》1981年第3期,和《当代文艺思潮》(兰州)1983年第1期。
② 章明文章中的举例,一是"九叶诗人"杜运燮的《秋》,另一是青年诗人李小雨的《海南情思·夜》。

续一年多。编者的按语说:"舒婷的创作,不是偶然出现的个别现象,而是当前诗坛上一股新的诗歌潮流的代表之一。如何分析这股新诗潮,是目前诗歌界普遍关注和思考的中心,也是我们这场讨论争议的焦点。"①讨论后来从对这一"新的诗歌潮流"的分析,扩展到对中国新诗60年的经验和问题的争辩。

对于朦胧诗,一些老诗人给以积极支持。但另一些有威望的前辈则持激烈反对的态度。他们认为,所谓"朦胧诗","是诗歌创作的一股不正之风,也是我们新时期的社会主义文艺发展中的一股逆流";②朦胧诗的"理论的核心","是以'我'作为创作的中心,每个人手拿一面镜子自照自己","排除了表现'自我'以外的东西,把我扩大到了遮掩整个世界"。③诗界的这些权威者最担心的倒不是朦胧诗本身,"朦胧诗作为一种文学现象,不足为奇",他们最不满的是那些"吹捧朦胧诗,把朦胧诗说成诗歌的发展方向"的批评家。有关朦胧诗评价的争论持续了几年时间。支持者认为,这些诗摒弃空洞、虚假的调头和陈腐的套式,探索新的题材,新的表现方法,是"对权威和传统的神圣性"挑战的艺术革新潮流,推动了当代诗歌"多元并立"的艺术创新局面的出现。批评者则指责其思想艺术倾向,是"反现实主义"的,是摭拾西方现代派的余唾,背离了文艺的"社会主义方向"。对朦胧诗及

---

① 《福建文学》1980年第2期。
② 《关于朦胧诗》,《河北师院学报》1981年第1期。在1982年《诗刊》等召开的多次会议上,臧克家总是"语调急促,词锋锐利"地批评朦胧诗等的"诗歌领域内刮起的一股黑风"。82—83年间,激烈批评朦胧诗和"崛起"论的,还有柯岩、朱子奇、周良沛等。参见唐晓渡《我所亲历的80年代〈诗刊〉》,"诗生活"网站:"诗生活文库"。
③ 艾青:《从"朦胧诗"谈起》,《文汇报》(上海)1981年5月12日。

"'崛起'论"的批判,在1983年"清除精神污染"运动中达到"高潮"。① 但时变境迁,这种依靠政治权力施加的压力已难以顺利奏效。为愤激情绪所控制的挞伐者在当时也未能看清情势:朦胧诗事实上已确立其稳固地位;作为一个"诗歌运动",它也已处在"退潮"的阶段。

《今天》以及朦胧诗,都不是传统意义上的诗歌流派。但这些诗人在诗歌精神和探索的主导意向上具有共同点。其时代意义和诗学贡献是多方面的。在精神向度与诗歌写作上,"个体"精神价值的提出与强调,是最值得重视的一点。朦胧诗在开启新诗那些被长久封闭的空间上,在激发诗歌探索的激情与活力上,在推动当代诗歌艺术视野的拓展,寻找与人类广泛文化积累的对话,以及发掘现代汉语的诗歌可能性等方面,都有难以忽视的功绩。至于说到"朦胧",也应该是诗歌语言变革的重要一项。至少在"当代"中国,"朦胧"并不能从"纯"技术的层面理解,或单纯看成风格问题。朦胧诗与当时"环境"构成的紧张冲突,根源于它的语言的"异质性",它表现的某种程度的"语言的反叛":"拒绝所谓的透明度,就是拒绝与单一的符号系统……合作。"②因而,"朦胧诗"这一称谓虽受到不少质疑,却不一定就是十分离谱。

---

① 批判朦胧诗及"'崛起'论",是1983年10月召开的"重庆诗歌讨论会"的主题。会上集中批判了"对马克思主义、毛泽东思想严重的挑战"的"'崛起'论",也对"近年出现"的"颠倒美丑、混淆新旧、空虚绝望、阴暗晦涩"的一类"有严重错误"的诗,如《诺日朗》(杨炼)、《墙》(舒婷)、《彗星》(北岛)、《流水线》(舒婷)、《空隙》(顾城)等,"进行了批评"。参见吕进《重庆诗歌讨论会》,《文艺报》(北京)1983年第12期。

② 刘禾:《持灯的使者·编者的话》,第 XVI 页,香港,牛津大学出版社,2001年版。

秩序建构与"地下诗歌"发掘

朦胧诗在传播、论争中确立其地位,也同时建构自身的"秩序"。这涉及朦胧诗的定义,"代表性"成员和作品的认定,朦胧诗的"起源"与流变,朦胧诗与"文革"中的"地下诗歌"的关系等。① 影响、制约建构的主要因素有:论争中某一作品引例的"频率";重要批评家和当事人的观点;作品"性质"(思想与艺术方法)与当时社会、诗歌主潮的切合程度;作品发表的时间和发表方式;诗人与当时诗歌运动的关系;诗歌选本的编选、流通情况等等。

在朦胧诗论争期间,诗歌界对朦胧诗的特征、指称的对象等,认识大体相近。但也存在不同的看法,特别是在新诗潮内部。分歧主要表现在两个方面。一是哪些诗人、哪些作品可以划入朦胧诗,哪些诗人可被看做是朦胧诗的"代表"?从80年代前期一些诗歌选本和批评文章中可以看到,这方面的"认定"是同中有异。② 对个别诗人应否进

---

① 赵寻的《80年代诗歌"场域自主性"重建》一文对此有深入讨论。该文收入《激情与责任》一书,人民文学出版社2002年版。另见《今天》2002年秋季号(总58期),今天文学杂志社,2002年版。

② 可以注意的一些现象是:在《今天》上发表诗歌作品的有些作者,在朦胧诗论争中并没有被较多提及,如食指、芒克、方含、严力等。1982年辽宁大学中文系编印的《朦胧诗选》(油印本),收入舒婷、芒克、北岛、顾城、江河、杨炼、梁小斌、王小妮、吕贵品、徐敬亚、杜运燮、傅天琳12人。徐敬亚《崛起的诗群》(1983)一文中列举的诗人名单,比起《朦胧诗选》(油印本)来,删去了芒克、徐敬亚、吕贵品、杜运燮,增加了孙武军。1985年《朦胧诗选》(阎月君编,修订本,春风文艺出版社)比起油印本,删去杜运燮,加入孙武军。徐敬亚等编的《中国现代主义诗群大观1986—1988》(同济大学出版社1988年版)中,列为朦胧诗派的成员是:北岛、江河、芒克、多多、舒婷、杨炼、顾城、骆耕野、梁小斌、王家新、王小妮、徐敬亚12人。在80年代后期到90年代的多种当代文学史、诗歌史著作、教科书中,多数将北岛、舒婷、顾城、江河、杨炼作为最重要的评述对象。2002年《朦胧诗选》再版时,增加了食指和多多。

入朦胧诗行列的分歧可能不是看得那么紧要,但对另一些诗人在朦胧诗中的位置,特别是牵涉到所谓的"核心"、"代表"诗人的认定,事情就会变成含糊不得。80年代中期一度出现的那种"五人"(北岛、舒婷、顾城、江河、杨炼)格局,①显然不能被普遍接受。②

关于朦胧诗看法的分歧的另一方面,则是时间界限上的。朦胧诗是专指1978年以后几年中"出现"(在这段时间写作;或不写在这一时间,但在此时"发表")的诗,还是包含更长的时间段落?具体地说,朦胧诗可否上溯至六七十年代的"文革"时期,而下限又可否延伸至朦胧诗人80年代中后期的创作?在这个问题上,开始人们更多承认比较严格的朦胧诗概念,待到朦胧诗的地位确定,声誉日隆之后,概念便朝边界不断拓展的趋势推进。朦胧诗概念的扩大,与80年代后期开始的"地下诗歌"发掘的工作,处于互动的关系中。

80年代初,大多数读者并不了解在"文革"期间,存在过后来所称的"地下诗歌";虽然当时有一些诗作,发表时篇末注明是写于"文革"的某一年份。事实上,《今天》(尤其是最初几期)所登载的诗,不少据说是"文革"间的旧稿。③ 这些诗,除作者本人提供外,许多由当时参

---

① 1986年,作家出版社出版了《五人诗选》,收北岛、舒婷、顾城、江河、杨炼5人的作品。这显然暗示他们是朦胧诗的"代表诗人"。此后的一些文学史、诗歌史论著,采用了这一认定。

② 多多在写于1988年的文章中讲到:"常常,我在烟摊上看到'大英雄'牌香烟时,会有一种冲动:我所经历的一个时代的精英已被埋入历史,倒是一些孱弱者在今天飞上天空。因此,我除了把那个时代叙述出来别无它法。"文章显然拒绝当时朦胧诗"核心诗人"的那种排列。该文刊于《开拓》1988年第3期,后收入廖亦武主编的《沉沦的圣殿》一书,篇名为《被埋葬的中国诗人(1972—1978)》。收入刘禾主编的《持灯的使者》时,篇名改为《1970—1978 北京的地下诗坛》。

③ 如芒克、北岛、食指、方含、齐云等刊发与《今天》的许多作品。

加《今天》编辑的赵一凡①提供。随着朦胧诗影响扩大,朦胧诗的"起源"问题,以及"文革"中与朦胧诗具有相似美学特征的诗歌现象,受到关注;相关的材料开始披露,某些事情被着重讲述。多多写于"文革"和80年代初的诗发表,1985年初出版的《新诗潮诗集》②收入他的三十余首(组)作品。他是朦胧诗已成"历史"时才被确认的朦胧诗人。北京60年代初"诗歌沙龙"的情况也被发掘;它们被处理成后来"地下诗歌"的"根"。③ 这指的是"X小组"(郭世英、张鹤慈为主要成员,有的文章称"X诗社")和"太阳纵队"。④ 也发掘了黄翔的早期写作(60年代初),提及贵州"启蒙社"的活动;但对黄翔、"启蒙社"是否

---

① 赵一凡(1935—1988),浙江义乌人,生于上海。自幼因伤致残,只上过三年小学,靠自修学完大学中文学科课程。为商务印书馆等担任辞书和古典文学书籍校对工作。他"最重要的贡献是进行私人性质的文化资料的收存和整理",在"文革"期间,因保存了被称为"地下文坛"的大批资料,在1975年1月,以"交换、收集、扩散反动文章"和参加并不存在的反革命组织"第四国际"的罪名,被捕入狱。1976年12月出狱。两年后获平反"恢复名誉"。1988年病逝。生平资料参见廖亦武主编《沉沦的圣殿——中国20世纪70年代地下诗歌遗照》第三章赵一凡专辑。《沉沦的圣殿》第129页称,"至少《今天》前4期或前5期的绝大部分稿件是赵一凡提供的"。

② 《新诗潮诗集》由北京大学中文系学生老木(吕林)主编,上下两册,署"内部交流",为"北京大学五四文学社未名湖丛书"。收八十余位作者的诗作。其中多多有三十几首(组)作品。作为附录的"中国现代诗20首",分属李金发、朱湘、戴望舒、卞之琳、穆旦、艾青、郑敏、废名、陈敬容、杭约赫、唐祈、纪弦、辛笛、袁可嘉、唐湜、郑愁予、洛夫、余光中、杜运燮、蔡其矫。这可以看做编辑者当时对"新诗潮"的"源流"的理解。

③ 《沉沦的圣殿》一书把"X诗社"等的活动,称为"时代之根"。见第1—3页。

④ 《X诗社与郭世英之死》(牟敦白)、《"太阳纵队"传说及其它》(张郎郎)。收入《沉沦的圣殿》一书。

与朦胧诗有关,人们存在不同看法。①"地下诗歌"发掘的最醒目成果,首推食指和"白洋淀诗群"的发现。

关于"文革"间白洋淀的诗歌活动,80年代中期有的文章已有介绍。② 1988年多多被经常征引的文章《被埋葬的中国诗人》③,对发掘、整理食指与"白洋淀诗群"的历史,起到重要作用。朦胧诗运动期间,《今天》发表过食指的一些作品,《诗刊》也登载过他的《我的最后的北京》。但由于身体状况等方面原因,他的名字不太为关注朦胧诗的读者所了解。似乎要被"掩埋"的这种迹象,引起那些认为"食指是开辟一代诗风的先驱者"的人们的忧虑。④ 出于"还原"历史"真相"

---

① 贵州的黄翔、路茫、方家华、哑默等为主要成员的"启蒙社",于1978年10月来到北京,在王府井大街贴出总题为《启蒙:火神交响诗》的共一百多张的诗歌大字报。接着,12月到次年3月间又五次到北京。北岛1992年在伦敦的"中国当代诗歌研讨会"上说:"……到了1978年的时候,突然政治气候转变了。我记得一个转变的最重要的迹象,就是1978年10月11号,在王府井大街贴出了黄翔和几个贵州青年人的诗。""他们起了很重要的作用……对我们可以说是一个很大的鼓舞。"转引自钟鸣《旁观者》第2卷第769页,海南出版社,1998年版。黄翔在给钟鸣的信(时间不详,大约90年代中期)中,抱怨他们的写作与活动,在有关朦胧诗的叙述中被忽略:"北京的一些人把中国当代诗歌的缘起总是尽可能回避南方,老扯到白洋淀和食指身上,其实是无论从时间的早晚、从民刊和社团活动、从国内外所产生的影响都风马牛不相关,食指的意识仍凝固在60年代末期……他当时的影响仅局限在小圈子里,而不是广泛的社会历史意义。"见钟鸣《旁观者》第2卷。

② 贝岭:《作为运动的中国新诗潮》,最初刊于在纽约出版的华文报纸《华侨日报》1986年12月25日。

③ 刊于《开拓》1988年第3期。这篇文章收入廖亦武主编的《沉沦的圣殿》一书时,篇名是《被埋葬的中国诗人(1972—1978)》,收入刘禾主编的《持灯的使者》中,篇名为《1970—1978北京的地下诗坛》。

④ 林莽:《食指论》,《诗探索金库·食指卷》序,作家出版社1998年版。黑大春在其诗论中,将"大诗人"食指的命运,概括为"过早的先驱,过迟的春天",说"你犹如时代的抹布/擦去灰尘,又被弃于尘土",见黑大春编《蔚蓝色天空的黄金.诗歌卷》第116页,中国对外翻译出版公司,1995年版。多多的《被埋葬的中国诗人》首先提到的就是食指(郭路生),称他从"早期抒情诗的纯净程度上来看,至今尚无他人能与之相比"。

的动机,从80年代后期开始到90年代,开始了重新"发现"这一"当年在一代青年中广为传颂的、传奇式的诗人"的活动。① 食指的当代新诗潮先驱者的地位,为不少人所认同。

而"白洋淀诗群"的发掘和历史编纂也有计划进行。最见成效的是1994年5月以《诗探索》(北京)编辑部名义组织的"白洋淀诗歌群落寻访"的系列活动。曾经与白洋淀诗歌有关的原"知青",集体"寻访"故地,举办讨论会,撰文讲述当年情景,披露"有研究价值的原始资料",继续了多多等开始的对自身"历史"的建构,并为这一诗歌事实做出"白洋淀诗歌群落"的命名。② 在20世纪90年代余下的时间里,"地下诗歌"发掘和"新诗潮"重叙的重要成果,除食指和"白洋淀诗群"的"发现"外,还出版了作品集《中国知青诗抄》和《沉沦的圣殿——中国20世纪70年代地下诗歌遗照》。在《今天》创刊20周年

---

① 1988年,漓江出版社(南宁)出版了他的诗集《相信未来》。1993年,他与黑大春的诗歌合集出版;北京作协分会的诗歌委员会举行了食指作品讨论会。同年出版的"当代诗歌潮流回顾丛书"(北京师大出版社)的《朦胧诗卷》中,选入食指的诗10首。1994年,《诗探索》(总第14期)开辟了"食指专栏",刊发了食指创作谈,和林莽的《并未被埋葬的诗人——食指》的论文。在后来的几年里,北京多种报刊刊发了对食指的专访,和诗评家、他的朋友的评论、回忆文章多篇。人民文学出版社"蓝星诗库"出版了《食指的诗》。

② 《诗探索》(总第16期)的"当代诗歌群落"专栏,集中刊登了他们回忆"文革"白洋淀诗歌活动的文章,作者有宋海泉、齐简、甘铁生、白青、严力等。专栏的"主持人的话"(林莽执笔),表述了他们在寻访讨论中形成的共识,以"这段诗歌活动的亲历者"的身份,提出对这一诗歌"群落"的叙述方式和"定位"的主张。这里的引文,均引自"主持人的话"。

的时候,《持灯的使者》①——一部集合当事人的回忆文字的"细节文学史"在香港出版。

以朦胧诗作为基点所进行的历史发掘、整理,存在着复杂、矛盾的态度。一方面,因着这种整理,朦胧诗不再成为无根之木,无源之水;中国当代的"现代诗"②因此建立起了连贯的线索。③ 这满足了我们有关历史进化有着清晰逻辑脉络的想象与期待,也加强了朦胧诗在诗歌史上的地位。不过,虽然"文革""地下诗歌"的成立有赖于朦胧诗已确立的基座,但将食指、"白洋淀诗群"等看做是朦胧诗的"前史",蕴涵着尚未成熟的"准备"的因素,又显然不为一些当事人与诗评家完全接受。因而,这种历史的"重建",包括对朦胧诗认定的调整,还将会继续下去。

---

① 《中国知青诗抄》,郝海彦主编,中国文学出版社,1998年版。《沉沦的圣殿——中国20世纪70年代地下诗歌遗照》,廖亦武主编,新疆青少年出版社,1999年版。《持灯的使者》,刘禾编,香港,牛津大学出版社,2001年版。《中国知青诗抄》一书还刊有"续编"的"约稿启事",要当年的知青"努力回忆、翻找旧作","一般不要修改",并"注明创作日期"。这种构造"历史"的方法有其"可疑"的一面。

② 80年代以来,在中国大陆,"现代诗"始终是一个涵义暧昧的概念。在不同的情况下,它分别具有"异质的","区别于传统的","现代主义的"等涵义。

③ 90年代初以后出版的许多当代诗歌史、文学史论著,都串连起了当代"新诗潮"的发展线索。如将60年代初北京的"X 小组"和"太阳纵队",以及"文革"中的"白洋淀诗群",看做《今天》的"前驱诗歌";认为"中国现代主义诗歌,经李金发、戴望舒、卞之琳、冯至等兆起到40年代末的'九叶派'止,即告人为斩断",直到60当代初至70年代中期的"地下诗歌",方得以赓续;《今天》的"'组织基础'乃是70年代的'白洋淀诗群'与其关系密切的北岛、江河等人。从'X 小组'、'太阳纵队',到'白洋淀诗群'、'今天',有一条现代诗的连续文脉可循。而《今天》的出现,标志着中国当代文学史上"具有"成熟的现代主义倾向的诗歌群体的出现"(陈超《精神肖像或潜对话》,《打开诗的漂流瓶》第284—285页)。洪子诚、刘登翰的《中国当代新诗史》(1993)、王光明的《艰难的指向——"新诗潮"与20世纪中国现代诗》(1994)、《现代汉诗的百年流变》(2003)、程光炜的《中国当代诗歌史》(2003)等,在对这一问题上有相近的处理。

朦胧诗与"新生代"诗歌

在朦胧诗和"'崛起'论"受到猛烈讨伐的1983年,《今天》作为"诗群"已不存在,朦胧诗的势头也已衰减。"衰减"的原因,部分在于朦胧诗影响扩大所带来的模仿和复制。而朦胧诗过早的"经典化"也造成对自身的损害。加上艺术创新者普遍存在的时间焦虑,加强了他们尽快翻过历史这一页的冲动。受惠于朦胧诗,而对中国新诗有更高期望的"更年轻的一代"认为,朦胧诗虽然开启了探索的前景,但远不是终结;他们需要反抗和超越。

此时,社会生活的"世俗化"的进程加速,公众高涨的政治情绪、意识已有所滑落,读者对诗的想象也发生变化。国家、政党要求诗承担政治动员、历史叙述的责任的压力,明显降低。"新诗潮"的大多数后续者大多出生于60年代,他们获得的体验,和朦胧诗所表达的政治伦理判断不尽相同,也不大可能热衷于朦胧诗那种雄辩、诘问、宣告的浪漫模式。而在80年代中期前后,"纯文学"、"纯诗"的想象,成为文学界创新力量的主要目标之一。这种想象,在当时的历史语境中,既带有"对抗"的政治性含义,也表达了文学(诗)因为"政治"长久过多缠绕而谋求"减压"的愿望。"回到"诗歌"自身","回到"语言,回到个体的"日常生活"与"生命意识",成为新的关注点。

一种与朦胧诗有别的"新的诗歌"应运而生。较早的时候,如1982年钟鸣等在成都创办的诗歌"民刊"《次生林》,上载的柏桦、欧阳江河、翟永明等的诗作,已表现出与北岛、舒婷式的朦胧诗有很大不同的面貌。柏桦的《表达》(1981)所表达的,是一种离开政治反叛意识的凄迷、暧昧的感性。稍后,韩东、于坚的那种关注"日常生活",使用"口语",放逐副词、形容词的"旁观者"的冷静风格,产生很大反响。在诗歌观念、艺术形态上与朦胧诗有异的诗,到了80年代中期,已蔚为大观。此后,出现了"他们"、"非非"等诗歌社团,出现了1986年的"现代诗大展"。对于朦胧诗之后的这一诗歌潮流,有"第三代"、"新生代"、"后朦胧"等的称谓。"新生代"诗人所要区分的主要对象是朦胧诗,显示了先锋艺术强调"断裂",强调差异的策略。不过,诚如有的批评家所言:"'第三代诗'恰恰是在饱吸了北岛们的汁液后,渐渐羽毛丰满别铸一格的。"① 只强调朦胧诗与"第三代诗"之间的断裂,在它们之间划出深沟,虽然有助于加强"第三代诗"的地位,却与事实不那么相合,也可能给自身的发展带来某种损害。

朦胧诗主要诗人

据一些当事人的回忆,"文革"期间,食指的诗在北京、河北、山西等地文学青年中,有范围不小的流传。② 他的写作的贡献,主要是在个体经验发现的基础上,对当时诗歌语言系统的某种程度的背离。在诗体形式和抒情方法上,食指与当代"十七年"诗歌有更直接的联系。

---

① 陈超:《第三代诗的发生和发展》,见《打开诗的漂流瓶》,第257页,河北教育出版社,2003年版。

② 《郭路生在杏花村》(戈小丽,收入《沉沦的圣殿》)中说,"文革"中,"郭路生的名声和诗歌很快传遍了方圆百里。附近公社及大队的北京知青纷纷来拜见诗人,和他谈诗,使我们杏花村快成了诗圣朝拜地了"。又说,"郭路生的诗很快如春雷一般轰隆隆地传遍了全国有知青插队的地方"。这种描述今天已很难做出判断。

写于1968年的《相信未来》和《这是四点零八分的北京》①，最为读者熟悉。后者记录了青年学生下乡"插队"，离开城市居住地时的情感和心理反应。诗中出现的有着深刻精神体验的"细节"，传达了对于疼痛、依恋，和因脚下土地飘移而惶恐的感觉。

北岛70年代初开始写诗；"文革"后期也写过《波动》、《幸福大街十三号》等中短篇小说。② 他被看做是《今天》（或朦胧诗）的"领袖"人物，在朦胧诗论争中也最受争议。③ 七八十年代之交的作品，主要表达一种怀疑、否定的精神，和在理想世界的争取中，对虚幻的期许，对缺乏人性内容的苟且生活的拒绝；抗争者悲剧性的紧张的内心冲突，历史"转折"的意识，和类乎"反抗绝望"的精神态度，在诗中有动人的表现；常使用预言、宣告和判断的语言方式；价值取向差异或对立的象征性意象密集并置所产生的对比、撞击，在诗中形成了"悖谬性情境"，是这个时期北岛最重要的诗艺特征。

1969年初，16岁的芒克和多多"同乘一辆马车来到白洋淀"，在这里一直居住到1976年初。虽是《今天》的创办者和"新诗潮"的积极参与者，但他们的作品极少被"正式"刊物登载，也未曾出现于《诗

---

① 《这是四点零八分的北京》"正式"刊登于《诗刊》1981年第1期时，题为《我的最后的北京》。

② 《波动》"文革"后刊于《今天》和在武汉出版的文学刊物《长江》，《幸福大街十三号》80年代初刊于《山西文学》。北岛在《今天》发表他写于"文革"时期的小说和诗时，有时使用"艾珊"的署名。这是为怀念1976年7月在湖北因下水救人而罹难的妹妹。北岛为此还写了《小木房的歌》等作品。

③ 他的作品受到反对朦胧诗者最严厉的批评。如《一切》等被指责为"绝望主义者的嚎叫"。悲观、虚无主义是否定其诗作的主要理由。

刊》等组织的活动(如著名的 1980 年的"青春诗会")。现存作品,最早的标明写于 1971 年。芒克白洋淀时期的诗,写有着耕种、成熟和收割的生活的温情和幻梦,写这一向往与"时代"发生的冲突,面对压力所做出的反应。虽然也喜欢赋予作品哲理、思索的色彩,突出之处却是诗中所呈现的"感性"。"自然的诗人","肉感的、野性的",是他经常获得的评价。① 较少掩饰的"野性"的语言,对当时的生活伦理和诗歌想象规范肯定都是冒犯。不过,这种冒犯总归还是温和的,并不刻意以"震惊"的效果出现:如果拿它来和多多的诗比较的话。多多最初的诗就具有鲜明的独创风格。② 但他被诗界较多谈论和重视,要晚至 90 年代。"迟到"的原因,有批评家认为主要根源于他与诗歌"流派"、时尚的卷入程度。③ 多多的诗,对于处境的怨恨与锐利的突入,对生命痛苦的感知,想象、语言上的激烈、桀骜不驯,都留给读者深刻印象。但也不乏以机智的反讽来控制这些感情和词语的"风暴"。诗

---

① 参见多多《被埋葬的中国诗人》(《开拓》1989 年第 2 期),唐晓渡《芒克:一个人和他的诗》(《诗探索》1995 年第 3 期)。

② 据《新诗潮诗集》(老木主编)和多多个人诗集对作品写作时间的标示,《蜜周》写于 1972 年,组诗《陈述》(其中包括《当人民从干酪上站起》)、《能够》、《手艺》、《致太阳》等均写于 1973 年。

③ 有批评家认为,像多多(芒克也是)这样的诗人,在他们的诗歌写作过程中,不被迷惑、也拒绝卷入"各种主义、流派和标签"中去;待到诗界这种不为主义、流派、标签所规限者形成一股力量,"比较诚实地对待和比较准确地判断诗歌"时,就会有"突出好的,顺便清除坏的"的总结和清理。这种总结、清理需要一个过程,大概是十年的时间。黄灿然《最初的契约》(多多诗集《阿姆斯特丹的河流》代序),北岳文艺出版社,2000 年版。唐晓渡《芒克:一个人和他的诗》对"迟到"的诗歌现象出现的原因,也有过讨论。多多有个别作品在不同诗集中系年有不同。如《当春天的灵芽穿过开采硫磺的流放地》、《北方闲置的田野里有一张犁让我疼痛》,《新诗潮诗集》标明写于 1976,而在《阿姆斯特丹的河流》中,则标明写于 1983。黄灿然《最初的契约》,见《阿姆斯特丹的河流》第 10 页。见多多诗集《里程》,今天文学社刊行。

中随处可见的"超现实"的"现代感性",不完全出于技巧上令人目眩的考虑,而有更深层的对于"诗歌真实"的理解。想象和表达上的怪异和难以捉摸,让一些读者望而生畏,也得到另一些读者的激赏。

顾城认为,"诗就是理想之树上,闪耀的雨滴",他"要用心中的纯银,铸一把钥匙,去开启那天国的门",表现那"纯净的美"。① 这种诗观所依据的信念是:现实世界的矛盾、分裂、不和谐的痛苦,可能在诗中获得解决,到达心灵的自由。诗的世界,对顾城来说,不仅是艺术创造的范畴,而且是人的生活范畴。虽然他执拗地讲述他的绿色的故事,在诗和生活中偏执地保持与现实的间隔,实行"自我放逐",不过,与现实世界的紧张关系,使他的诗为有关人生归宿等问题所纠缠;特别是"死亡——那扇神秘的门"成为后期诗歌的持续性主题。顾城可能更尖锐地意识到当代诗歌语言遭受到的"污染"。他努力使用简单、平易的词和句子。1987年以后移居国外,遭遇诗歌写作和现实生活的双重困境。为了维护他确立、并已昭示给世人的那种诗的和诗人的"姿态",他付出太大的代价,并加剧了内心的分裂。1993年10月,在新西兰的激流岛寓所,他在杀害了妻子之后自杀身亡。

舒婷在70年代末认识了北方这群青年诗友之后,成为《今天》的撰稿者。② 舒婷那些处理"重大主题"、并带有理性思辨特征的作品(《土地情诗》、《这也是一切》,《祖国,我亲爱的祖国》等)总是较为逊

---

① 《请听听我们的声音》,《诗探索》(北京)1980年第1期。
② 对认识北岛、江河、顾城、芒克,舒婷后来回忆说,"他们给我的影响是巨大的,以至我在1978—1979年间一直不敢动笔"(《生活、书籍和书》)。

色。通过内心的映照来辐射外部世界,捕捉生活现象所激起的情感反应,写个人内心的秘密,探索人与人的情感联系,这些是她的独特之处。她的诗接续了中国新诗中表达个人内心细致情感的那一线索(这一线索在50—70年代受到压抑)。由于读者和诗界对浪漫派诗歌主题和艺术方法的熟稔,由于"文革"结束后社会普遍存在的对温情的渴望,比起其他的朦胧诗人来,她的诗更容易得到不同范围读者的欢迎,也最先得到"主流诗界"有限度的承认。①

诗的清新、单纯的外观下,蕴含着丰富的情感层次。她偏爱修饰性的词语,也大量使用假设、让步、转折等句式:这与曲折的内心情感的表达相关。

在朦胧诗诗人中,杨炼和江河在最初的一段时间里,常被诗评家放置在一起谈论。这多半是因为当时他们的诗具有某些相似点。在"文革"后"新诗潮"的初始阶段,内涵含混不清的"自我表现"被认为是崛起的"新的美学原则"。江河、杨炼等对此却存在异议。他们当时提倡、实践的,是表现时代和民族历史的"史诗"。以"自我"的历史来归纳民族历史,既是感知角度,也是由这一视角转化的抒情方式。这些自由体的长诗(或组诗),是中国当代政治抒情诗的延续与变体。杨炼、江河很快离开这一诗歌方式。江河后来的组诗《太阳和他的反

---

① 在80年代初,主流诗界大体上能接纳她的作品,尤其是思想、情绪"积极、昂扬"的《祖国啊,我亲爱的祖国》、《这也是一切》这类诗受到较高评价。但她的另一部分诗也受到批评,如《流水线》、《墙》等。诗集《双桅船》出版于1982年,而北岛、顾城、杨炼等在中国大陆第一部个人诗集(不包括选本和合集)的出版,都迟至1986年。

光》,在人与历史,与自然的关系上注入了"挫败感";①在英雄主义逐渐失效的年月,它的伤感也许更能打动读者。

与江河80年代中期以后不见有新作问世不同,杨炼始终精力充沛。虽然也不断"转向",写作却不曾有过间断。离开了《大雁塔》等的社会性主题之后,也开始从古代神话传说,从古迹,从史书典籍取材,雄心勃勃地构建了一系列的"体系性"的长诗、大型组诗。这些苦心经营的"智力"结构虽说莫测高深,但从中能见到活跃的想象力,对热烈、辉煌的氛围、节奏的营造,和处理感觉、观念、情绪的综合能力。

编选的几点说明

1. 本诗选在朦胧诗概念上,取较宽泛的理解。除70年代末至80年代初朦胧诗时期的相关诗人、诗作外,也包括与朦胧诗有关联的"文革"期间"白洋淀诗群"的作品。收入的朦胧诗诗人的作品,时间基本上以80年代中期为下限。

2. 由于朦胧诗不少作品,写作时间与发表时间有很大间隔,而写作时间有时又难以确考,所以,我们对"写作时间"的认定,只能以作品正式发表时篇末所署的年月为依据。入选作品在本书中的次序排列,则综合写作时间和发表时间加以考虑,也参考作者个人诗集的排列方式。

3. 朦胧诗作品最初的发表,有的刊登于正式出版的刊物,有的刊载于"民刊"或自印诗集,有的初见于诗歌选集而从未在刊物上发

---

① 江河在他最初的英雄史诗中写道:"土地说:我要接近天空 / 于是,山脉耸起","人说:我要生活 / 于是,洪水退去"(《让我们一起走吧》)。

表……鉴于最初发表的这种复杂情形,本诗选收入的作品,不一一注明出处。

4. 作者简历,及附录"朦胧诗年表",提供了解当年历史情境的资料。

5. 诗选的策划由沉河先生提出;在编选和出版过程中,他做了大量工作。

《朦胧诗新编》由洪子诚、程光炜编选,长江文艺出版社2004年出版

朦胧诗纪事

1978年10月,黄翔、路茫、方家华等从贵州到北京,在王府井等地张贴了一百多张的诗歌大字报:《启蒙:火神交响曲》。12月到次年3月,他们又五次来京张贴诗歌、政论大字报,并散发、出售自印的诗歌作品,如《狂饮不醉的兽形》、《哑默诗选》等。

1978年12月23日,北岛、芒克等主办的文学刊物《今天》出版创刊号。创刊号上载有北岛执笔的《致读者》。《今天》第2期1979年2月26日出版。到1980年9月,共出9期。在《今天》上刊发诗歌作品和诗歌评论的作者有北岛、芒克、食指、江河、方含、顾城、田晓青、舒婷、杨炼、严力、齐云、徐敬亚等。《今天》还出版《今天文学资料》3册,"今天丛书"4种:芒克诗集《心事》,北岛诗集《陌生的海滩》,江河诗集《从这里开始》,艾珊(北岛)中篇小说《波动》。

1979年3月,中国作家协会主办刊物《诗刊》刊发北岛发表于《今天》第1期的诗《回答》。在此前后,《安徽文学》、《诗刊》、《星星》、《芒种》、《丑小鸭》、《上海文学》、《萌芽》、《青春》、《春风》、《长江文艺》、《福建文学》等文学刊物,陆续发表舒婷、顾城、江河、杨炼、梁小斌等青年诗人的作品。

1979年4月8日,《今天》编辑部在北京玉渊潭公园的"八一湖畔"举行第一次诗歌朗诵会。第二次朗诵会于这一年10月21日举行。1979年9月27日,在北京中国美术馆东侧街头花园,《今天》编辑部协助举办第一次"星星美展"。1980年8月,又协助举办第二次"星星美展"。

1979年10月,《星星》诗刊(成都)复刊号在"抒情诗19首"的标题下,集中刊载顾城的诗作,同期还发表诗人公刘对顾城诗的评论文章《新的课题——从顾城同志的几首诗谈起》。1980年第1期《文艺报》转载这篇文章所加的"编者按"称,这篇文章"提出了一个当前社会生活和文学事业中至关重要的问题:怎样对待像顾城同志这样的一代文学青年? 他们肯于思考,勇于探索。但他们的某些思想、观点,又是我们所不能同意,或者是可以争议的"。"编者按"提出要对他们"加以正确的引导和实事求是的评价"。

1980年,从第2期开始,在福州出版的刊物《福建文艺》,以舒婷创作为例,开辟"新诗创作问题"的讨论专栏,展开长达一年的"新诗发展道路"的讨论。从1980年开始,有关新诗发展道路和对部分青年诗人创作评价的争论,在全国各地文学报刊上展开。除《福建文艺》外,还有《诗探索》、《长江》、《星星》、《诗刊》、《文艺研究》、《文艺报》、《光明日报》、《上海文学》、《文汇报》、《河北师院学报》、《飞天》、《萌芽》、《文学报》、《诗歌报》、《当代文艺思潮》、《花城》、《山花》、《解放日报》、《当代文艺探索》等等。相关问题的论争,一直延续到1986—1987年间。

1980年4月7日,"全国诗歌讨论会"在广西南宁召开。会上,围绕北岛、顾城、舒婷等为代表的青年诗歌的评价和对中国新诗现状和发展道路问题,展开激烈争论。

1980年5月7日,《光明日报》发表谢冕在南宁诗歌讨论会上的发言《在新的崛起面前》。《诗探索》第1期同时刊载。文章将有争议的青年诗歌出现称为"新的崛起",认为对这些"古怪诗"不要"沉不住气",

"急于出来'引导'","主张听听、看看、想想,不要急于'采取行动'"。

1980年8月,《诗刊》举办青年诗人"改稿会"活动,被邀参加的有舒婷、江河、顾城、梁小斌、张学梦、杨牧、叶延滨、高伐林、徐敬亚、王小妮、陈所巨、才树莲、梅绍静等17人。10月,《诗刊》以"青春诗会"的专栏,集中刊出他们的作品。

1980年8月出版的《诗刊》第8期,发表章明文章《令人气闷的朦胧》,批评朦胧、难懂、晦涩的诗歌作品。普遍认为,这是"朦胧诗"称谓的来源。"朦胧"、"晦涩"、"懂与不懂"的问题,成为一个时期争论的中心问题。

1980年9月12日,北京市公安局根据国家出版条例规定("刊物未经注册,不得出版"),要求《今天》停刊。

1980年9月,诗歌理论刊物《诗探索》在北京创刊。第1期在《请听听我们的声音》的标题下,发表了舒婷、顾城、江河、杨炼等的诗论文章。

1980年11月,针对艾青对朦胧诗的批评,贵州"民刊"《崛起的一代》(黄翔、哑默、张家彦等主持)第1期做出激烈反应。在《代前言》中称,"人总是要死的,诗也会老的"。并说要把艾青"送进火葬场"。《崛起的一代》在1981年出第3期后,被要求停刊。

1981年第1期的《河北师院学报》刊登臧克家《关于"朦胧诗"》,指"现在出现的所谓'朦胧诗',是诗歌创作的一股不正之风,也是我们新时期的社会主义文艺发展中的一股逆流"。

1981年第2期的《河北师院学报》刊登丁力《新诗的发展和古怪诗》。指出,"'朦胧诗'这个提法很不准确,把问题提轻了","我的提法是古怪诗,也就是晦涩诗",它"不是现实主义的,有的甚至是反现实主义的,它脱离现实,脱离生活,脱离时代,脱离人民"。

1981年3月,《诗刊》第3期刊发孙绍振文章《新的美学原则在崛起》。"编者按"指出,"当前正强调文学要为人民服务,为社会主义服务,以及坚持马克思主义美学原则方向时,这篇文章却提出了一些值得探讨的问题"。刊物编辑部希望大家"对此文进行研究、讨论,以明辨理论是非"。《诗刊》第4期发表程代熙《评〈新的美学原则在崛起〉——与孙绍振同志商榷》。以后还发表多篇批评孙绍振文章。4月29日《人民日报》转载程代熙文章。《文艺报》第10期发表周良沛《有感"新的美学原则"的"崛起"》,对孙文提出批评。

1981年第3期《诗探索》发表卞之琳文章《今日新诗面临的艺术问题》。

1981年5月12日上海《文汇报》刊登艾青文章《从"朦胧诗"谈起》,说"朦胧诗作为一种文学现象,不足为奇","奇就奇在有一些人吹捧朦胧诗,把朦胧诗说成是诗的发展方向"。

1982年,诗集《双桅船》(舒婷)、《舒婷 顾城抒情诗选》由上海文艺出版社、福建人民出版社出版。

1982年夏秋,四川成都、重庆、南充等地大学的青年诗歌作者(万夏、胡冬等),自称为"第三代诗人",以区别于朦胧诗一代。82—83年间,"围绕'朦胧诗'展开的论争余波未消,'北岛之后'已经成为一个热门话题。认为北岛们已经成为传统还是一种相当温和的提法,更极端的,则有'pass北岛'、'打倒北岛'云云"(唐晓渡《中国当代实验诗选·序》,春风文艺出版社1987年版)。当年,钟鸣等主持的《次生林》(诗歌民刊)在成都出版,刊有柏桦的《表达》,以及欧阳江河、翟永明等在诗歌风格上与朦胧诗相异的作品。

1982年，辽宁大学中文系编印《朦胧诗选》(油印本)，收北岛、芒克、舒婷、顾城、江河、杨炼、梁小斌、王小妮、吕贵品、徐敬亚、孙武军、傅天琳、骆耕野、杜运燮等人诗作。

1983年，韩东的《有关大雁塔》，于坚的《尚义街六号》等作品发表。

1983年第1期的《当代文艺思潮》刊登徐敬亚长文《崛起的诗群——评我国诗歌的现代倾向》，说1980这一年，"带着强烈现代主义文学特色的新诗潮正式出现在中国诗坛，促进新诗在艺术上迈出了崛起性的一步"。文章发表后，受到来自多方面的批判。各地文学报刊发表多篇批评文章。

1983年3月，中国作协第1届(1979—1982)全国优秀新诗(诗集)奖评出。舒婷诗集《双桅船》获二等奖。

1983年第6期《诗刊》发表郑伯农文章《在"崛起"的声浪面前——对一种文艺思潮的剖析》。该文后被《光明日报》、《当代文艺思潮》、《文艺报》等转载。对"三个崛起"的批判，《诗刊》第11期和第12期，还分别发表程代熙《给徐敬亚的公开信》、柯岩《关于诗的对话——在西南师范学院的讲话》等文章。

1983年10月4日，由中国作协主持的重庆诗歌讨论会召开。任作协书记处书记的朱子奇、柯岩，以及绿原、周良沛、吕进等三十余人出席。会议认为，近几年来，"以《在新的崛起面前》、《新的美学原则在崛起》和《崛起的诗群》为代表的错误理论"，"程度不同并越来越系统地背离了社会主义的文艺方向和道路，比起文学领域中其他的错误理论要更完整、更放肆。对它们给诗歌创作和诗歌理论带来的混乱和损害是不能低估的"(《重庆诗歌讨论会纪要》，《文艺报》1983年12期)。

1984年3月5日《人民日报》刊发徐敬亚文章《时刻牢记社会主义文艺方向——关于〈崛起的诗群〉的自我批评》。《诗刊》第4期转载。

1985年1月,由老木编选的《新诗潮诗集》上下两册,由北京大学五四文学社印行出版。上册收北岛、舒婷、顾城、芒克、江河、杨炼、多多、食指、方含、林莽、田晓青、严力等的作品。其中收入多多诗三十余首,应是多多的诗第一次集中在出版物上与读者见面。《新诗潮诗集》下册收入梁小斌、王小妮、牛波、吕贵品、徐敬亚、韩东、小君、吕德安、王家新、张枣、翟永明、欧阳江河、柏桦、于坚、陆忆敏、陈东东、廖亦武、海子等七十多位作者的诗。

1985年11月,由阎月君等编选的《朦胧诗选》由春风文艺出版社出版。

1986年,作家出版社出版《五人诗选》(北岛、舒婷、顾城、江河、杨炼)。本年,北岛、顾城、江河、杨炼的在中国大陆第一本个人诗集《北岛诗选》(新世纪出版社)、《黑眼睛》(人民文学出版社)、《从这里开始》(花城出版社)、《荒魂》(上海文艺出版社)出版。

1988年出版的《中国现代主义诗群大观》(徐敬亚、孟浪、曹长青、吕贵品编,同济大学出版社)第一编中,使用了"朦胧诗派"的名称。在该书中,被列入这一"诗派"的成员有:北岛、食指、芒克、舒婷、方含、顾城、多多、严力、江河、田晓青、杨炼、梁小斌、王小妮、骆耕野、王家新、孙武军、徐敬亚。

原载洪子诚、程光炜主编《朦胧诗新编》,长江文艺出版社2004年版

关于第三代诗[①]

与朦胧诗有别的诗

在《朦胧诗新编·序》[②]中,谈到新诗潮在朦胧诗之后的演化状况时有这样的文字:

在朦胧诗和"'崛起'论"受到猛烈讨伐的1983年,《今天》作为"诗群"已不存在,朦胧诗的势头也已衰减。衰减的原因,部分在于朦胧诗影响扩大所带来的模仿和复制。而朦胧诗过早的"经典化"也造成对自身的损害。加上艺术创新者普遍存在的时间焦虑,加强了他们尽快翻过历史这一页的冲动。受惠于"朦胧诗",而对中国新诗有更高期待的"更年轻的一代"认为,朦胧诗虽然开启了探索的前景,但远不是终结;他们需要反抗和超越。

在这样的情境下,一种与朦胧诗有别的"新的诗歌"应运而生。关于这一诗歌出现的社会、艺术背景,《朦胧诗新编·序》还做了如下

[①] 本文为《第三代诗新编》的序言。《第三代诗新编》,洪子诚、程光炜选编,长江文艺出版社,2006年版。
[②] 《朦胧诗新编》,洪子诚、程光炜选编,长江文艺出版社,2004年版。

的说明:

> 此时,社会生活的"世俗化"的进程加速,公众高涨的政治情绪、意识已有所滑落,读者对诗的想象也发生变化。国家、政党要求诗承担政治动员、历史叙述责任的压力,明显降低。"新诗潮"的大多数后续者大多出生于 60 年代,他们所获得的体验,和朦胧诗所表达的政治伦理判断不尽相同;也不大可能热衷于朦胧诗那种雄辩、诘问、宣告的浪漫模式。而在 80 年代中期前后,"纯文学"、"纯诗"的想象,成为文学界创新力量的主要目标之一。这种想象,在当时的历史语境中,既带有"对抗"的政治性含义,也表达了文学(诗)因为"政治"长久过多缠绕而谋求"减压"的愿望,表现了对诗歌美学的新见解。"回到"诗歌"自身","回到"语言,"回到"个体的"日常生活"与"生命意识",成为新的关注点。这些意义含混的口号,成为"新诗潮"在这一期间的新的支撑点。

这种可以归入朦胧诗所属的"新诗潮"脉络的诗歌,其"标志性"作品在 1983 年和随后几年中陆续出现①,影响逐渐扩大,推动了 80 年代诗歌探索的进一步展开。和朦胧诗一样,这种先锋性的诗歌探索,也以组织社团、创办刊物的"民间"活动方式进行。不过,诗歌活跃地域出现了转移。朦胧诗运动的区域,是北京为中心的北方;之后的探索者的出身和活动地,则主要在南方,如东南沿海的南京、上海,西南的云

---

① 这些标志"新诗潮""转向"的代表性作品,主要有韩东的《有关大雁塔》,于坚的《尚义街六号》、《作品 39 号》,柏桦的《表达》,张枣的《镜中》、《何人斯》,翟永明的《女人》、《静安庄》,杨炼的《诺日朗》,以及廖亦武、万夏、李亚伟、欧阳江河等的一些作品。

贵,特别是四川,后者在80年代中期的诗歌运动中爆发了巨大的能量。这种"新的诗歌"在开放个体的体验,开放写作的思想艺术资源上,继续了朦胧诗的路线。不过,也发生一些重要变化。从整体特征而言,朦胧诗的更侧重于社会性情感、意志的表达,让位于对个体的日常情感、经验的更多关注。在偏于高亢、理性、浪漫激情,在节奏上偏于急促的朦胧诗之后,诗歌革新的推进需要更多的因素作为动力,比如世俗美学的传统,现代都市生存境遇的经验,日常感性的更为细致的感受力,和对口语在内的现代汉语活力的挖掘、发现等。敏感、生活阴影和细节、内向性、回归质朴平易、反讽调侃……提供了推进这场"运动"继续"飞行"的新的(当然并非唯一的)想象力。

将这种当时基本上不被"主流诗界"认可的诗歌现象在"正式"出版物上加以集中展示,是1986年举办的"现代诗群体大展"。[①]其后,一些文学报刊[②],以及若干诗歌选本[③],对这一既丰富、也混杂的

[①] 1986年9月底到10月,由徐敬亚、姜诗元等策划,《深圳青年报》和《诗歌报》(安徽合肥)联合用7个整版的篇幅,举办"中国诗坛1986现代诗群体大展",展示朦胧诗之后由一百多位诗人组成的六十余家自称的"诗派"。主持者在"大展"的"广告语"里对当时"民间"的诗歌景观做了这样的描述:"……1986——在这个被称为'无法抗拒的年代',全国两千多家诗社和十倍百倍于此数字的自谓诗人,以成千上万的诗集、诗报、诗刊与传统实行着断裂,将80年代中期的新诗推向了弥漫的新空间,也将艺术探索与公众准则的反差推向了一个新的潮头。至1986年7月,全国已出的非正式打印诗集达905种,不定期的打印诗刊70种,非正式发行的铅印诗刊和诗报22种。"(1986年9月30日的《深圳青年报》和《诗歌报》)。

[②] 在86年到89年间,陆续刊发"第三代"诗人作品的报刊有《中国》、《诗歌报》、《诗刊》、《人民文学》、《作家》、《山西文学》、《关东文学》等。

[③] 如1986年8月上海文艺出版社的《探索诗选》,1987年6月春风文艺出版社的《中国当代实验诗选》(唐晓渡、王家新编),1988年9月同济大学出版社的《中国现代主义诗群大观1986—1988》(徐敬亚、孟浪、曹长青、吕贵品编),1990年8月河北人民出版社的《中国探索诗鉴赏辞典》(陈超著)。

诗歌现象的"浮出历史地表",起到重要的作用。

对"新的诗歌"的命名

这一诗歌潮流一直延续到 80 年代末。其间和事后,当事人和研究者相继给以命名。命名本身,在当时和后来(尤其在 90 年代),牵涉到"新诗潮"内部有关诗歌革新路向,和诗歌"秩序"确立的分歧、矛盾。命名最初是为了与朦胧诗进行区分,但在处理两者的关系上,显然有较为温和与较为激烈的差异。① 开始曾使用"更年轻一代"的"中性"的说法。接着,又有"第二次浪潮"②、"后崛起"③、"后新诗潮"的名称出现。1986 年,主持文学刊物《中国》的牛汉,把当时进行探索的"20 岁上下"的,具有先锋艺术倾向的诗人,统称为"新生代"④。后

---

① 强调与朦胧诗的"断裂",是当时相当普遍的策略:"围绕'朦胧诗'展开的论争余波未消,'北岛之后'已经成为一个热门话题。认为北岛们已经成为传统还是一种相当温和的提法,更极端的,则有'pass 北岛'、'打倒北岛'云云。"(唐晓渡《中国当代实验诗选·序》,春风文艺出版社 1987 年版)。由尚仲敏执笔补写的"大学生诗派宣言"称:"当朦胧诗以咄咄逼人之势覆盖中国诗坛的时候,捣碎这一切! ——这便是它动用的全部手段。它的目的也不过如此:捣碎!打破!砸烂!"(《中国现代主义诗群大观1986—1988》第 185 页,同济大学出版社 1988 年版)而事实上,"'第三代诗'恰恰是在饱吸了北岛们的汁液后,渐渐羽毛丰满别铸一格的"(陈超《第三代诗的发生和发展》,《打开诗的漂流瓶》第 257 页)。

② 1986 年 3 月,"四川省大学生诗人联合会"主办的《中国当代诗歌》"推出"朦胧诗之后的"第二次浪潮"的作品。

③ "后崛起"是徐敬亚在 80 年代中后期使用的概念,见他在此时发表的文章《历史将收割一切》、《圭臬之死》等。

④ 《中国》(北京)1986 年第 6 期"编者的话"。

来，有研究者又使用了诸如"实验诗"、"后朦胧诗"①等概念。在诸多称谓中，"第三代"（"第三代诗"）这一称谓最为流行。

虽说"第三代诗"的说法得到许多身置其间的诗人、诗评家的认可，但在诗歌代际的具体划分上，其实并不完全相同。② 更重要的是，对"第三代诗"涵盖的对象、诗歌的特征，理解上存在明显的差异。一种意见是，它专指始于 80 年代前期由韩东、于坚等提倡，由"他们"、"非非主义"、"莽汉主义"等社团继续展开的诗歌：主张诗与"日常生活"建立有"实效"性质的连接，与"浪漫主义"模式（诗意性质，语言构成等）保持警觉的距离，在诗歌风貌上呈现"反崇高"、"反意象"和口语化的倾向。③ 其他的理解，则倾向于将"第三代诗"看做"朦胧诗"之后青年先锋诗写作的整体，即"泛指'朦胧'诗之后的青年实验

---

① 唐晓渡、王家新选编的《中国当代实验诗选》（春风文艺出版社 1987 年版）。1993 年，万夏、潇潇编辑、出版了两册的《后朦胧诗全集》。臧棣在 90 年代初发表《后朦胧诗：一种写作的诗歌》的论文。

② 关于"第三代"的提出，据柏桦的回忆，"第三代诗人"是 1982 年 10 月由四川的万夏、胡冬、廖希等提出的。当年暑假，四川的成都、重庆、南充等地的多所大学诗社代表三十余人，在重庆聚会，将他们"这一代"命名为"第三代诗人"（第一代为郭小川、贺敬之，第二代是北岛等的"今天派"）。《现代诗内部交流资料》（民刊，四川省东方文化研究学会、整体主义研究学会主办）1985 年第 1 期的"第三代诗会"专栏的"题记"称："随共和国旗升起的为第一代，十年铸造了第二代，在大时代的广阔背景下，诞生了我们——第三代人。"另外的划分方式还有：朦胧诗的北岛们是第一代，杨炼等的"文化诗派"是第二代，之后是第三代。

③ 徐敬亚："朦胧诗把诗写得充满人文美……因此，要使它成为起点就很难办。把极端的事物推向极端的办法就是从另一个角度反对它。崇高和庄严必须用非崇高和非庄严来否定——'反英雄'和'反意象'就成为后崛起诗群的两大标志。"（《历史将收割一切》，《中国现代主义诗群大观 1986—1988》前言）。周伦佑 1991 年的《第三代诗人》一诗写道："一群斯文的暴徒/在词语的专政之下/孤立得太久/终于在这一年揭竿而起/占据不利的位置，往温柔敦厚的诗人脸上/撒一泡尿/使分行排列的中国/陷入持久的混乱/这便是第三代诗人/自吹自擂的一代……"

性诗潮"。因而"新生代"、"后朦胧"、"实验诗"与"第三代诗"是几可互换的概念。就后面的理解而言,"反崇高"、"口语化"等特征并非"第三代诗"的全部;粗略而言,与此并存的还有别一倾向的展开,即继续着"现代主义"的艺术态度,将超越的浪漫精神和诗艺的"古典主义"结合,在展开的现实背景上,执著于人的精神的提升。① 但后面的这种处理方式,在 90 年代的诗歌论争中,受到一些诗人、诗评家的激烈反对。

"第三代诗"概念内涵的偏移,还表现在"代际"关系的理解上。在 80 年代,它更侧重标明不同的诗歌倾向。但 90 年代中期以后,在一些使用者那里,却普遍地看做是包含"诗歌进化"意味的代际关系。② 这也是时间在概念上留下的擦洗痕迹。

主要的诗歌社团和现象

80 年代的"第三代诗"运动,主要以组织社团、"非正式"出版诗

---

① 李振声:《季节轮换》,第 1 页,学林出版社,1996 年版。唐晓渡、王家新主编的《中国当代实验诗选》(1987),万夏、潇潇主编的《后朦胧诗全集》(1993)的编辑方针都体现了这种理解。陈超在《第三代诗的发生和发展》一文中也注意到"第三代诗"的复杂性,认为它"粗略划分可有两大类型:个人日常生活方式体验类型和现代野性类型。另外还有两种情况也值得注意:一种是目下被称为'新古典主义'的探求,一种是对'超语义'、'超情感'的探求"。

② 参与"非非主义"的杨黎说:"第三代人实质是用一个数词来指三种创作倾向:北岛式、杨炼式、万夏杨黎式,特别以第三种区别北岛的朦胧和杨炼的史诗,并不是断代的意思。所以今后不再会有什么第四代、第五代之类了。"(见柏桦《左边——毛泽东时代的抒情诗人》,香港,牛津大学出版社 2001 年版)。但后来,"第三代"在更年轻的诗人那里,又被转换为"断代"的标识,因而,理所当然的又出现"第四代"、"70 年后诗人"、"中间代"等称谓。

刊(诗报)的方式进行。"团伙"的集结方式在特定情景下,显然有助于制造大规模"哗变"的景观,改善他们的"地下"的生存状况。这期间,各地相继出现了名目繁多的诗歌社团、刊物。如前面所说,这一新的浪潮主要分布于南方诸省。另一特点是,大学成为以学生为主体的诗歌社团策划"运动"的"密室"和演出的舞台。80年代的民间诗歌社团中,当时有影响的有:

1984年前后在四川出现的**"整体主义"**、**"新传统主义"**。前者的成员有石光华、杨远宏、宋渠、宋炜、刘太亨等,后者则有廖亦武、欧阳江河诸人。在诗歌方法等方面,与杨炼当时的诗歌探索存在一定的关联。有若干章节、庞大的"现代史诗",是他们热衷的体式。如宋渠、宋炜的《大佛》、《大曰是》,石光华的《呓鹰》,廖亦武的《巨匠》、《大循环》、"先知三部曲"(《死城》、《黄城》、《幻城》),欧阳江河的《悬棺》,万夏的《枭王》。巴蜀的远古习俗、神话传说、山水地貌等,常被作为素材在宏大结构中编排组织。这一"现代史诗"的实验持续时间短暂。

"莽汉主义"。1984年诞生于四川。发表有"莽汉主义宣言"。列入"莽汉们""捣乱、破坏以至炸毁"的名单的,有"吹牛诗","软绵绵的口红诗","艰涩的象征体系"。自称"是'腰间挂着诗篇的豪猪'",认为"诗就是'最天才的鬼想象,最武断的认为和最不要脸的夸张'"。主要作品有《打击乐》、《莽汉》(万夏);《女人》、《我想乘上一艘慢船到巴黎去》(胡冬);《中文系》、《硬汉们》(李亚伟);《咖啡馆》(马松)等。"莽汉主义"作为诗歌运动存在时间只有几个月,不过影响颇大,李亚伟后来的写作,也仍沿着这一"路向"展开。

"非非主义"。1986年5月,周伦佑、蓝马、杨黎等编辑、印行了名为《非非》的"诗歌交流资料"和《非非年鉴》,后来,还出版了报纸形式的《非非评论》。先后在这些报刊上发表诗作的,还有何小竹、尚仲敏、吉木狼格、刘涛、敬晓东、陈小繁、梁晓明、小安、叶舟等。其理论主张和诗歌实践的核心,是所谓"前文化""还原",即感觉、意识、语言获得原初的存在状态;而其现实指向,则是对"既有"知识、思想、逻辑、价值、语言的"逃避"、"超越"和"拆解"。长篇的理论文章在他们的出版物上占据重要部分;①诗歌作品却显得不甚突出。其实,"非非"的发动者与参与者的文化、诗歌诉求并不一致。在以口语的方式来消解"文化"的禁锢与压力上,杨黎的《冷风景》、《街景》、《高处》、《怪客》,蓝马的《世的界》,何小竹的《组诗》等,有更"典型"的体现。后来,"非非"发生分裂,《非非》也几度停刊。1992年,分裂的"非非"由杨黎、蓝马编印《非非作品稿件集》,而周伦佑则编印《非非》复刊号。"非非"已变为"复数"。即便以周伦佑的"非非"而言,相比于80年代也已面目全非。

四川的诗歌"流派",还有所谓**"四川七君"**②,成员包括欧阳江河、柏桦、翟永明、钟鸣、张枣、廖希、孙文波。他们中有些人在80年代

---

① 周伦佑、蓝马、敬晓东都写作系列长文,如《前文化导言》、《非非主义诗歌方法》、《变构:当代艺术启示录》、《语言作品中的语言事件及其集合》、《人与世界的语言还原》、《反价值》等,并编写了《非非小辞典》,释义"非非"的关键词。

② 1986年,香港中文大学翻译文学中心的刊物《译丛》集中介绍欧阳江河、柏桦、翟永明、钟鸣、张枣、廖希、孙文波七人的作品,遂有"四川七君"的称呼。后来又缩编为"四川五君"。

的诗歌中有出色表现,影响不可低估,但制作一个"流派"的名目,大体上是一个不归属某一"流派"就可能失去价值的年代的现象。

"他们文学社"。《他们》既是一份刊物,也可以说是一个诗歌社团。这个"诗群",它的前身,可以追溯到1983年韩东在西安编辑的刊物《老家》。1985年初,《他们》在南京创刊,"韩东是这份刊物实际上的主编和'灵魂'人物,他对诗歌的理解和个人趣味对刊物有很大影响"。[①] 从1985年到1995年,共出版9期。主要发表诗歌,也有小说、评论和美术作品刊载。主要作者[②]有韩东、于坚、普珉、翟永明、丁当、小海、小君、吕德安、于小韦、封新成等。先后在《他们》上发表作品的,还有陈东东、王寅、陆忆敏、吴晨骏、朱朱、刘立杆等人。说是"文学社团",其实只是自视甚高、美学趣味相近的一群青年诗人的松散联络。没有发布过纲领和宣言,也不曾举行过社团性质的活动。其"成员"散布全国各地,有的在很长时间里都未曾谋面。在《他们》上发表作品的诗人,也不都是趋同于这份刊物所营造的诗歌趣味。不过,就最主要成员及其影响而言,在80年代的诗歌语境中,其诗歌品质取向的共同点,却可以清晰辨认。当时影响最大的作品,有韩东的《有关大雁塔》、《你见过大海》,于坚的《尚义街六号》、《作品57号》等。

"海上"诗群。上海的"新生代"诗歌没有四川的那种声势,对80

---

① 小海:《〈他们〉后记》,《他们——〈他们〉十年诗歌选》,漓江出版社,1998年版。

② 根据1988年出版的《中国现代主义诗群大观1986—1988》一书,第33页。

年代诗歌进程的影响也不及《他们》明显。不过,在80年代中后期的先锋诗歌中,他们显示另一重要向度:关注人的生活与精神处境,和诗艺上重视控制的"古典主义"趋向。创办有《海上》、《大陆》等诗刊;而"撒娇派"则有类乎"莽汉主义"的倾向。成员孟浪、刘漫流、王寅、陆忆敏、陈东东、宋琳、张真、默默、郁郁、冰释之、京不特、张小波等,当时大多就读(或刚毕业)于上海的几所大学。① 也重视诗对"日常生活"的处理,但与"口语"、"平民化"、"生活流"等倾向,保持着明确的距离。作品普遍带有更多的"知性"色彩和矜持的"贵族"气息;知识分子在文化危机中的承担与责任问题,为他们所关注。这些特征,主要体现在《海上》②这份刊物上。另外,宋琳、孙晓刚、张小波等还一度致力于城市诗的实验。以"海上"为中心的上海青年诗人当时的重要作品有陆忆敏的《美国妇女杂志》、《风雨欲来》,陈东东的《点灯》、《雨中的马》,王寅的《朗诵》、《罗伯特·卡巴》等。

在80年代,"女性诗歌"也应该被看做"第三代诗"的重要实绩。人们对"女性诗歌"概念显然存在不同的理解。有的时候"女性诗歌"就相当于女诗人的诗。从较为严格的意义上说,女诗人写作上表现的"性别经验",和诗歌的"性别"特征,应是"女性诗歌"的基本条件。翟永明的1984年的长诗《女人》及其序言《黑夜的意识》,陆忆敏的

---

① 孟浪1982年毕业于上海机械学院。宋琳、刘漫流、张小波毕业于华东师范大学。王寅、陈东东、陆忆敏、京不特毕业于上海师范大学。张真毕业于复旦大学。

② 《海上》从1984到1990年一共只出版4期。1990终刊号名为"保卫诗歌",扉页引用的是里尔克的话:"哪有什么胜利可言,挺住就是一切!"

《美国妇女杂志》,常被看做中国当代"女性诗歌"开端的"标志性"作品。随后的"女性诗歌"的重要文本,还有唐亚平(《黑色沙漠》)、伊蕾(《独身女人的卧室》)、海男等的诗。"黑色"、"黑夜"是这一时期"女性诗歌"的中心意象,而"自白"的叙述方式是另一显要的特征。唐亚平、伊蕾的作品,在当时因其"惊世骇俗"而备受争议。不过,翟永明很快就对"主义"持警觉的态度:她希望拥有一个"极少主义的窗户";虽然性别身份、主义的经验值得发掘,但对一个诗人来说,重要的是个人生活经验的质量、深度,以及对词语的获取能力的大小。

在北方,80年代中后期有"圆明园诗群"。成员有黑大春、雪迪、刑天、麦城、大仙。黑大春等的诗自称、也被称为"新浪漫主义"。"浪漫主义"大概意味着,一是对失落的"家园"的追慕;另一是企图恢复"诗"与"歌"原初的一体的联结。不过,在20世纪末的社会和诗歌情景中,这终归是一抹稍纵即逝的云彩。

80年代后期北方最主要诗人是海子,以及他的朋友骆一禾等。按照将"第三代诗"看做"朦胧诗"之后青年先锋诗写作的整体的理解,我们将海子、骆一禾等放置于"第三代诗"中;但也需要指出其中的不同之处。与大部分"第三代诗"以组织社团、流派,开展"运动"的方式不同,海子的诗歌写作,基本上是"个人"行为。他生前虽说已有一定的"诗名",作品收入一些诗选,个人诗集却从未"正式"出版;他的广泛影响,主要是在他去世之后。1989年3月26日在山海关卧轨自杀,以及其他诗人的死,成为八九十年代之交引发强烈关注的"诗人之死"①的现象。在短暂的七年的创作史上,海子留下了几万行诗。一般认为,他的诗作(连同诗歌道路)可以划分为两个部分(阶段):抒情短诗(阶段)与"史诗"、"大诗"(阶段)。他的诗歌生命,表现为那种"冲击极限"、将生命力化为"一派强光"的情形。他"单纯,敏锐,富于创造性,同时急躁,易于受到伤害,迷恋于荒凉的泥土","所关心和坚信的是那些正在消亡而又必将在永恒的高度放射金辉的事物"。他的抒情短诗表现了想象力丰富、语言澄澈的特征;早年乡村生活的经验,成为这些诗意象的主要来源。不过,在与物质、世俗的世界的不可调和的冲突中,这个浪漫、梦幻中飞翔的眺望者,因固执于"用斧头饮水"、"在岩石上凿出窗户",越来越现出无法消解的"疼痛"的悲剧命运。他逐渐放弃其诗歌中"母性、水质的爱",而转向一种"父性、烈火般的复仇";但他的利斧没有挥向别人,"而是挥向了自己"。②

编选的几点说明

1. 在"第三代诗"概念的使用上,这个选本采用"朦胧诗之后青年先锋诗歌的整体"这样一种理解,也即类同于"新生代"的概念。编选者认为,"第三代诗"存在多种探索路向,因而入选的诗人、诗作,也

---

① 海子好友骆一禾1989年5月31日因大面积脑出血去世。戈麦1991年9月24日"自沉于北京西郊万泉河"。顾城1993年10月在海外自杀身亡。

② 西川:《死亡后记》,《让蒙面人说话》,第216页,东方出版中心,1997年版。西川在另一地方说,"海子的创作道路是从《新约》到《旧约》。《新约》是思想而《旧约》是行动……《新约》是爱,是水,属母性,而《旧约》是暴力,是火,属父性"(《我们时代的神话:海子》,《让蒙面人说话》第180页)。

在这一理解的范围内考虑。

2. 诗人基本上按80年代有影响的诗歌社团排列，但是不将社团等名称标明。原因是多数"社团"、"流派"存在时间短暂，所属诗人当时和后来的写作，也难以用某一"流派"的艺术特征来说明。由于篇幅的限制，显然难以容纳更多的作者和作品。在入选标准上，兼顾作品艺术质量、当时影响及诗人后来的发展等因素。

3. 有的诗作发表后作者有过改动，且改动幅度不小。本选集尽可能以最后改定的版本为准。入选的长诗、组诗不作删节，以显现其整体面貌。

4. 附在书后的"第三代诗纪事"和"参阅书目"，为期望进一步了解这一先锋诗歌运动的读者提供一些线索。考虑到民间出版物印刷数量、流通范围的限制，"参阅书目"限于"正式"出版物范围。性质上主要是相关诗歌和资料的选本，不列入研究类书籍。个人诗集见诗人简介，也不重复。

5. 感谢沉河先生在策划、编选中的许多重要意见。感谢×××在资料查找、复制上付出的劳动。

2005年岁末

第三代诗纪事

1982

重庆、成都的多所大学的诗社代表(万夏、胡冬、廖希等)10月在重庆聚会,将他们这些诗歌写作者命名为"第三代诗人"(第一代为郭小川、贺敬之等,第二代是北岛等的"今天派")。

在福州的吕德安、金海曙、曾宏、林如心等所开始的诗歌活动,后来他们命名为"星期五诗群"。出版有《黑色星期五》等打印诗歌民刊。

1984

"整体主义"诗群于7月15日在四川创立(据徐敬亚等编的《中国现代主义诗群大观1986—1988》)。成员有石光华、杨远宏、刘太亨、张渝、宋渠、宋炜。出版有《汉诗:20世纪编年史·1986》等作品集。

1985

老木编选的,作为北京大学五四文学社未名湖丛书的《新诗潮诗集》和《青年诗人谈诗》1985年1月印行。上册主要收北岛等朦胧诗人作品,下册收入韩东、小君、吕德安、张枣、骆一禾、西川、王小龙、王寅、陆忆敏、张真、陈东东、翟永明、柏桦、小海、雪迪、黑大春、廖亦武、欧阳江河、宋渠、宋炜、潞潞、海子、于坚、岛子等七十余人的诗作。老木在《新诗潮诗集·后记》中说,下集的"更年轻的诗人""已经走得更远、更迅速","他们已经对北岛们发出了挑战的呐喊"。

《现代诗内部交流资料》(四川的青年诗人社团四川省东方文化研究会、集体主义研究会主办)1985年第1期的"第三代诗会"专栏《题记》称:"随共和国旗帜升起的为第一代,十年铸造了第二代,在大时代的广阔背景下,诞生了我们——第三代人。"

"他们"文学社交流资料《他们》(南京)1985年3月7日在南京创刊,付立主编。刊有于坚(《作品第39号》)、小海(《搭车》)、韩东(《有关大雁塔》)、王寅、小君、吕德安、陈东东、陆忆敏等的诗,以及马原、阿童(苏童)等的小说。在徐敬亚等编的《中国现代主义诗群大观1986—1988》中,列为"他们文学社"成员的有丁当、小海、于坚、小君、吕德安、王寅、普珉、于小韦、韩东;创立时间则标为1984年冬。

《海上》作品第1号3月15日在上海出刊,海客编,刊有陈东东、默默等的诗。5月,第2号出版,孟浪主编,刊有刘漫流、陆忆敏、王寅等的诗。在徐敬亚等编的《中国现代主义诗群大观1986—1988》中,列为"海上诗群"成员的有默默、刘漫流、孟浪、王寅、海客、郁郁、陈东东、陆忆敏、冰释之等;创立时间标为1984年秋。周俊编的《当代青年诗人自荐代表作选》(河海大学出版社1989年版)有关"海上诗派"的材料,创立时间标为 1985 年 4 月 25 日。编有刊物《海上》、《大陆》。

1985 年春"撒娇诗派"在上海创立。成员有默默、京不特、绣容、胖山等。在徐敬亚等编的《中国现代主义诗群大观 1986—1988》中刊有《撒娇宣言》。1985 年 5 月 19 日在上海师大开第一届"撒娇诗会"。出版有自印刊物《撒娇》。

1985 年,兰州的文学刊物《飞天》设置"大学生诗苑"专栏,先后刊发韩东、于坚、尚仲敏、燕晓东等的作品。后来被认为这形成了"大学生诗派"的雏形。

7 月在四川出版的民刊《中国当代实验诗歌》刊登廖亦武(《巨匠》)、欧阳江河(《悬棺》)、周伦佑(《狼谷》)等的诗。在四川出版的民刊《现代诗》刊发胡冬的《我想乘坐一艘慢船到巴黎去》、马松《咖啡馆》、李亚伟《硬汉们》等诗。后者应看成"莽汉主义"作品的最初显示。"莽汉"诗人后来还自印出版了《莽汉》、《好汉》、《怒汉》等诗集。徐敬亚等编的《中国现代主义诗群大观 1986—1988》中,列为莽汉主义成员的有万夏、胡玉、二毛、胡冬、马松、李亚伟等,创立时间则标为 1984 年。

"他们"文学社交流资料《他们》之二于 7 月出刊,刊有于坚(《尚义街 6 号》)、柏桦(《表达》)、丁当等的诗。

1986

《当代诗歌》1986 第 1 期刊登陆忆敏(《美国妇女杂志》)、于坚(《作品第 39 号》)、尚仲敏等的诗。

《诗神》1986 第 2 期刊载孙桂贞(伊蕾)、西川等的诗。

文学月刊《中国》(丁玲、牛汉主编)1986 年第 1 期刊载潞潞、北岛、多多等的诗。

3 月出版的民刊《中国当代诗歌》(四川大学生诗人联合会主办)推出朦胧诗之后的"第二次浪潮"的作品。

《中国》第 2 期(3 月 18 日出版)刊登陈鸣华、宋琳等的诗,并发表牛汉的《诗的新生代——读稿随想》,使用"新生代"这一概念。

《中国》1986 年第 4 期(4 月 18 日出版)刊登廖亦武《巨匠》,以及宋渠·宋炜、张小波等的诗。

《人民文学》4 月号刊登于坚的《南高原》等诗。

四川"非非主义"诗歌内部交流资料《非非》5 月创刊,周伦佑主编,刊有《非非主义宣言》,和杨黎《冷风景》、何小竹《鬼城》等诗。在"宣言"(周伦佑、蓝马执笔)中,提倡"前文化"的"感觉还原"、"意识还原"和"语言还原"。"非非主义"成员有周伦佑、蓝马、杨黎、敬晓东、刘涛、何小竹、吉木狼格、二毛等。

湖北青年诗歌学会编印"后现代诗歌丛书",5月刊印,中有南野、丰川、野夫等的诗集。

6月6日出刊的《诗歌报》(安徽合肥,总第42期)设有"崛起的诗群"专版,登载唐亚平《黑色沙漠》、翟永明《女人》等诗。

《大学生诗报》(尚仲敏、燕晓东主编)6月出刊,出现了"大学生诗派"的名目。其宗旨是对咄咄逼人的朦胧诗的捣碎、砸烂,反击博学与高深。徐敬亚等编的《中国现代主义诗群大观1986—1988》载有由尚仲敏执笔的《大学生诗派宣言》。

《中国》第6期刊登陈东东、贝岭、张真、吕贵品、海男等的诗。

周伦佑主编的《非非评论》8月创刊。

8月出版的《山西文学》8月号诗歌特辑刊登潞潞、西川、骆一禾、海子等的诗。

《探索诗集》8月由上海文艺出版社出版。其中收入后来被称为"第三代"的诗人作品。

《诗刊》社9月在兰州召开全国诗歌理论研讨会,朦胧诗之后的青年诗歌成为讨论的热点。

《云南文艺通讯》1986年第9期刊登于坚、韩东的《现代诗歌二人谈》。

10月21日出版的《诗歌报》(总第51期)刊出"中国诗坛1986现代诗群体大展"第1辑,内有"他们"、"莽汉主义"、"海上诗群"等群体的宣言、诗作。同日,《深圳青年报》刊出"现代诗群体大展"第2辑,内有"非非主义"、"大学生诗派"、"日常主义"等诗派的宣言、作品。

10月24日出版的《深圳青年报》刊出"现代诗群体大展"第3辑,内有"朦胧诗人"、"撒娇派"、"整体主义"、"现身在海外的现代诗人"等群体的宣言、诗作。

《诗刊》1986年11月号"青春诗会"登载于坚《尚义街6号》、韩东《温柔的部分》、阿吾《写写东方》、翟永明《黑房间》等诗。

贝岭编选的《中国当代诗三十八首》(打字油印本)在1986年出版。1987年,与孟浪在此基础上扩充为《当代中国诗歌七十五首》(打字油印本)。入选的"有中国新诗潮运动最早的优秀代表,也有从事诗歌创作才一、两年的新锐,更多的是80年代初开始创作,被称为'更年轻一代'的诗人"(《当代中国诗歌七十五首·序》)。

1987

《人民文学》1、2月号合刊刊登伊蕾《独身女人的卧室》、廖亦武

《死城》等诗作。

1月出版的《当代诗歌》第1期在"新诗潮"栏下刊登《非非主义简介》,和周伦佑、蓝马、杨黎等的诗。

《诗刊》1987年2月号刊登唐晓渡论文《女性诗歌:从黑夜到白昼——读翟永明的组诗〈女人〉》。

廖亦武编的《巴蜀现代诗群》2月自印出版,内收有欧阳江河、廖亦武、李亚伟等的诗。

4月出版的《当代诗歌》第4期"新诗潮"栏下刊登宋琳、王小龙、李彬勇等的诗,和宋琳的文章《城市派的部分艺术主张》。

周伦佑主编的《非非主义诗歌资料2号》5月自印出版,刊登周伦佑《自由方块》、杨黎《高处》和蓝马等的诗作。

《关东文学》1987年6月号设有"第三代诗专辑",刊登陈东东、李亚伟、韩东等的诗,和李亚伟《莽汉手段——莽汉诗歌回顾》、朱凌波《第三代诗概观》等文。

唐晓渡、王家新编的《中国当代实验诗选》6月由春风文艺出版社出版。收31位青年诗人(牛波、贝岭、老木、刑天、西川、海子、王寅、宋琳、陈东东、陆忆敏、张真、孟浪、张枣、柏桦、欧阳江河、翟永明、廖亦武、于坚、车前子、沈天鸿、吕德安、南野、唐亚平、韩东、潞潞等)的121首诗作。唐晓渡在《序》中指出,"……由'不懂'为发端而围绕所谓'朦胧诗'展开的论争余波未消,'北岛之后'已经成为一个新的热门话题……"

《诗刊》11月号"青春诗会"刊出西川《挽歌》、欧阳江河《玻璃工厂》、陈东东《即景与杂说》、杨克《某种状态》、简宁《天真》等作品。

《当代文艺探索》1987年第6期(11月出版,终刊号)刊登王干《新的转机——第五代—新生代—后崛起的一代》、唐晓渡《实验诗:生长着的可能性——〈中国当代实验诗选〉序》等文。

1988

漓江出版社(南宁)3月出版的"青年诗丛"(陶梁主编),第1辑有阿曲强巴的《涸鲋》、柏桦的《表达》、贝岭的《今天和明天》、多多的《行礼:诗38首》、黑大春的《圆明园酒鬼》、吕德安的《南方以北》、马高明的《危险的夏季》、芒克的《阳光中的向日葵》、孟浪的《本世纪的一个生者》、摩萨的《第三极牧歌》、牛波的《河——献给一个人》、食指的《相信未来》、田晓青的《失去的地平线》、童蔚的《马回转头来》、雪迪的《梦呓》、翟永明的《女人》等诗集19种。

《作家》4月号"诗人自选诗专号"刊登梁晓明、王小妮、周伦佑、林莽等的诗,和于坚、韩东的《在太原的谈话》,唐晓渡、王家新的《再度孤独:青年诗人创作一瞥》等文。

《关东文学》4月号的"中国第三代诗专号"刊登李亚伟、杨黎、宋琳、陈东东、郭力家、万夏、朱凌波等的诗。

《文学评论》1988年第3期(5月出版)刊登于慈江的《朦胧诗与第三代诗:蜕变期的深刻律动》。

芒克、唐晓渡等的民刊《幸存者》于7月出刊,由"幸存者诗人俱乐部"编印。第1期刊登芒克、多多、黑大春等的诗作。

《他们》内部交流资料之四7月出刊,有丁当、韩东、于小韦等的诗。

《诗刊》8月号刊登欧阳江河《手枪》、翟永明《肖像》等诗。

8月25日出版的《文论报》发表王干的《"朦胧后":诗坛新浪潮》。

由陈东东、西川等创办的民刊《倾向》第1期于9月在上海出版。刊物倡导诗歌的"知识分子精神"和诗歌秩序。

周伦佑主编的《非非年鉴》(1988·理论)、《非非年鉴》(1988·作品)9月出版。刊有蓝马执笔的《非非主义第二号宣言》、周伦佑《反价值》等文章,和蓝马(《世的界》)、何小竹等的诗作。

徐敬亚、孟浪、曹长青、吕贵品编的《中国现代主义诗群大观 1986—1988》9月,由上海同济大学出版社出版。它以1986年《深圳青年报》、《诗歌报》的"现代诗群体大展"为蓝本修订、补充、调整而成,"集数十流派、近百诗人力作约万行,并收有各诗群艺术自释、群体简介等背景资料"。

《诗刊》11月号的"青春诗会"刊载程小蓓、骆一禾、开愚(萧开愚)、童蔚等的诗。

《文学评论》1988年第6期(11月出版)刊登谢冕的《美丽的遁逸——论中国后新诗潮》。

《他们》第5期(11月出版)刊登韩东《为〈他们〉而写作》一文,和于坚(《避雨之树》)、小海、吕德安等的诗作。

万夏等编的《汉诗·20诗集编年史(1987—1988)》12月自印出版。刊有宋渠·宋炜、石光华、海子等的诗。

诗歌民刊《北回归线》(王建新主编,孟浪、梁晓明责编)12月出刊。第1期登有梁晓明、何小竹、余刚、刘翔等的诗。

伊蕾诗集《独身女人的卧室》12月由漓江出版社出版。

1989

《草原》3月号刊出"北中国诗卷"第9卷,内有大解、陈东东、海子等的诗。

3月26日,海子在河北山海关卧轨自杀身亡。

于坚诗集《诗六十首》3月由云南人民出版社出版。

《百家》1989年第4期刊登韩东的文章《三个世俗角色之后》。

幸存者诗人俱乐部4月2日在北京举办首届幸存者诗歌艺术节。

《人民文学》4月号刊登张烨(《爱情海》)、于坚(《避雨的鸟》)、车前子(《静物》)等的诗作。

骆一禾5月31日病逝。

《星星》5月号刊登石光华、廖亦武、杨远宏、翟永明、欧阳江河的对话录《先锋诗歌的历史见证》。

《诗刊》6月号"女性诗歌专号",刊有郑敏《女性诗歌:解放的幻梦》、伊蕾《选择和语言》、翟永明《"女性诗歌"与诗歌中的女性意识》等文。

《人民文学》6月号刊登海子、麦琪、韩东、马永波等的诗。

周俊主编的《当代青年诗人自荐代表作选》8月由河海大学出版社出版。

陈超主编的《中国探索诗鉴赏辞典》8月由河北人民出版社出版。

《文学评论》第5期(9月出版)刊登程光炜的《当前诗创作的两个基本向度》。

唐晓渡诗论集《不断重临的起点》、王家新诗论集《人与世界的相遇》9月由文化艺术出版社出版。

1991

牛汉、蔡其矫主编的《东方金字塔——中国青年诗人13家》出版,收入"新生代"部分诗人的显示"内在生命力和创作锐气"的作品。

1993

万夏、潇潇主编的《后朦胧诗全集》(上下两卷)1993年8月由四川教育出版社出版。

陈超编选《以梦为马——新生代诗卷》1993年10月由北京师范大学出版社出版。